蛇发女妖

朱蕊 著

高等教育出版社·北京

① 凡是不能说的一切,只能保持沉默。
② 旅途中邂逅扎蝴蝶结之可爱猫咪
③ 在上海弄堂里
④ 在上海汉口路 300 号《解放日报》"新大楼"同事的办公室
⑤ 酒吧……酒是主角
⑥ 喜欢看欧洲电影的作者,在伦敦泰晤士河边
⑦ 在黔东南试穿苗族盛装

# 作者的话

"蛇发女妖"是这本书中一篇文章的标题。当给书想书名时,自然就想起了这四个字。其实,"妖"的含义很丰富,有点匪夷所思的味道,有时出其不意,或者有创意,或者说不清漂亮还是不漂亮,但是出乎常规,都可说是妖。大家说,这个球进得太精彩了,很妖。或者,这个人很妖。或者这件事很妖。但凡说到妖,气氛总是有点不同寻常的。大多时候妖是褒义的,有时也会带贬义,看上下文和具体语境。总之,妖的灵活应用,语境中人都可意会。

我想说的是,我们生活在一个很妖的时代。

说到时代,想起了狄更斯在《双城记》开首时著名的关于那个时代的描述,好像是,那是个最好的时代,那是个最坏的时代;那是睿智开化的岁月,那是混沌蒙昧的岁月……我们眼前无所不有,我们眼前一无所有……他用了一连串的最极端和最对立的词来形容那个时代。他还说,那个时代和他写作的时代是如此惟妙惟肖。但他没说他那个时代很妖。

我不是想说时代的事情,那留给伟大的人们去讨论。我说的是妖。

蛇发女妖这个"妖"是个神话传说，有很多种版本，据说是被称为戈尔贡的三姐妹，两个姐姐是神仙血统，永远不死，只有妹妹美杜莎为凡身，她美艳无比，有着绿色的长发，蓝宝石般的眼睛。版本一说她因自负自己的美丽，在智慧女神的神庙里说自己比女神还美丽，被雅典娜施展了法术，变成头上长出蛇发的女妖；另一版本是说海神波塞冬受到诱惑，化身成骏马与她偷情，为了逃避海神之后安菲屈蒂的嫉妒，他们躲在雅典娜的神殿中约会，此举触怒了雅典娜，盛怒下的雅典娜还迁怒于美杜莎的两个姐姐，所以将三姊妹都变为蛇发妖怪。还有其他版本，不再复述。但所有版本都描述了美杜莎的眼睛，说她的眼神极具诱惑，人们会被她的眼神吸引，但凡是看过她眼睛的人都会变成石头。

　　更有甚者，死了的美杜莎的眼神，照样能令人魂飞魄散，化作石头。故事是这样的，当宙斯的儿子珀耳修斯用盾牌的反光照出熟睡的美杜莎并将她杀死以后，美杜莎的两个姐姐追杀他，他一路逃跑，最后提着美杜莎的头颅来到阿特拉斯国王的国土停下来休息。因为国王有一个结着金果的小树林，所以有一条巨龙在上空看守。国王怕宝物被偷，因而不允许珀耳修斯停留，并将他逐出宫殿。这惹恼了珀耳修斯，他说："因为你拒绝了我的请求，我倒要送给你一件礼物呢！"于是他从革囊里取出了美杜莎的头颅，将它向着那国王举起来，国王立即变成了石头。或者更确切一点,他的身躯变成了一座山,鬓发变成广阔的森林,他的双肩、两手和骨头变成山脊,而他的头颅变成高入云层的山峰。

美杜莎是一种致命诱惑,极度完美,勾魂摄魄。

神话传说只是人类早期智慧,但却预言了人类的未来。

诱惑和被诱惑的结局一点一点正在显现。诱惑可以是极度的美,但,可能一瞬间,也可以是失去,失去生命,失去所有。

然而,人们无法抵御诱惑,即使你坚持固守你曾经拥有的一切,就像那国王,但你不知道什么时候珀耳修斯就举起了美杜莎的头颅。

比如,你信奉布衣菜饭的生活,但你会发现那种简单而美好的生活不可能属于你。简单被演化作简陋和贫穷——在开放早期,你没买认购证?那失去一次一夜暴富的机会;后来又没有参与几千点的牛市?又失去一次机会;或者虽然参与了,却没有及时抽身离开,还是失去机会;因为钱少或觉得没必要而没买房子?更失去机会……有人说,机会放在所有人面前,看你会不会把握(此话是否正确有待讨论),为了把握机会,你失去了宁静……在诱惑和被诱惑中,你是否觉得还是真正意义地活着呢?

而日新月异的科技也更加让人晕眩,更高更强更完美是更紧迫更深沉的诱惑。杰伦·拉尼尔在《你不是一个器件》

中说,"现在是21世纪,这意味着读到这些文字的人大部分是非人——不动脑子机械行事的人或麻木的群氓,它们由不再作为个体行动的人组成"。因为,在一些模型中,算法在系统中的很多参与者之间制造连接,由此创造出知识,而这种无限连接会产生智能。人类从创造中退出,而由系统及其算法来充当创造者的角色,从而产生一种有生命的更高等的存在。"可怜的人类参与者成了为技术地主(谷歌、雅虎和拥有大量分析性资源的避险基金)干活的农奴,地主从自愿的劳工那儿获得利润。我们的作用只是不断地贡献我们的字节、文字片段和个人主页。我们成了计算机的外围设备"。

终于人类变作非人类。只不过成为设备比成为石头感觉更现代化一些?

蛇发女妖只是个传说。

朱蕊散文集

目录

第1辑·美 色

听妈妈讲那过去的事 / 2
以舞姿召唤 / 8
不动声色 / 18
谜一样的悖反 / 23
把香燃起 / 31
醉翁之意 / 38
美丽的红绿白 / 49
目光投向未来之海 / 55
美　色 / 65

第2辑·九曲棹歌

日出和雨 / 70
等待一朵花儿 / 77
流浪的故事总要结束 / 82
有一个地方 / 87
九曲棹歌 / 91
朵洛荷 / 105

在澳门逛街 / 108
上海之妖 / 113
上海的一个夜晚 / 116
汉口路309号 / 120
百花盛开的地方 / 124
远东淑女 / 127
松江一日 / 130
山不在高 / 134
美人酒 / 138
红　妆 / 141
浪花淘尽英雄 / 146
江山如画 / 150
长使英雄泪满襟 / 155

第3辑·芸　娘

芸　娘 / 162
禅 / 167
一万年太久 / 170
袭　人 / 174
时尚这只狗 / 176
身份不明者 / 178
第三性 / 182
情调图典 / 185
封面女郎 / 188

可口还是可乐？/ 190
等到花儿也谢了 / 193
我更爱你现在备受摧残的容颜 / 196
秦淮夜色 / 200
女　红 / 203
除了美丽 / 206
矜持美女 / 209
巴拿马裁缝 / 212
香　熏 / 215
让爱情抵挡恐惧 / 218
蛇发女妖 / 221
沧桑的情味 / 224
美女青菜美女萝卜 / 227
巴黎情爱 / 230
鸳梦重温 / 233
美人忧天 / 236
时间尽头 / 239
膝下黄金 / 241
九月授衣 / 244
长大后世界就没有花 / 246
你是我的玫瑰你是我的鞋 / 250

第4辑·与梦有关

飞鸟和游鱼 / 256
和偷窥一起成长 / 259

小院和大画家 / 264
玩物而未丧志也 / 267
无字处皆其意 / 271
一种惊动 / 275
永寿之藏 / 279
收藏的境界 / 283
"云"下的珍藏 / 287
与梦有关 / 291
微时代的微生活 / 294
过芦苇的日子 / 298
你是自己的国王 / 302
水月镜花之妖娆 / 306

第5辑·乡关何处

乡关何处 / 310
寂寞高手 / 319
初识高阳 / 328
万里送行舟 / 336
边走边唱 / 343
那年秋天 / 349
红花独行侠 / 360

后　记 / 368

第1辑 · 美色

听妈妈讲那过去的事

有点恍若隔世的感觉。

每一天也就这样平淡无奇地度过，一天和另一天并没有多大的差别，又一直居住在同一座城市，做着同一份工作，却突然发现，这座城市变了，好像一下子所有的人都过上了幸福的生活。电视里一个大家都很喜欢的广告是"喜欢上海的理由"，喜欢上海可以有很多很多理由，可能真的有很多人喜欢上海，上海又一次成为一座移民城市，各色人等，五方杂处。在这座城市里，英语和普通话是通行的语言，而上海本地话倒似乎是少数民族的土话了。

这种人潮汹涌欣欣向荣的情景，可能很容易让人想起昔日的上海，想起上海曾经的繁华，而那繁华是有些香艳的，酒吧、爵士乐、舞女、少奶奶……那沙哑的"夜上海、夜上海"的歌声，让一种淫靡的意象随风飘舞，夜上海是销金窟是温柔乡的想象也就由此而深入人心，作为一种文学想象而虚构的历史，上海生活的细节也就从此被不厌其烦地描述，不管是旧的还是新的。这样一次一次反复绘声绘色地述说，使叙述者和听者观者都以为过去和现在似乎是没什么区别的，只不过时间走了一圈以后又回到了原来的地方。热衷于怀昔日夜上海之旧的人，好像遗忘了什么，臆想让他们成了洋场阔少、豪门千金，或者其他有权有钱有闲的人物，在那个销金的温柔上海梦死醉生。

人们在集体怀旧，张爱玲经常被提起，因为她的那些描写昔日上海的文字。其实，张爱玲有一句名言，用来形容那时的上海倒是非常贴切的，她说，生活是一袭华美的袍，上面爬满了虱子。将"生活"换成"上海"，昔日上海就会被诠释得十分到位。

爬满虱子的华美，也亏她想出来。我想，她是想表现一种复杂，一种纠结在一起难以言说的又对立又密不可分的情境。

我篡改了张爱玲的话，是想说那个上海不是复杂的例外，而是因为复杂，因为难以言说，便充满了可能，也充满想象，在那些过去的或隐或现的事物中，可以捏造各式各样的故事，欢笑和眼泪搅拌在一起并不能说明快乐和悲哀，天堂和地狱也不是离得那么遥远，它们共存于一个空间。只是，乐园并不属于每一个人。

在上海日新月异的日子里，一个偶然的机缘，我得到一本半个世纪前的画册,一本一点都不时髦的画册,它是被某单位图书馆清理掉的,没人再要它了,大概翻它的人从来就很少,借阅记录为零,它破旧黯淡,虽然是精装本,但布面已损,内页发黄,只是红漆书名还依旧鲜艳着,一副朱颜就是不改的样子。

我被书里的地名和照片吸引。书发行于1952年12月,在整整50年后的这个2002年的12月出现在我的面前,似乎预谋般地,要讲一些与现在时髦的旧上海故事不一样的故事。

这是一本关于土地的画册,1949年以前上海郊区土地所有者和使用者的情况实录。当然,任何一种叙述都带有叙述者的观点,因此,所谓实录也不可能完全绝对真实地记录历史的真实,但是,相对真实肯定是存在的,撇开叙述者的立场不说,照片和当年的文件总还是事实吧。

曾经有人认为中国封建是北方农村的事,而"江南无封建","江南地主文明",不是吗,像上海这样的地方,那样的繁华,以至于后来人们总是要忍不住回忆过去的好日子,动辄"东方巴黎"、"远东明珠",这应该是当时中国最开化的地方。是的,如果只看现在流行于坊间的时尚读本,你就会由衷赞叹那时的上海,上海的玉叶金枝,上海的雪月风花。有时甚至恨自己为什么不早生几十年,可以目睹上流阶级的优雅,穿一袭华美的袍,上面爬满看不见的虱子，去赶那一时代的盛宴。

不过，当翻开画册，那些衣衫褴褛的上海人站在画册里，立即让人想起张乐平的三毛。这时你才相信，三毛在旧上海不是一个，是很大很大的一个阶层。照片上，六个十几岁的半大小伙排成一行，他们是站在虹桥的高尔夫球场边上，照片上的说明说他们是球童，这在当时应该是时髦而轻松的新工作。但他们是一式的三毛，大头，鼓腹，芦柴棒一样的四肢。他们的家庭刚刚失去了可以耕作的土地，这些土地成了外国人玩乐的球场。

虹桥现在早就划入市区，那里是我所熟悉的。我早几年曾在虹桥附近住过，现在虹桥地区是上海的高尚住宅区，那里有成片的别墅，又有了高尔夫球场、网球场，以及各种会员制俱乐部。现在如果再找几个在球场边玩耍的小孩来照相，想来是不可能有这种效果的。

有一张照片上的一位老婆婆脸容令人印象深刻，干瘦，满是皱纹的脸，稀疏的发，紧蹙的眉头，下挂的嘴角使嘴巴弯成半圆，像永远在哭的样子。照片下的注解似乎又是一个"白毛女"故事——上海市江桥乡恶霸地主朱敬唐，将农民朱老太的寡媳"非礼"后卖掉，并害死她的孙子，强占了朱老太的房屋和竹园。朱老太只能在一座破祠堂里度过了三十三个年头。照片是朱老太在祠堂门口，另外两张照片上是曾经是她的房子和竹园。但这只是一个轮廓,前因后果究竟如何,无从知晓。

而可以了解的是,地主盘剥农民的手段多样而花哨。有照片为证:地主孙宝善的收租秤,每百斤大十四斤,放债秤每百斤小十四斤。上海龙华地区地主孙念祖放债用的小斛,斛内有一木块,每斛小三升……此类照片占据了画册许多页,让人不得不感叹,这真是充满"智慧"的盘剥。

有时,财富的积聚过程是残酷的。而当这些有钱人将如此收刮来的财富,到大都会一掷千金时,就造就了大都会的繁华。

繁华下面有无数人的被压榨。

现在来叙述过去的那段历史,其实像虚构的一样,一面是风花雪月,一面是血泪斑斑,你不知道其中到底哪些包含了真理,你也不知道到底站在哪一个立场上才比较相对接近于真实。农民和城市贫民的生活现在已经不被当下的叙述者看见,当下的叙述者看见的是当时的"成功"人士的锦衣玉食。还是这本画册里,确实有相当美丽的照片,地主居顺和的女儿和汉奸张华亭的结婚照就透出优渥生活的从容,如果不了解照片中人物的背景,可能这照片是很可以打动人的。

很长的时间过去了,时间将任何东西都变成虚构的一样,这虚构,改变了事情本身以及它们之间的关系。

听妈妈讲那过去的事

刚刚又看到电视里80岁的百乐门前歌女,曾被称作金嗓子的金妮谈当年上海的辉煌,当年百乐门舞厅的弹簧地板,百乐门灯塔的光芒射出一里之外,而等在百乐门外接送主人的车子排到了胶州路、常德路,以及当年盛极一时的汉口路的杨子饭店、茂名南路的法国总会,还有"蔷薇蔷薇处处开"的歌声……

上海市区的版图在不断扩大,在不知不觉中上海人从过去的上海走入了今天的上海,昔日和今时,时光流转,却并不是简单地重拾旧日繁华。画册上出现过的地名,虹桥、龙华、莘庄、真如,现在早就是一派都市景象了,现在还有谁会想起脚下这块土地的真实的历史?现在大家总是只记住美好的过去了。

但当我看到画册后,倒也有一首歌萦绕心头,不是蔷薇蔷薇处处开,而是

月亮在白莲花般的云朵里穿行
晚风吹来一阵阵欢乐的歌声
我们坐在高高的谷堆上面
听妈妈讲那过去的事情……

过去的事情,有很多种不同的讲述。

以舞姿召唤

你的世界充满秘密
那些花朵幽暗的象征
一片开放出欲望的土地
鲜红并且激动不安
……
你所孕育的全部真实
就这样抽泣着诞生了
而火焰也开始了另一种燃烧
以自己的舞姿召唤
原始而生动的热情

——摘自北京大学《新诗潮诗集1985》

弗里达·卡洛,一个墨西哥画家的名字就这样以一种浓墨重彩的燃烧的意象进入了人们的视野。她是1954年离开人世的,她活跃的时期是二十世纪三四十年代,不知怎么,却在上世纪末突然火红起来。1995年IBM公司花了320万美元购下她的一幅自画像,创下了拉美绘画最高价的记录,也使她一跃成为全球身价最高的女画家。而此前,她在世时,以至到她离世后多年,她的绘画作品一直没有受到应有的重视。1977年,她的画在国际市场上的价格不超过2000美元。但自从IBM公司以巨款买下她的画以后,弗里达似乎时来运转。也是1995年,她的日记被意外发现,一时引来争购热潮,最后,墨西哥政府不得不以令人难以想象的天文数字买下她日记的版权。因为他们认为弗里达是他们国家的精神财富,是墨西哥值得引以为骄傲的民族英雄。

这个世纪刚开始,好莱坞就看上了弗里达,2001年4月,米拉美公司宣布开拍《弗里达传》(Frida)。为争演弗里达,多位好莱坞花旦撕破了脸皮,玛当娜提出过要扮演弗里达,但没有导演敢用她;拉美当红女星詹妮弗·洛佩兹也要求主演,导演也没用她;最后是墨西哥籍的女星莎尔玛·海耶克撞到了大运,导演决定由她来主演弗里达,其他主要演员如安东尼奥·班德拉斯、爱德华·诺顿、艾希丽·贾德等也都是一线明星。

不仅仅电影,美国文化界其他行业也纷纷加入这一波的弗里达热,美国邮政总局发行了第一张拉美女性人物肖像画邮票，以纪念弗里达。美国两家著名的出版社也推出有关女画家的小说，还有电视版的《弗里达传》纪录片的播出，百老汇也排演了根据弗里达故事改编的舞台剧，弗里达绘画真迹被高价拍卖……

凡此种种都让人讶异，弗里达究竟有什么魅力，引逗得那么多人为她神魂颠倒？

想起了很久以前看过的小说，《一个女人一生中的24小时》，好像讲的是女人和激情的故事，黑暗的夜，令人恐惧的狂风暴雨，有灯火亮如白昼的赌场，赌桌上的手，整整好几页比面容还要生动的赌徒的手的描写，那双异乎寻常的漂亮白皙修长柔润而又有珠泽的年轻赌徒的手，在刹那间改变了一个女人的生活，它使她体验到一种极致，一生的高峰，那个女人感觉到在这之前自己人生的苍白以及在这之后从高峰往下坠落的眩晕，这种不预期的遭遇激情使人茫然失措，被猛击，有利器穿心越肺，痛、甚而快感，或类似快感的东西改写了一个女人的情感历史。真像是一场豪赌。

弗里达就像小说里的女人一样被猛击了，猛击她的是一辆行驶中的电车。电车撞上了公共汽车，而弗里达和恋人阿莱詹德罗正好在其中的一辆上。不是那双让人印象深刻的男人的手，而是电车上的铁扶手，电车的铁扶手断了，插入弗里达的身体中，铁条穿过身体从另一侧伸出。事后，弗里达说铁杆使她"失去了贞操"。

只受了一点轻伤的阿莱詹德罗抱起浑身是血的弗里达时,以为她要死了。这次车祸中有两三个人当场死亡。

弗里达的伤极为严重,没有人知道她是否能活下来,最要命的是她腰围处的脊柱断了3处,锁骨、肋骨、腿骨、肩膀、骨盆许多地方破碎。她在死亡的边缘挣扎,她告诉阿莱詹德罗"一到夜里,死亡就到我床边跳舞。"

极端痛苦和失去童贞袭击下的女人获得了真实而完全绝对的高峰体验。从某种意义上来说,车祸令弗里达重生。

死神在弗里达的病床边徘徊良久,终于弃她而去。它送给她的礼物是一个全新精彩而有风格的女人。

不久,人们便会发现,她的画和她的生活,她的所有自然的展示,无意识地,也是本真地具有浪漫和想象的活力,是那么地耸动,也因此而有了不可多得的看点。正是那个彩色的墨西哥陶罐。

疾病成全了多少伟大的艺术家?大概用不着细数了,不过,在研究过无数案例以后,著名心理分析学家A·阿德勒得出结论说"身体阻碍是一种能使人向前迈进的刺激。"弗里达因病痛而有了强烈的呈现的欲望,她要将病痛述说出来,以让病痛成为情节的方式对之加以控制,她似乎企图让灾难仅仅局限在画布上,画布让她离开原有生活而进入了有关自己疾病的故事架构中……

弗里达一生中做过几十次手术，光用来矫形的胸衣就穿过28件，有钢质的，皮的，石膏的……她甚至在那件石膏的矫形衣上还画了画。她躺在那里，她的父亲替她制作了特殊的画架，拿起了画笔，一个特立独行的画家就在病床上诞生了。

一点也不奇怪，弗里达画得最多的只能是自己，一个精神的自己和一个肉体的自己。在自画像中，那两者是交汇的。那令人惊奇的破碎的永远绑着石膏衣的身体，仿佛一离开那些架子就会不复组合，身体变做一片一片的碎片。

画像讲述的故事有时比文字更具有情节，而细节也触目可感，弗里达在画中可得永生。正如一位英国心理分析师在一本未完成的自传中说的，"我死了"，后来他接着说，"我看看。我死的时候是怎么回事？我的祈祷得到了回应。死的时候我并没有死……"

说老实话，第一次看到弗里达的自画像被吓了一跳。后来想，这可能就是所谓的视觉冲击了，它可能在什么地方击中了你，你自己却不知道。但当时却是感觉这个女人不漂亮，神情中有一种令人不寒而栗的东西，看一眼，就想逃开，但忍不住想再看一眼，然后是再看一眼，以至深深被它吸引，一张不漂亮的脸，居然就被看了无数次。而弗里达本人其实是要比她的自画像漂亮得多的，优雅、挺拔，有女人味，她最有特点的是两条美眉稍稍有些连在一起，嘴唇性感，认识她的人都说她的智慧和幽默全在那双杏仁状的乌黑的眼睛里，她的目光是具有魅惑的那一种。她却在画中如那次车祸那样从新组合了自己。

不知道在那个生死之间的空间里发生过什么事，那是一次极度疯狂的浪漫主义游行，它像一份恩准，一份授权或赦免。只要愿意，在那一个特殊的区域，不受常规的约束。

在弗里达的生活中，充满了戏剧性的时刻，她的一生就真的是一部戏剧。所有在常人看来异乎寻常的事，都可以发生在她的身上。

那时，弗里达的画家丈夫里维拉和她的妹妹克里斯蒂娜发生了恋情，弗里达感觉非常受伤，报复丈夫最好的办法，就是自己也有很多情人。因为里维拉虽然自己生性自由，喜欢追逐女性，也容忍弗里达有女性情人，但他不能允许弗里达爱上其他男人，他可能会杀了他们。

但热情奔放英俊迷人的雕塑家诺古奇无视弗里达的警告，他被弗里达吸引住了，他和弗里达经常在克里斯蒂娜的家幽会，时间长了，有诸多不便，于是，他们计划买一套公寓幽会之用。这对情人还订购了家具，但因为里维拉名气太大，弗里达是里维拉夫人人人皆知，因而送货的人以为那套家具是弗里达和里维拉的,就将家具送到里维拉的家里,并将账单交给了里维拉。这下,可想而知,用弗里达朋友的话说,"那样弗里达和诺古奇的罗曼史就结束了。"

关于弗里达和诺古奇关系的结束还有个版本也很好玩。话说当时里维拉知道了他们的恋情,立即赶去"捉奸",弗里达的佣人急忙通知女主人里维拉来了,诺古奇匆匆忙忙穿上衣服,却不料一只袜子被小狗叼走,诺古奇只得舍弃袜子,由院子里的橙树爬上屋顶逃走了。自然,里维拉肯定会看到小狗叼的那只袜子。接下来,里维拉就做了墨西哥男人要做的事——那次弗里达病了,诺古奇去医院看她,里维拉掏出枪来对诺古奇说,"下次再让我看见,我就一枪毙了你!"

诺古奇在弗里达的生活中只是一个小小的插曲,海耶克演的那个《弗里达传》里这个人物根本没有出现过,可见他的不足为奇,如此不足道,却也颇具冲突的要义,好看。可以想见弗里达的一生,那些华彩,会怎样令人动容。

而1937年与俄国流亡到墨西哥的托洛茨基的恋情则更让她具有了一种传奇般的色彩,像她喜欢穿鲜艳的墨西哥民族服装一样,那种激情燃烧的感觉使人过目难忘。

海耶克主演的那个《弗里达传》几乎都是在墨西哥实地取景,有时就会感觉像纪录片一样,忘记了是由别人在演

以舞姿召唤

弗里达·卡洛。人们看到现在已经成了"弗里达·卡洛博物馆"的那幢有着亮丽蓝色的房子，在镜头前耀眼地铺展开来，摇晃的镜头，长长的镜头，长长的长长的镜头以后，伴随着音乐，是海耶克，不，是弗里达躺在床上，穿着鲜艳的衣服，与房子的颜色恰成对比，像画一样。她被人抬上了车。这是她的人生快要落幕时分的一个即将到来的再一次高潮的前奏，她是去参加在安布里斯12号当代美术馆举行的首次在自己国家的画展开幕式的。此时，她的健康状况非常不好，不久前她刚刚做过脊椎骨移植手术，被移植的那些骨头又发生了病变，必须再做手术将病变的骨头取出来。这一次，她终于又有了一点小小的胜利的感觉。

弗里达躺在床上出席了自己画展的开幕式，这成了轰动一时的新闻。人们聚集到美术馆来，甚至交通都发生了拥堵，画廊里挤满了人，他们争相向弗里达表示敬意。

画廊中央弗里达躺着的那张床，一个龇牙咧嘴的犹大骷髅被粘贴于带镜子的床顶，脸朝下，看着弗里达，这就像她的一贯作风。一些小些的犹大像从床顶挂下来，床顶上还放满了弗里达的政治偶像的照片，以及她的家人、包括她丈夫里维拉的照片，她的一幅画放在床边的踏脚板上。

开幕式结束后，弗里达离开了画廊，但床依旧在那里，绣花枕头上喷洒着"极品"香水。弗里达以及她的床，都成了展品，有点像行为艺术。确实也有人评价说弗里达的开幕式太像一场秀了。这正是弗里达所喜欢的表演，象征了她的一生，多彩而又令人惊奇的，人文而又有点病态的，一种独特的自我。

弗里达曾说，不要让生活给谋杀了。其实，在某种程度上应该说是生活造就了她。虽然，生活中她曾经有过那么多的不幸。但那些不幸在弗里达那里则被改变了。

从弗里达的画可以看出，她并不是从来就具有那种风格的。1926年弗里达画过一幅自画像，那时她19岁，正在恋爱，这幅自画像正是送给初恋情人阿莱詹德罗的。画像中的弗里达妩媚而深情，是她所有的自画像中最漂亮的一幅。同一时期画的《克里斯蒂娜》（1928年）以及《爱丽丝·嘉伦特肖像》（1927年）都是一样的细致而美丽，如同所有女性画家一样，美丽总是在她们画笔下自然流露。

毫无疑问地，与里维拉的结合是弗里达生命中最重要的事情。里维拉是弗里达自小就崇拜的画家，早在她上预科学校的时候就对同学说过，"我的目标是为迪戈·里维拉生一个小孩，有一天我会把我的想法告诉他的。"后来真的她就让里维拉爱上了她，并结为夫妇。可惜的是她受伤的骨盆没有能生下孩子，她曾经流产三次，这也是她的痛苦。她画血污的床和床单，画未能生存的胎儿，画破碎的骨盆，那样地触目惊心。

1937年她有过一幅《我与我的玩偶》，画面正中弗里达与一个裸身玩偶并排坐在一张儿童床上，弗里达表情严肃，与玩偶既定的笑脸形成有趣的比照，她手指间夹着烟。

似乎要感谢生活中的不幸，因为那些不幸带来的悖论被浪漫主义诗人诺瓦利斯看成是刺激丰富多彩的生活的强有力的兴奋剂，尼采也认为疾病可以是创造力。而因为病痛，被划为非常的弗里达可以恣意展示女性的姿态。她享有痛苦，所以她享有生活，也享有了幸福。

而死亡是最根本的痛苦，也是最根本的快乐。弗里达最终让死亡带领她重新开始。

就像艾略特说的——

"我本应对另一次死亡感到高兴。"

艾略特又说——

"我是拉撒路，死而复生，

来把一切告诉你们，我将把一切告诉你们。"

不动声色

灰暗、沉闷。

在夜晚,在一盏小的辅助灯光的映衬下,电视屏幕上只有一点点灰白的颜色慢慢扩展开来,整个画面看不清任何东西,长时间的都是灰暗在移动。

我不知道为什么还有耐心看下去,大概正是这种不明白提起了人的好奇?

我甚至以为这是一部黑白片,但黑白也应该对比更强烈一些呀。没有色彩,还是没有色彩,长长的镜头,还时不时地"马赛克",一愣一愣的感觉。不是愉悦的情节带领下的时间的滑行,而是有一点下定决心的样子,我跟那种不舒畅的感觉较着劲,它总应该让我们看清一些什么吧。

不知道有多长时间,睁得眼睛都痛了,终于看清了那是夜晚的雪,镜头在雪地上移动,晃晃悠悠的。然后看到了几个人,两个,还是三个?太暗了。太暗了,看不分明他们是不是去酒吧喝过酒,因为他们在打赌,说,那个人是壮还是肥？一个人说是壮，一个人说是肥，是壮，是肥……因这种事情而争论不休，不是傻，就是醉，所以我想他们可能是醉了。

打着打着赌，不知为什么他们居然冲上去对那个人连连猛刺，狠下杀手……后来在审讯时，他们自己抖落了包袱，说是想验证一下那个人到底是壮还是肥，他们说他们是喝了酒了。果然。

一点也不好看的故事开头。委琐，平淡。

但是我还是看下去，因为故事的讲述者是朱丽叶·比诺什。因为对她的戏向来有好感。

19世纪，在法属殖民地加拿大群岛中的一个很小的叫圣皮耶的小岛上，被判处死刑的杀人犯渔夫，因为没有行刑可用的断头台和刽子手而被延缓了刑期。

有意味的是这个延缓。

比诺什是船长的妻子，而船长执行看管杀人犯渔夫的任务。

船长对妻子的爱充满了故事，长长的、缓缓地讲述的其实是一个丈夫对自己妻子的无限爱意。

妻子比诺什对渔夫发生了好奇，她的眼睛追踪着渔夫。后来她让丈夫将渔夫放出来，帮她做一个花房。

冰天雪地里，什么东西也不会生长的，她却想让花儿生长。丈夫对妻子的心愿从这时开始就从不说不。丈夫望向妻子的眼神有时有点像妻子望向渔夫的。

但,果然。花花草草在暖房里被精心呵护着生长起来,与外面的冰天雪地形成了强烈的对照。有一种奇异的感觉。又好像是一种象征。

生气和笑意异常短暂。在一派冰雪之中,比诺什坐在雪橇上,由渔夫拉着在雪原上狂奔,此时比诺什露出了美丽的笑容。而丈夫在望远镜中放大了妻子的笑容。

没有出轨的行动。如果不仔细观察他们的眼神,你根本不可能想象情欲曾在他们心中涌动。一个死刑犯不自觉地流露出的对生命的热望。

而影片的开头和延续像是割裂的一般。

人们越来越与比诺什一样同情渔夫起来,似乎他杀人是完全没错的,好像他的愚昧很可爱,因为后来的所有细节都在为渔夫的不该杀而铺叙。

渔夫是那样善良,又是那样勇敢,他可以不顾自己的安危挽救一个人和一个活动咖啡屋。事情是这样的,那个活动咖啡屋的底下有轮子,为了防止在原本就很滑的雪地上控制不住速度,人们用绳子捆住了它庞大的身子,一大堆人在后面拉着它,使它慢慢行走。可意外突然出现了,绳子断了,站在上面的人和屋子一起加速度往下坡冲去……用一种"英雄主义"的模式语言描述就是，在这千钧一发之际，渔夫一个人一个箭步冲上前去，奋不顾身地用自己的身体使劲挡住往下猛冲的屋子，在屋子下冲速度稍缓以后，他抽出一根木棍垫在轮子下，终于使活动咖啡屋和屋子上的人转危为安。他终于从一个杀人犯而成了这个小岛的民间英雄。

比诺什似乎更有理由在眼神中加进一点什么去。

然而，渔夫与另一个农妇已经在一起了。比诺什目睹他们俩一同从床的帷幔后面探出头来，她默默地退了出去。

断头台终于被从遥远的法国运来了，刽子手也费尽周章地找到，渔夫将被处决。岛上民众虽不愿意这个曾经有过英雄壮举的渔夫赴死，但也没有其他办法挽救他，只得观望。而比诺什却一定要渔夫逃跑，无论如何要他逃跑，而渔夫的脱逃将直接危害到自己的丈夫，她的丈夫是渎职的罪。

后来，渔夫不肯逃跑，最终上了断头台。而她的丈夫也终因比诺什的原因，一再顶撞当地官僚而被开罪，死于枪决。临终，她丈夫对她说：我永远爱你！

为什么片名叫《雪地里的情人》？谁是情人？一直是比诺什和渔夫以及其丈夫的戏，而比诺什与渔夫的情感戏却几乎不着痕迹，有时甚至怀疑那是不是我们所惯常理解的那种男女之情，甚至是不是比男女之情更宽广一点的情感呢？那到底是一种什么样的感情？

正是法国电影的妙处，让人在漫长的等待之后，又有漫长的回想，想过多遍以后，就将那个形象记在了心里。

最终想，又有什么感情是说得清道得明的呢。

比诺什在这部电影中是含蓄的，太内敛了，不是她的风格，整个就是沉闷。在她沉静地内心独白着的时候，我会想到《烈火情人》中的她，那样一种热情灿烂，一种情感的不受控制和爆发，一种完全的情感的女人味，我曾经以为，比诺什的热烈是无人能比的，然而我没想到的是，比诺什还可以是冰川下的岩浆。一种完全的不动声色。

当然是《烈火情人》比《雪地里的情人》好看，我喜欢明朗和热情。

被冰冻的受到压抑的情感可能很可审美，但毕竟是另外一种更内涵的情感体验，沟通需要更多的内在。有点累人的。

谜一样的悖反

> 我们偶尔碰头,然后再度邂逅;我们无奈分手,然后音讯悠悠。
>
> 我们再度找到对方手牵手,再度送暖分忧;然后再度分手……
>
> ——法国《祖与占》里的一段情歌

忠 贞

《忠贞》又名《情欲写真》(La Fidelite),题目翻译得很有意思,正好是截然相反的对立的两种形态。不过,想通了,两种完全不同的翻译恰巧倒是说的是同一件事,如果没有规范以外的燃烧的情欲,那将如何体现忠贞呢?有情欲,而又被努力控制了,那就是对另一个人的忠贞了,当然,现在还是分不清这忠贞到底意味着什么,是对丈夫,还是对自己?或者有没有"忠贞"的必要。

索菲玛索依然是风情万种地从镜头深处向观众走来，不，是向镜头外面的情人导演安德列左拉斯基走来，镜头跟着她仪态万方地急速行走，风衣在镜头前随风起舞，我们好像能感觉到那种猎猎的声音。当然，观众是有些自作多情的，这所有的风情肯定不是为观众展示，她是在向着安德列左拉斯基走去，没观众什么事儿，观众自然也不能改变什么，只有旁观的份，虽然他们惊艳于她的那双褐色眼睛，动情于那微微翕开的双唇，但他们并不能左右故事的发展。

尽管故事的进展完全掌握在安德列左拉斯基手里，但他也不得不眼看着索菲玛索不忠地与后来要成为她丈夫的克列夫一见钟情地堕入爱河。银幕上，急速行走中的索菲玛索与克列夫相遇了，克列夫对索菲玛索惊鸿一瞥，便完全为索菲玛索所征服，他们飞速地将两人的情感进行到非常彻底的地步，那种快速，是要令向来老套保守的中国观众大为吃惊的。法国人的浪漫有口皆碑，此亦为一例。只不过到此为止事情还是照着人们可以理解的方向发展，人们高兴地看着他们走进婚姻的那扇大门。

进了那扇门，不是故事的终结，而是新的故事的开始。安德列左拉斯基似乎觉得索菲玛索的背叛还不够，他要让她进入一次新的激情，再来一次背叛。年轻的摄影师尼莫的青春热情，又一次鼓动起索菲玛索的情欲——因此而有了——

谜一样的悖反

情欲——忠贞的故事架构……

索菲玛索向丈夫坦白了自己对于年轻摄影师的动情,她暂时离开丈夫,去体验一种新的感情。而在年轻的摄影师那里,她却坚守着肉体的忠贞。后来她回到丈夫身边,向丈夫表白自己的回心转意,可惜她丈夫这时为嫉妒所激怒,怎么可能相信她关于忠贞的信誓旦旦?

在旁观了索菲玛索所有情感发展经过的观众看来,她丈夫克列夫的不肯原谅是有些愚顽的,全知全能的观众为索菲玛索大呼冤枉,她确实是为她丈夫守身如玉,在经过了激烈的情感斗争以后,她义无反顾地回到了丈夫的身边,却得不到丈夫的理解。更不幸的是,丈夫因为她的激怒而意外身亡,纵然索菲玛索呼天抢地,也已是回天乏术。此时观众为克列夫的死感到可惜,也为这一对璧人没有能够白头偕老而惋惜。

观众已经忘记了忠贞到底是什么——对丈夫,索菲玛索可能是情和欲都有一些的,对摄影师可能有情有欲而却纵情而节欲,对其他人,比如有时对自己的摄影模特她无情却有欲——索菲玛索到底忠贞吗?对丈夫而言,她与自己的摄影模特有染是对丈夫身体的背叛,而对摄影师的激情荡漾则是对丈夫情感的背叛,事实上,她丈夫的死,为自己是一点也不冤枉的。可反过来看,说不定这正是索菲玛索的忠贞,她认为身体是自己的,与丈夫没有关系,因此那些逢场作戏根本就不是对丈夫的不忠(有意味的是,有一场戏拍她进入一个男子淋浴室摄影,突然她与其中一位拍摄对象有了某种感应,他们开始造爱,这时,镜头给了索菲玛索的脸一个大的特写,那是一张迷茫的无动于衷的可令人引发无限怜爱的脸——完全的事不关己),而一旦与别人发生了感情,却必须向丈夫讲清楚,这可能即是对丈夫最大的忠诚,或者在旁观者看来,索菲玛索是在对自己的感情宣誓效忠,可能她自己亦不自知。

大概人们也只有对自己才是最忠贞的。或者站在女性的立场,体会索菲玛索对自己的忠贞,也就有了另一番感受。迷惑的是,感情和身体(精神和物质)到底是如何关联的呢?

芳 芳

《芳芳》(Fanfan)拍摄于1993年,比《忠贞》早,那时的索菲玛索也确实要比现在年轻,那是一个烂漫的时代。

那天风雨大作,一个后脑勺扎着粗粗大辫子的姑娘从窗外一跃而入屋内,双手撑地,倒立着在屋里兜了个圈,然后又是一个腾越,轻轻松松地站了起来。哇!一脸雨水、一头

谜一样的悖反

乱蓬蓬头发衬托下的竟然是一张如此青春美丽生动的脸!从这时开始,观众的眼睛就不可能再从索菲玛索的脸上移开。她将引领观众走完她的爱路历程。

屋内的那个人后来成为了她的情人。现在他们彼此自我介绍了,然后讨论如何就寝,只有一间卧室一张床,没有其他办法,只能两人睡同一张床。一个俊男一个倩女,突然睡在同一张床上,观众知道要发生些什么,也期待着发生些什么——

可导演总要吊足观众胃口——什么也没发生。但这不符合常理,观众继续等待着……故事就是在这种等待中展开的,一点一点,全是细节和琐事,但却完全没有琐细的感觉,唯美漂亮一丝不苟。一如所有精致的法国电影。

文森特·佩雷斯饰演的亚历当然与观众一样不可能对枕边如此美女无动于衷,况且索菲玛索不仅长得令人动心,她那种阴晴不定的个性更加具有强烈的吸引力,她笑容灿烂,眼神迷离……她的一切是那样的琢磨不透。然而,亚历害怕那种一旦拥有却永久丧失的结果,他要永久拥有她,就必须从来不曾拥有——又是一个谜一样的悖反。

亚历的重要决定就是对索菲玛索的感情永不涉及情欲。生活中亚历另有女人,他们如所有庸常的男女一样过日子,然而对于索菲玛索狂热的精神恋爱已经伤及亚历和他的世俗伴侣，当亚历的世俗伴侣终于认识到亚历的心不属于自己时，她离开了他。

而亚历却并没有因为世俗伴侣的离去而得到解脱，他只是更全心全意地用整个心去爱索菲玛索，他内心与她越接近，行动上却越远离她。在那一刻已经被亚历深深吸引的索菲玛索则完全不明亚历的用意，她也并不知道亚历已经在自己的隔壁租屋住下，她和亚历其实只隔了一层玻璃，他看得到她，而她看不到他……是一种咫尺天涯的伤悲。

故事对爱情提了一个很好的问题，可惜却没有更深刻的答案。一个满足观众愿望的大团圆结局让这对有情人终于走到了一起。故事是可以这样结束的。可生活呢？生活中那种得到却失去的失衡无论如何也不会因为良好的愿望而随人的意志转移。索菲玛索对亚历说，每个早上我都会离开你，每个黄昏你都要把我追回来，一天一天爱下去……

这仅仅只是一种苍白无力的挣扎罢了……

一个故事的结束，可能正预示着另一个故事的出发——大团圆以后，将是日久生厌，是爱情的消失，日复一日，永远是激情的敌人。激情只能是短暂的，稍纵即逝。也只能是生长了又死亡。死亡以后再生长……

而死亡才是永远的结局。

谜一样的悖反

索菲玛索

在《勇敢的心》里,索菲玛索与梅尔吉普森有过合作,梅尔吉普森赞扬索菲玛索说:"是的,她很漂亮……这个角色需要至少两个以上的因素。"

看过索菲玛索的一些电影,就会发现,索菲玛索不仅具备了两个以上因素,可以说她具备了所有的因素——一种全方位的开放性——一种不确定性。就像她所演绎的爱情,不是模棱两可,而是模棱无数可。甚至就像回到爱情的原始状态时一样,一万个人可以有一万种爱情,而对开始经过结局都一样的爱情,也会发生根本不同的理解。闪烁其词没有定规。

罗兰巴特把他的《恋人絮语》称作为"一个解构主义的文本",他认为这本书的无结构状态是与爱情本身的无结构相一致的,恋爱时有万千语絮,一有风吹草动就纷至沓来。爱情是一种情境,千头万绪,变化万端,有时不可凝视,有时却可待追忆。"对爱情,我是怎么想的?——实际上,我什么名堂也没有悟出来。我确实很想知道爱情究竟是怎么一回事,但作为一个当局者,我所能看到的只是它的存在,而不是它的实质。"而事实是罗兰巴特还原了爱情,让爱情的原初态呈现在读者的面前——一种缥缈的不可规定的物质。

在电影中从来不确定的索菲玛索,对自己的爱情,倒好像很确定,她说她喜欢人们白头偕老的感觉,她甚至相信,尽管她和她的情人导演安德列左拉斯基都在成长,但内心深处的自我却依旧不变。她喜欢和左拉斯基合作,因为她知道每次的合作都能摩擦出不同的火花。与左拉斯基虽然没有结婚,但他们已有了一个孩子。他们的爱情很人间烟火,除了结婚仪式,似乎有点接近传统和保守了。

而现在,对爱情耿耿于怀的人又有多少呢,大家只不过爱看别人的爱情而已,那样就不会伤及自己。有名的王家卫有一句与王家卫一样有名的名言:爱情在60年代是一个很长很大的病,爱一个人可能是20年、30年的事,现在则不可能有那么长的病——现在只可能是一个小感冒……

感冒也是病,不要生病是现在人的统一认识。大概若干年后恋爱感冒也将会不治而愈。

而伤风咳嗽感冒所有的病都将在银幕上由索菲玛索们来演绎。观众就真的做回观众,观赏爱情,观赏美女,观众是单纯的享受,他们不再痛、不再冷、也不再有生长和死亡的欣悦。

那么,再看索菲玛索们的爱情还有什么意义?

把香燃起

一些看起来光鲜艳丽的日子,却让人感觉到了无意趣的慵懒。

生活中充满了事情,忙碌、忙碌,完了一桩事,再赶着做下一桩事,事事都为了实利,最沉闷的实利主义使生活变得黯淡无光。这是在忙完了所有该忙的事情以后,终于坐在电视机前,脑子里一片空白时,突然生出的百无聊赖。没有什么东西是可以让人兴奋的,是青春不再,还是生活确实发生了太大的变化,以至我们这些曾经将青春的所有热情浸泡在那些经典的精神中的人在失去了精神的高峰体验以后,一下子滑落到了谷底而感觉到了苍白?

想起那些如饥似渴的日子,坐在简陋的桌前,青灯一盏,手底下的书发出哗啦啦清脆的声响,我们就进入了一个无所羁绊的世界。

1830年的法兰西,秩序井然得就像凡尔赛花园里的林荫道一样,尽善尽美到令人感到憋闷的地步。法兰西的统治者,那些老人们,则宠爱着他们认为的那些品行绝对端正、衣着完美、日后有资格成为公务员的年轻人。这些年轻人很少有自己的想法,循规蹈矩,克己忍让,他们是旧时代的很优秀的承传者。而另一些年轻人,却被内心的激情燃烧着,他们喜欢剧院的气氛,因此经常聚集在剧院里,将头发垂至腰部,穿着猩红色的缎子紧身上衣(为了对传统的灰色表示愤慨),对权贵们怒目而视,他们认为那些权贵是俗不可耐的。他们确实是一些艺术的天才,其中有日后如日中天的大作家巴尔扎克,有画家兼诗人戈蒂叶,有作家诗人涅瓦尔……他们有理由对同时代的人表示蔑视,他们当然可以怒斥那些人追逐地位、逢迎权贵,是乞丐、寄生虫,因为在以后的不多几年里他们就为法国创造了第一流的文学和艺术。那些文学和艺术如法兰西民族一样不朽。

法国文学艺术的浪漫派,从那个时候就高扬起了自己的旗帜。

而一般人对于浪漫的理解却并不包含以上的那些意思,人们对法国人性情中的热情和奔放以及艺术性一言以蔽之曰"浪漫",因而法国人的浪漫著名于全世界。

就说电影,法国电影完全不同于美国好莱坞的电影,虽然它节奏那么慢,不似好莱坞的轰轰烈烈刀光剑影,应该说好莱坞的电影更加符合现在的生活节奏,但,法国电影却还是让人不肯放弃。它隐含的那些人性的内质的东西，常常会令人怦然心动，它更加具有一种忧伤的凄然的美丽，缓缓的，却缓缓地将人带入他们那种固有的，也只有他们才有的那种不同于所有其他民族的浪漫中去……

有时想，法国电影的这种浪漫，可能是脱胎于他们的文学的浪漫的，甚至于随着时间的河流追溯上去，一直可以到达18、19世纪那个时代。那种源远流长的不认同固有世界而一意寻求精神创造的喷薄的浪漫。

有评论家认为，法国电影之所以能与以好莱坞为代表的世界电影抗衡，是因为它是以"作家电影"而成为其鲜明特色的。法国有很多这种文学与电影双栖的创作者，称为"摄影机-钢笔派"，他们只有极少的制片经费，却拥有极多的创作自由，他们可以扛着摄像机随心所欲地拍摄，只凭自己的感觉，完全不用顾及市场因素，那不是他们所考虑的，因而这种写作最大限度地解放了创作者的思想，而使法国电影无论从影片的创意还是深度来说都远远高于好莱坞的大众电影。

1949年，当凯瑟琳·布蕾亚（Catherine Breillat）降生时，离那些最轰轰烈烈的浪漫派作家创作的时代，已有一百多个年头，而她就降生在这个具有浪漫而开放的传统的国度里。

然而，她比前辈们可能走得更远。

是一种女性的与生俱来的意识，使她大胆超越男性的一统天下，正如同当年那些男性天才极力打破的是禁锢他们自由思想的旧的一统天下。她的反抗静悄悄的，却让所有的人都大吃一惊。她19岁时写的第一本小说《容易相处的人》在1968年出版的时候，就被列为18岁以下禁止购买的限制级小说。然后，在23岁时，她参与演出的第一部电影《巴黎最后的探戈》，是意大利著名导演贝托鲁奇的经典情色电影。再然后，她更加无羁。25岁时，将自己的第四本小说《气窗》拍成她的第一部电影《爱欲解放》（Une vraie jeune fille）。电影刚拍成，就遭到了当时知名的《费加罗报》的批评，指其"对身体亲密关系的公开展示、玷污和侮辱，使女性蒙羞"，电影被禁演，一禁就是24年，一直到接近21世纪的1998年才得以公开上映。

凯瑟琳·布蕾亚的几乎所有作品都竭力挑战法国乃至全世界的道德尺度，像她这样大胆和不顾一切地喷涌的创作和思想，也只能生长在法国这样的地方。不管凯瑟琳·布蕾亚挑战什么，其实，法国正是她的土壤，是法国让凯瑟琳·布蕾亚成为了凯瑟琳·布蕾亚。

凯瑟琳·布蕾亚集作家、编剧、导演、演员于一身，就像那些"摄像机–钢笔派"一样，完全彻底自由自在地表现自己,她对于女性性别的表现,振聋发聩——难道女性也可以将性别表现得如此"色情"?然而,为什么不可以?难道不可以吗?而事实是在她以前,没有哪个女性曾经如此描写过如此的情事性事,似乎女性对于性的想象仅止于"爱情",一些优美的优雅的眼风,一个美好的团圆的结局——女性如果不淑女,她的女性角色是要被怀疑的——男性对于女性角色的规定和训练,使女性早就集体无意识地成为了所谓的女性,再叛逆的女人,也不敢,甚至从来没想到过越此"雷池"一步,只要她还自我意识为女人。

性别,从来就一直是女性的软弱之处。

对于性别,女人羞于启齿,女人只谈爱情。在爱情的覆盖下,欲望的河流在地底下奔涌——山峦起伏,草木森森,大江大河可以气势雄伟地一泻千里,而女人的河流只能在暗处涌动——从来就没有如山峦草木那样理直气壮过。女人甚至于都不曾意识到这种暗流的澎湃。在男人——社会习俗的框子里,女人们生息繁衍,兢兢业业,恪守妇道,将涌动和爱情混为一谈。

而凯瑟琳·布蕾亚却不知怎么发现了其中的滑稽之处,她作为法国电影的先驱,其实更恰切一些讲,她作为女人的先驱,将自己的发现表达了出来,而且,她的影响力正在持续地发酵中……

男人的判断——社会习俗的判断难道永远都是正确的？

凯瑟琳·布蕾亚说"不"！"我们活在一个强迫接受道德的病态社会，我企图操纵影像去刺激观众，让他们思考自己为什么会有这些（坐立难安的）社会的制式反应，然后明白这些恐惧和反应没什么大不了。我这样说是因为我是第一个被这些主题和影像扰乱的人。我是个清教徒型的人，但你必须长大，并克服这些不合逻辑的反应。""我们须改变美学的符码……道德的反感来自美学的秩序，我们必须挑战器官让我们害怕的事实……"

《罗曼史》（Romance）实现了凯瑟琳·布蕾亚的这种宣言。她用令人不寒而栗的极度冷静的语调，准确地描绘法国年轻女子玛丽的使人瞠目结舌的性旅程，玛丽用身体获得了掌控生活的权力。

正如凯瑟琳·布蕾亚所称，她毫不费力地就挑战了人们的审美习惯——看上去非常般配的玛丽与男友保罗之间却没有激情，日子死死的，保罗宁愿在咖啡馆看书也不愿早些回家与玛丽团聚，玛丽百般无聊，寻找别的男人玩邂逅游戏——那样漂亮而年轻的玛丽先是与过路的一个莽汉"露水夫妻"一场，继而又与又老又丑的学校同事"假戏真做"——那种年轻与年老，美丽与丑陋的对比令人揪心，剧中人自己也意识到这种对比的冲击力，因此而激情荡漾……

结局是,玛丽有了老男人的孩子,而保罗则在一场事故中身亡。玛丽以保罗的未亡人的身份出席了葬礼。怀抱着孩子,玛丽似乎心满意足。

完完全全的不合常规和逻辑,却令观者动容——一种反常中的真实,一种真实的虚构——难以描述的感觉,则被描述得那样精准。

法国的浪漫,一部《罗曼史》岂能包罗?然而,凯瑟琳·布蕾亚的浪漫,让人对于法国的浪漫又多寄予了一点希望,这终究是一个能够出伟大人物和思想的地方,因为他们的浪漫和不羁,他们的自由和勇于打破,将让人看到思想和感觉自由翱翔于天际的美丽景观。

有一个叫埃尔耐斯特·福意内的浪漫派诗人写过一首代表全体浪漫派诗人题赠给维克多·雨果的十四行诗《给两个幸福的人》,虽然福意内早就被人忘记了,但他那首诗里的一句话还经常被引用:"为了让香散发香气,必须把香燃起。"

是的,生活需要经常被燃烧。

醉翁之意

醉翁之意在酒,也不在酒。在酒是说,如果没有酒,又何来醉翁?所以酒是前提,更是他们之成为醉翁和他们的不在意酒的中介,借助于酒,他们才能完成自己的角色,继而达到自己的目的——不在酒。在这里,酒仅仅只是一种手段,或许我们可以把它看作是一种交通工具,于是酒和醉翁就成了一对永难分割的孪生兄弟,出则同行入则同息,共同沉醉于我们这个无从定义的现实世界。那么,醉翁究竟想去什么地方,为什么他们必须凭借酒才能作遥远的异地之游呢?

世上喜作陶醉忘我之远游的人还真不少,他们汇聚起来,竟走成一支浩荡的大队伍。从古至今,从外到中,就一个"酒"字,也衍生出文化来,就像李白左手葫芦右手剑,有人说他绣口一吐便吐出了个盛唐一样。那么,在这种种耳熟能详的文化中我们看到了什么,那些醉于酒中的人们又看到了什么?可能当我们现在试图进行分析推理的时候,已经

醉翁之意

一不小心遗失了进入另一个令人迷狂的理想世界的入场券；而醉者，却全然没有这种担忧——既醉也，不问世事。世事，或许便是他们企图摆脱的此在。而此在，也就是这个现实的我们设身于此的世界，充满了矛盾痛苦孤独永不满足和种种由此而来的灾难性遮蔽，使它已成为一个令人无法忍受和必须出逃并拒绝的世界。

就像这个扰人的夏天，此时它正豪迈地入侵我们的感觉，空调把汗逼了回去，从此我们失去了酣畅淋漓，我们衣冠楚楚，文质彬彬，脸上涂脂抹粉，双眼露出尖利的精光，我们盘算好了，猎物就在面前，任何进身之阶都不会被放弃，人们互相踩踏拥挤在窄窄的阶梯上争夺每一个可能的位置，而位置则意味着能够占据一席有利地形，它通向那个目标——名利，而名利正在前面不远处顾盼生辉，向所有的人抛送秋波。许多人在密不透风的假面下窒息而亡，成了行尸走肉，还有一些人倒在半道上，作了真正的牺牲品。空气太不好了，我想。那么关闭空调打开门窗吹些许自然的风，或许还应该有一壶酒和微微的醉意。

这时，我听到有几只夏虫在鸣叫，四周突然变得异常寂静，空谷一般的只有虫鸣，一声长一声短，此起又彼伏，这虫鸣出了空廓鸣出了寂寥鸣叫得这千万年的夏日火辣辣的日头也仿佛变得清澄起来，不知千年以前的刘伶是否也曾经听到这一声虫鸣，而一气呵成《酒德颂》？我看到他抱着那壶酒坐在鹿车上肆意酣畅，有人荷锄紧随其后，一旦醉死，便掘地以埋，人活一世，草木一秋，也算是物我两冥了。而刘伶的酒魂与那声声虫鸣便一同漂过了千年绵长的时光川流，不散。

  有人说，刘伶们的好酒是因为出于对生命的热烈留恋和对于死亡将会突然来临的恐惧。是的，时光飘忽，生死无常，人们如何才能把握自己的生命使生命真正属于自己？人，既不能策划自己的出生，也无法预料自己的死亡，对自己的生命就如同你对着这个永远无法也不可能穷尽其了解的世界一样，感觉到的只能是无可奈何。当真奈何不得么？还有一种无奈的奈何，那就是放弃。放弃对生对死对生命把握的企图，放弃无奈的生命流程中种种无奈的经过。于是，对于死亡的畏惧终于让位于对于生命的放任。而人，一旦学会了放弃反倒开始获得，从此他们在醉中获得了生的平衡和生命着的无忧的快乐。酒中有欢乐，这是一种迷狂，是一种肆志，"愿举太山以为肉，倾东海以为酒，伐云梦之竹以为笛，斩泗滨之梓以为筝，食若填巨壑，饮若灌漏卮；其乐固难量，岂非大丈夫之乐哉"，其中溢于言表的是高阳酒徒们的痛快与纵情。

  但是酒之为酒却在于酒并不永远仅仅只是一服快乐药，

醉翁之意

让我们想一想同为竹林七贤的阮籍和嵇康。在这样的夏天，在遥远的时间和空间的阻隔下，我依旧能在众多漫漫苍穹下酣醉的魂灵中寻找到那两颗充满忧患和痛苦的酒魂，又因他们而想起了他们所生存的那个时代。在当时的社会环境里，饮酒已不再是率而任性的自由选择而成了掩人耳目的烟幕和存身的一种手段。对阮籍来说这样做的效果是很明显的，他居然能常醉又常醒，管住自己的嘴巴，坚决不臧否人物，言及玄远而未尝评论世事，当司马氏欲与其结为儿女亲家时，他却大醉六十日，终不得言而止。阮籍的最终全身全仗着善用杯中物，以至使他得到了"天下之至慎"的高度评价，但在这种评价的背后，我们看到的却是一个古代文化人在极其复杂的社会语境里所表现出来的同样复杂的一种生命状态。相比于阮籍，嵇康就显得略逊一等了，虽然他也能做到二十年而未尝有喜愠之色的谨慎，但谁让他本有济世之志，又是性情刚烈的人呢，不识物性暗于机宜。只是在动乱的年代里才以饮酒为常，尽管看上去烂醉如泥，然而心中却依然明镜高悬，那种内心深处的痛苦啊，到头来还是掩盖不住，勉为其难的躲避终究无法不露出"马脚"，竟使如此性情中人不得终其天年。

不过，魏晋时代这些文人们的酒魂之所以能穿越漫长的时空隧道飘游至今，并不仅仅是因为他们的以醉酒作为有意识地抵抗祸害的那种生存方式，更多的是因为他们在酒醉中找到的那条通往艺术的途径。在无思无虑其乐陶陶兀然而醉恍然而醒的过程中，他们的音乐和文章便也做得真切自然，词采华茂。可惜的是，在今天，我们已无缘再听一听嵇康的那一曲《广陵散》，"嵇中散临刑东市，神气不变；索琴弹之，奏广陵散。曲终，曰：'袁孝尼尝请学此散，吾靳固不与，广陵散于今绝矣。'"以至现在我们只能凭借着《声无哀乐论》来想象《广陵散》那天籁般的境界了。

只是我们不知道自己能否想象古今中外流传于世的文学艺术作品中，有多少是源于酒的作用？李白斗酒诗百篇、怀素狂草惊天地已是家喻户晓，而杜甫、陶渊明……几乎没有一个不饮酒，且都有关于酒的诗，这些常令人们激发起几千年的激情几千年的浮想。"花间一壶酒，独酌无相亲。／举杯邀明月，对影成三人。／月既不解影，影徒随我身。／暂伴月将影，行乐须及春。／我歌月徘徊，我舞影凌乱。／醒时同交欢，醉后各分散。／永结无情游，相期邈云汉。"李白酒中的想象与伤感实在是太奇崛了，几已成为关于高手寂寞的经典描述而令后人感到一种隔世的震惊。今天诗人洛夫在《与李贺共饮》中写道"……嚼五香蚕豆似的／嚼着绝句。绝句。绝句。／你激情的眼中／温有一壶新酿的花雕／自唐而宋而元而明而清／最后注入／我这小小的酒杯／我试着把你最得意的一首七绝／塞进一只酒瓮中／摇一摇，便见云雾腾升／语字醉舞而平仄乱撞……来来请坐，我要与你共饮……喝酒呀喝酒／今晚的月，大概不会为我们／这千古一聚而亮了／我要趁黑为你写一首晦涩的诗／不懂就让他们去不懂／不懂／为何我们读后相视大笑。"显然在这里洛夫接受了李白的那份对于孤独的感悟的隔代影响，然而虽然洛夫拥有一颗激情喷发的寂寞诗心，却毕竟有千年前的诗人能和他会心一笑然后同醉。只有具大才情如李白才会有那种邀月共饮的旷古寂寞，想一想那是一种何等空前绝后的场景，月下笑傲，对影三人，剑气酒气纵横，也正因为李白的这种天下无敌的大寂寞使他成为中国文人代代相传的诗魂。李白说，人生得意须尽欢，莫使金樽空对月。他还说，古来圣贤皆寂寞，惟有饮者留其名——他果然留下的是诗与酒的美名，也留下了中国文化千年不变的传统。

同样在西方也有人注意到了酒对于文学艺术的作用，他们用科学的方法来研究这两者之间的关系，得出的结论是，酒精是语言的因素，它能让人们打开滔滔不绝的话匣子，使人文思泉涌灵感勃发，使人忘却自己的所在，忘却时光压在心头沉重的痛苦和恐惧，而那些逝去的和正在逝去的岁月不再是人们必须关注的焦点。生活在酒的遐想中显得更富有创造，想象力穿过现实和思维的窄门超越了人自身的限制，变得辉煌而令人向往，永无止境。西方文艺家的饮酒自然有他们的源头，他们秉承的是希腊和希伯来的精神传统，而希腊精神中很重要的一部分是欢乐和向上的精神，酒神狄奥尼索斯代表了欢乐、自由、放纵、历险，柏拉图就曾经经常"回忆"酒神式的迷狂和神的光辉灿烂的图景。正如希腊的悲剧脱胎于酒神仪式一样，西方人在自己的精神深处也永远有着酒神的位置，那种食物丰盈、生命充溢和永恒的酒神精神，在西方人的内心深处注入了一种永远向前的内驱力，使得他们更偏向于对人生自由的追求以及对于终极性意义的探索，虽然与中国人一样，他们也看到了生命的短暂和有限，但不同的是他们在这种认识之上却构建起了对于绝对、无限和永恒的渴望。

而中国人则更愿意在酒中摆脱那个使他们伤感的无常的现实人生，曹操说何以解忧唯有杜康，孔融说座上客常满樽中酒不空吾无忧矣，陶渊明说中觞纵遥情忘彼千载忧，李白说五花马千金裘呼儿将出换美酒与尔同销万古愁……在这里酒被用来浇一浇心中的块垒。那么，又是什么使得中国文化人的心头积郁着那抹不去的万古忧愁呢？时至今日，在现实生活中，我们间或还能看到真正的善饮者，善饮在这里并非指能喝酒，而是指那种懂酒理解酒的人。比如，历史小说家高阳，我曾在另一篇文章里谈到过酒和他的历史小说间的

醉翁之意

关系，而这种关系又很容易让人联想起诸如文人与酒与药之类的话题。高阳以酒为友，他曾对我说他经常一天可喝一瓶威士忌，似乎一日不饮便有神形不复相亲之感。他属于那种自斟独酌的饮者一类，总是慢慢地喝干杯中的酒，可能在他眼里，已有酒为友，夫复何求？以至最终竟殁于酒。对酒情之独钟如斯，真可谓知酒了。确实也是，相比于阔大浩渺的历史长河而言，能在其间留名的饮者实在太少，他们在空寂的天地间游荡，就像李白，最终还是在醉中水中捞月而亡，彻头彻尾的浪漫又有着那么一点悲剧意识。是的，虽则这个世界充满了人，形形色色的人，这些人或者他们的灵魂叠加起来甚至可以挤破我们的生存空间，然而能够进入酒的殿堂——艺术境界的饮者真是不多，因为饮者至少必须是一群至性至情而非同一般的人，对于他们来说，或许饮酒的过程，也正是他们创造属于自己的世界的过程，这大概也就是酒中"真意"了吧。

而对于我们这些凡俗人的凡俗人生来说，酒和酒所带来的那种平凡的快乐，可能已是生活中仅存的某一点亮色，一种调剂。前不久到南方去，主人请我们喝酒，是黄酒，小小的酒杯里放一颗大话梅，看看似乎就很有一点情趣，然后每一口酒喝上去都有不同的口感，这酒喝着喝着便喝出了一种韵味无穷。原先最好的黄酒出在绍兴，绍兴离我们很近，喝黄酒对于生活在我们这里的人来说是家常便饭，然而没想到的是黄酒到了南方却喝出了另一种氛围，简直有点化腐朽为神奇的意思。当然，这也可能是源于我的少见多怪。回来后，我看到商店里有卖话梅黄酒，便买了一瓶，想重温那种感觉，不料被成批生产的话梅黄酒却一味地甜腻，完全没有了当时喝的那种层次感，再想起南方那酒因为随着话梅浸泡时间的增加和杯内酒的减少，酒的滋味自然也就发生了不断的变化，而现在这种大批量的成品酒怎能与之相比呢。也许，仅仅从这样一件小事上，我们就能够知道我们的生活早已随着工业化快捷方便的到来而失去了生活原本所具有的层次感和个性。

不过，对于这种已经发生的变化，我们却没有理由简单地用好坏来评价，就像快捷方便本来不正是我们所追求的么？而酒原来带给我们的是眩晕和非同寻常的体验，正如前面所说的是快乐。但李白却还曾说，举杯消愁愁更愁，所以，可能任何事物都是一把双刃刀，关键是我们用怎样的眼光和怎样的心境来看。而人的感觉在许多时候都是很微妙的，有时尽管我们没有酒但仍然常常会不期然遇上一些喝酒也求不来的好感觉，这时就真不知到底是心境作用于酒还是酒作用于心境了，那种蹊跷就像庄周梦蝴蝶或者蝴蝶梦庄周一样。这样来看，心和酒真是玄乎乎的令人无法捉摸的东西。关于心的这种不可捉摸以及永不可满足，已有人说过：生活在别处。是的，生活总是不在我们面前，我想我们大概已经陷入了这个陷阱，这是一个转不出去的迷宫。生活对于我们似乎仅仅意味着我们等待对于将来的一种赴约，而等待一旦成为现实，我们便开始拒绝而注定失去现在，就像这个躲在空调里的假面具一般的扰人的夏天，然而我们是否真的有勇气打开门窗，吹一吹自然的热风？那么，什么才是我们真正需要的生活呢？或许其实我们的心盼望着的是永远遥远的彼在，或者是沿着幽暗的时间隧道去寻找"回忆"那一盏微弱的烛光照亮我们漫漫的生命旅程。

当然，话说回来，凡俗人的对于酒的凡俗的想法可能与真正的饮者不可同日而语，也许我们永远无法了解他们对于酒的感觉。也正因为此，不管我们在酒中看到了中国人退守的人生还是西方人进取的人生以及种种酒的文化景观，我们对于这种渊远的文化和天才的人物都充满了一种敬畏。我们并不知怎样退守怎样进取，因为在这进退之间可能便存有得失，而那种平衡可能则是我们穷尽一生也很难把握的。这样看来，我们或许至多只能喝一点点酒，有些微的醉意，略作酩酊，凭借着酒作遥远的异地之游，或者仅仅凭自己的一颗心就能去游历那想象中的幸福之境。正如卢梭所描写的那样：心灵无需瞻前顾后，就能找到它可以寄托，可以凝聚它全部力量的牢固基础。

　　是不是也可以从这个意义上说,醉者之意在酒,也不在酒?

美丽的红绿白

不知道什么时候起圣诞这么热闹起来。还没到时候嘛，就已经有那么一点气氛了。连新闻都与圣诞有了联系。"对于刚转会到丰田车队的小舒马赫和特鲁利来说，今年的圣诞节他们将得到一件特殊的礼物——下赛季的新赛车丰田TF105，丰田车队打算在12月底展示新车。"TF105是车队技术总监加斯科因从雷诺车队来到丰田后第一辆亲手设计的赛车，将于圣诞节前后完成制造。在下一年的1月初，小舒马赫和特鲁利就能驾驶新赛车进行充分备战。

由于F1赛车的移师上海，上海人也有眼福看到世界顶级的赛车比赛了，著名赛车手的圣诞礼物早早地成了大家茶余饭后赏玩的对象，当然也是艳羡而已。只是因为他们，而将浓浓的另外一种文化的氛围带了过来，但好像现在大家也将这些事看得很平常，也就是看过听过罢了，还有就是对新赛车丰田TF105的好奇，难道赛车发展至今还有得改进？怎么得了！那车已不是车了，似乎想飞，事实也是，当车真的跑起来时，在电视的特写镜头里可以看到赛车的轮子离开了地面，但又不是飞机，是不是怪物啊。但，速度，速度！除了速度，在车队那些人眼里好像没有别的。记得看过一个电影，是讲法拉利家族的故事的，电影将法拉利跑车的发展一点一点呈现出来，那种孜孜不倦，那种几代人的呕心沥血，非常感人。因此我知道汽车就是这样由一点一点地改进，甚至有人为之献出生命而发展至今的。在我的想象里，已经不可能有比现在的赛车再快的车了，可居然还是可以改进的，就是说还可以再快。想起了那个口号，更快，更高……

大概也只有速度两个字可以形容对于世事变幻的感受了。同样是圣诞节，现在和那时就非常不同，过圣诞节的人，也因时移事易而有了不同的心情。

有时想想，上海其实是个非常奇怪的地方，照理说，那一场"大革命"应该是很彻底地革除了封建的（传统的）资产阶级的（西化的）修正主义的东西的。但在许多细节上，在民间却渗透着一些什么，有时在不知不觉间就会冒出来。比如在大家都过着艰苦朴素的日子的时候，在外婆的箱底里会发现几件颜色鲜艳的绸缎旗袍；偶尔会在不太用的一大堆碗碟中找到几个未被砸烂的描金仕女盘；或者在私下里，几个年轻人紧闭门窗，围着老唱机听被称作靡靡之音的老唱片；那时，市场上没有鲜切花卖的，但在许多人家里却有看

美丽的红绿白

似完全无用的插花用的花瓶；有些人家里还保持着吃西餐的习惯，虽然可能原料不好买——在物质最贫乏的时候，上海还留了那么几家西餐馆：红房子、德大、东海、凯司令、淮海西餐社以及天鹅阁。天鹅阁是葡国风味的，那里做的葡国鸡味道极正宗，一般日子还算过得去的市民会在某些日子去西餐馆点上猪排或鱼排、色拉、浓汤等度过一段似乎有点异样的时光。在家里，有些人也会营造一点气氛的。记得有一次去同学家，同学的母亲将新鲜的柠檬切成片做柠檬红茶给我们喝，那时市场上哪有如今那么多花样翻新的饮料？因而那柠檬红茶就是很特殊的了……我是想说，过圣诞节，是在这样一个基础上的——

考上大学那一年的寒假，我们第一次大张旗鼓地过圣诞节。在那以前，圣诞是不可以明目张胆过的，也可能有人连有圣诞这样一个西方人的节日也不甚了了。那个时候，高考刚恢复不久，事实上所有的事物都在复苏之中，包括过这个西方人的节日。我们正好赶上了时候，也引领了一次时尚的风气。

记得那天好像突然降温，有些冷，临出门的时候母亲提醒我要加件衣服，我没听母亲的，觉得多穿了衣服会显得臃肿不好看，就穿了薄呢子大衣出门，到了街上才知道自己错了，真的很冷，街上也没什么人，更感觉那风像刀子一样。

好在是十几个同学聚到了一起，有能说笑的，说还冷得不够，下雪才好呢，那样才像圣诞节的样子，不然，圣诞老人的雪橇可过不来。哪里来的圣诞老人？街上除了我们这些发疯的年轻人就真的没什么人了，街景也不如现在这样到处都是背景灯光的热闹，那时泛光灯可能还没有发明，仅有很少的霓虹灯，也和圣诞无关。与平时的每个日子一样，但我却清晰地记住了那一天。

我们说好是到红房子吃大餐，预先订了位的。一大群人带着街上的冷风热热闹闹地涌入红房子时，才发现这里到底是不一样，与外面形成强烈反差，温暖的灯光下有圣诞树，树上有漂亮的小礼品，盘旋树上的还有一闪一闪的装饰灯，在辉煌灯光下一张足可以坐得下我们十几个人的大餐桌上已放好了餐具，那些刀叉在一闪一闪的灯光下正熠熠生辉。坐在西餐桌边，但并没有温文尔雅轻声细语，我们很兴奋地高声喧哗，不知道为什么，就是那么兴奋。葡萄酒（现在该称红酒了）悄无声息地喝完了，火鸡也很快被一啖而光，虽说那肉枯燥无味，但好像气氛会改变食品的味道，大家认定这里的圣诞大餐是最好的。我们的形式也很超前，ＡＡ制。吃完了，乐完了，大家在大街上告别，挥一挥衣袖，就各奔东西。想起来，从那一次以后，许多同学就杳无音讯，再也没有见过。有时想，他们可能在世界的某个地方过着真正的圣诞节呢。

后来,过圣诞节就越来越风行起来。圣诞节这天的大街也越来越热闹,几乎每家店都有圣诞老人笑眯眯地迎客,店堂布置也竭尽所能,雪橇啊、驯鹿啊、雪花啊、圣诞花啊,该有的都有了。而我倒好像不再有过圣诞的兴致,孩子小的时候给她讲讲圣诞的故事,送她礼物,等她问我"圣诞老人是什么时候来的?"我可以骗她"从窗户里进来的",因为我们家没有烟囱,只能说是窗户,等她大一点,知道礼物都是我送的以后,大家也就觉得没什么意思,就真的对圣诞麻木了。除了好玩,圣诞其实和我们没什么关系,不是我们血液中自己的节日,新鲜劲过了也就过了。

圣诞是商家最起劲的时候,可以做商品的大倾销,每年的这一刻,商家笑得最响。西风东渐,现在春节也成了商家笑得最响的时节。但不管商家,春节是我们自己的节日,每年总还有所想望。

不过,现在有时还会被迫过圣诞。圣诞的时候,在国外的亲戚朋友放假回来了,他们过节,我们也就陪同过节了。

地球已这么小,交流也很多,有时感觉东西方已越走越近。但最终,差异还是在血液里。就像虽然F1赛车已移师上海比赛,但中国还没有自己的车队,现正打算与美洲虎车队谈判,而英国乔丹车队也意欲出售,一旦中国买下了其中一个车队，就意味着F1赛道上将出现一支中国车队。但是真的中国车队吗？那种速度，无止境的速度，至少目前来看，中国人与之还是有距离的。

目光投向未来之海

有道是"橘生淮南则为橘，生于淮北则为枳""一方水土养一方人"，说的都是人或物在规定的情景中只能自成一种特殊性格的缘由。因此，当一个人说自己是某某地方的人时，他就与这个地方再也割舍不了关系了。不管这个地方和这个人今后各自怎样变迁，甚至这个人和这个地方从此再不见面，但那种思绪，或者连思绪也不是的混合在你血液中的一种东西还是会将你和那个地方联系起来。这种强有力的联系，这种一个地方所赋予你的意义，应该称作什么呢？家园还是故乡？

当一个人想念故乡时，故乡总是在遥远的时间或者距离的对岸，他已经有了新的地方，所以才想念故地。而如我这样的人，生于斯长于斯，后来又生活在这同一个地方，我能将它称之为故乡么？那么，应该算是家园了吧。但是，我常常又感觉到飘浮的虚弱的不着不落的心无安处。其实，在偌大一个城市里，你确实飘浮在空中，你不可能是那种可以把根深深扎进泥土里的强劲的植物,你只是一只扑棱着翅膀总在寻找栖身的枝条的疲惫的小鸟。土地那么拥挤,甚至于树枝也是那么拥挤,你孜孜矻矻积年累月地劳作,依然还是在找寻那可以寄托的家园。而可能家在远方,也可能此生终不是家园。

一个人和一个地方的生死相依可能是生而就有的,但明确意识到这种血肉一般的意义却并不是与生俱来的,它肯定是经过了许多年月的滋养,经过了从不自觉到自觉的漫长的过程。等认识到这些时,往往是这个人已经走过了一段不算太短的路程,并且已经开始回望来路,未来的方向大约正是在来路中。

我们生来就是这座城市的居民,而且并不知道这于我们有什么意义,我们就在这座城市里,在城市的某个街道,在街道的某条弄堂里成长起来。在最初的几年里,我们没有地域的概念,不知道除了我们居住的这个地方以外还会有什么地方,懵里懵懂的我们过得非常快活,我们喝着浦江水,说着上海话,就像呼吸一样地自然和自在。

对于我来说,知道上海以外的别的地方,可能是源自那年知青的下乡。那时可真热闹啊,中学生们在大红纸上写决心书,还有写血书的,他们非常指点江山非常激扬文字,令人好不羡慕。但也有人闭门不出,郁郁寡欢,他们以及他们的家里人到处托人找医生开证明，以使自己能够继续留在这座城市。后来他们，不管是激昂的还是被迫的都去了外地。等他们回来，我们才知道，原来我们所居住的城市是多么的了不起啊，能够拥有上海户口简直是世界上最幸福的事了。上海就这样被夸张成了天堂。

一点点，我们开始长大起来，开始读书，并从书本上知道了世界有多大，我们不仅了解了自己国家的风物特产省会民族，还能背出许多国家的名称首都出产以及风俗人情。当时的我们除了读书还是读书，古今中外的文学书籍让我们感觉到古今中外是一样的迷人，一样的充满了诱惑，一样的令人流连忘返。然而，我们忽略了现实，现实的差异其实比书本更实在和更具有冲击力。

比如那些年，在经过了高考，经过了知青返城的浪潮以后，不知怎么，上海一下子似乎又从天堂变成了地狱。那时，上海那些幽静的外国领事馆所在的马路，忽然人声鼎沸，甚至在冬天寒风刺骨的长夜里，也有长长的通宵未眠的队伍在等待第二天领馆的开门。这些人像躲避瘟疫一样躲避着这座城市，领到签证的欢天喜地胜利大逃亡，未签出证来的则痛不欲生。那时的上海在有些人眼里就像是一只敝屣，人们弃之唯恐不及，这真让上海人心里不好受。

上海，在我们的感觉里就这样忽起忽落忽上忽下。我们不知道这座城市的真实面目，也不知道它对我们究竟意味着什么，虽然我们与它休戚相关。但那时，这座城市还没有像后来那样经常被人们提起，哪怕是上海人自己，那个记忆中的、张爱玲文学作品中的曾经辉煌的上海还被湮没在一片灰蒙蒙的尘封故纸之间。

今天早晨，我花了很长时间面对一张上海地图，我的目光在红的黄的蓝的绿的紫的色块上游移，这是一些区域，区域间有一些非常熟悉的路名映入眼帘，一些亲切的感觉，一些往事，一些熟人走出地图来活跃着。这地图于我来说是有生命的，我知道至今为止我的大部分时间都在这些马路之间穿行，我的生活与这些街道密不可分，我的那些流失的生命就是消隐在这些马路和街道中的。然而，面对这些色块，我又感觉到了陌生，当目光掠过这一片纵横交错蛛网一般的水泥丛林时，我不知道它对我究竟具有一种什么样的含意，虽然我在这丛林中生长出来，但是我并不拥有什么，我可能会在这些色块中间迁徙，无可选择地选择一个暂居之"家"。最近，家里有一位百岁老人过世了，我们为她送行，如果愿意，她可以回到自己的家乡去——她的所来之处。家乡有土地有房子有祖祠，她是去和家族的先人们团聚的，她回家去了。而我们呢？我不知道百年之后我们的灵魂安寄何方，我们回不到我们的所来之处，我们真的就像一朵被风吹落的扬花，轻轻飘飘，不知何往，更不知所终。可能这就是城市人的命运了，在城市里出生和生活的人们便更有一种匆匆过客的不安定感。那些红黄蓝绿的色块所代表的终究不是我们的归属。

问题就在这儿。

既然这座城市并不是我们的最终归属，那么另外一层意思可能就是我们是自由的了，我们可以随风飘扬，无处是家便处处是家。你可以认为这是城市人的飘零，当然更可以认为这是城市人的洒脱，就像那年，作为没有归属感的洒脱的年轻的城市人，我离开了上海，没有惜别，只挥一挥衣袖，便远走他城。

天高云淡，微风送爽，没有负累的心情特别轻快，我想，融入另外一个城市对于惯于在城市生活的人来说，并不是一件难事。可没有想到的是，自从离开了上海，我却成了一个真正的上海人，到哪儿似乎身上都贴着上海人的标签，到哪儿大家都说：她是上海人。这时我才真正知道自己是上海人。上海人就是与别的地方的人不一样，不管你自己怎么表现，所有关于上海人的说法都必须一一在你身上兑现——精明实惠讲求效率世俗化西化——在非上海人看来，上海人是近于神秘的，他们想了解你，但又怕一跟你接触就被你占了便宜去。起先的一段日子实在很别扭，那时我只是作为一个上海人的概念存在着,我似乎代表着全体上海人,以后慢慢地我才逐渐成为个体,成为"这一个"。然而,除了个体和个体之间的差异外,确实也存在着一个地方的人与另一个地方的人的差异,这些差异早就成为地域文化学者的研究对象。这时,我想起了"橘"和"枳"的故事,这时我有一点点知道你不是凭空长出来的,虽然你没有深深扎进泥土的强壮的根须,但是你无法逃避的却是生长的氛围和空气。即使你是一只鸟儿,你也是吃着这城里的食儿长大的属于这个城市的鸟儿,培育你的就是这座城市。正如你生来就与自己的父母血肉相连一样,这座城市对你来说,便也有了类似土地的感觉。

于是,在不在这座城市的那些日子里,你除了经常想念自己的亲人朋友以外,也常常想念自己的城市,甚至想念城市里春天的竹笋,"腌笃鲜"的美味令人魂牵梦萦,还想念那些冬天经过霜打的青菜,想念街道旁边朴实的小食店里的生煎馒头和小笼包子……所有抽象的东西一下子具体到衣食住行上来了,它们又一次提醒你,你应该归属于这一座城市。

有时看一些旅外华人的作品,比如有一位叫丛苏的作家有一本小说是《中国人》,还有一本杂文集是《生气吧,中国人》。她在美国几十年了,就是拼命写关于中国人的书;

还有时是住在国外的亲朋回来，他们总是非常自觉地意识自己是中国人，一说起中国和中国人他们便非常激动，好像全世界只有他们才最爱国，最关心中国人的事，只有他们才对中国和中国人的事最有发言权。住在国内的人就忍不住要讥讽他们，既然你们那么爱国，你们为什么不回来与祖国共患难呢？其实，旅外华人的这种情绪是可以理解的，记得一位诗人说过，在中国，你仅是七万万分之一的中国，可当你不在中国，你便成为全部的中国。鸦片战争以来，所有的国耻全部贴在你脸上。是的，当你面对外国人时，你对于自己是中国人的意识才会越加分明，当你离开了原乡母土，原乡母土所给予你的和在你身上烙下的印记才更加鲜亮，当你离开了那个生你养你的地方，你才会感觉到对于那个地方的强烈的归属感。

但是，当你从异地回来，你又成了几万万分之一，或者几千万分之一，当你没有差异作为比照时，你与这个地方的联系便被隐藏起来了。你会发现，在同你一样的人群中你是孤独的，你觉得你丧失了所有的特征，你自己便消失了。因此，你想象着将自己找出来，你重提话头，你想找出你在这个地方所拥有的东西，以便证明你的确实存在，然而你却发现，在这个你从中生长出来的地方，你并不拥有什么——没有物证——如果有的话，只是一些回忆，一些流失的时光，以及和这些回忆和时光在一起的感觉。感觉是多么虚无缥缈啊，真的，它就跟随着我们而去了，它不会留存下来，还是那个疑惑，到那时候，我们归于何处？我们凭什么找到来时路？

而生活依然在你面前伸展，你还是在这些各种颜色的块面之间奔走，你在这张错综复杂的网络里穿行得非常驾轻就熟，即使有时你会找不到自己。有谁知道呢，经常发现自己的人会不会是一种痛苦，就像平时你根本不去想自己的胃在哪里，只有当它痛起来，你才会注意到它。

其实，总是从个人的角度去寻找自己是有些过于狭窄的。比如说上海，作为一个上海人，你想了解自己，就必须先了解上海，了解所有曾经在这座城市生活过的上海人。大概这也是一段时间来关于上海的话题一再被提起的缘故吧。确实，近代开始上海成了中国最具有个性的城市，它向来能够开风气之先，当它作为镶饰在老式长袍四周的新式花边上的明珠以后，它以惊人的速度繁荣起来。一时间，"香车宝马日纷纷，如此繁华古未闻，一人夷场官不禁，楼头有女尽如云"。到了20世纪30至40年代，上海发展到了巅峰，而张爱玲又将这一时期极尽繁华的上海文学化了，将上海人规定在那样几本书中。

不过，沧海桑田，无论有多少关于上海人的经典，后来的上海毕竟还是不同了，以致要提到"重振雄风"。你看到那么多人在熙来攘往，城市在无限扩展，那些曾经有过的辉煌——老店新开或者新品复古，一些舶来品和舶来语，你不知道自己是否进入了时间隧道。然而，那曾经确确实实留有我们足迹的街道、弄堂却越来越少了，在感情上你留恋故物，在理智上你当然知道过去的总是过去了，你要为现在和将来着想。就像你对自己用过的东西存有感情，试图保存起来，而最终不得不舍弃一样。

新的道路新的楼房新的生活在原有的地方重新建立起来了，你也重新有了希望，你将目光投向那一片辽阔的未来之海，站在这里——现在，你觉得自己——一个人，是微不足道的，这座城市，是由许许多多熙熙攘攘的人所组成的，你只是其中的一分子，你会像以前所有的人一样，来了又走了，就如同细胞的新陈代谢，你作为一个细胞完成了自己的生命，也就可以消失得无影无踪。

因此，现在，你可以拥有过去、记忆、往事，你还可以拥有对未来的企望和梦想，你可以拥有一切你知觉得到的东西，但你不可能拥有其他的，这一切随你来而来，也随你去而去，在你知觉着的时候，你应该归属于这座城市，而一旦离去，你便飘零。

飘零也好。至少,我们曾经归属于这个地方,我们的生命也就与这个地方有了割舍不断的千丝万缕的联系。至少,目前来说,我们在这座城市里有一个暂居之家,每天当我们在尘土飞扬的街道上奔波劳累的时候,心中有一扇亮着温馨的灯火守望着我们的窗户。

不管这座城市怎样潮涨潮落。

美　色

　　中国文字，实在魅人，常用字也就这么几百个，竟然可以气象万千。那字与字间的每一次组合，就像是一次脱胎换骨的新生，可以秀逸，可以妩媚，可以灵动，可以险峻，可以峭拔，可以雄奇；当然也可以趣味盎然，或者索然无味；可以字字珠玑，或者言不由衷……文字真的是可以创造一个与我们身处的世界既那样相似，又完全不同的新世界的。有时想，爱好文字的人，大概都有一点不切实际，或者是容易被蛊惑的，因为一个由文字堆积的虚幻世界，就能令他们真情相许，迷途忘返。

　　这些感慨，是由"美色"这两个字引起的。美色，给人们的是一种淫靡的意象，一种太平世界的浮华骄奢。这两个字在一起，是非灯红酒绿觥筹交错不可的，不然，美色就是被埋没了。只是，这样地让她们在一起抛头露面，美是被色拉下了水的。将她们拆开来看看，明明美是美，色是色，毫不相关的两个字。美是让人欣赏的，摈弃了俗念的那种清明感觉,而色,则触发人的欲念,迷惑人的心窍,所谓目迷五色是也。

我们现在身处的是一个五光十色的世界,色彩之丰富,大概是前所未有的,电视,彩色的,报纸,彩色的,商店的橱窗、广告,更是色彩斑斓,哪一样东西不是在那里熠熠生辉,争夺你的目光呢?目光所及,皆色也。色,通俗讲就是好看,这个商品社会的商品正在竭尽所能地好看着,好看得令人只想占有,不停地占有,让人感到口袋里的钱太少了,有时生出些自卑,有时又生出些狂妄(当然有的人去努力挣钱,那是好的)。这根彩色的指挥棒一路挥舞过来,从服装的流行色、潮流,到家具、到家居,但凡人的生活所需,一一指点,无一遗漏,所向披靡。被这种一天世界的色迷惑着的人们,是绝缘于美的。虽然,女孩子们可以在冬天不要温度要风度地着出迷你裙来,可以别出心裁地流行反流行。

而美是什么?美有时就是专心致至于一桩事情,心无旁骛,心有所属。比如写字,比如读书。有次偶尔看到宋徽宗的"瘦金体",那种伶仃,使人为之怦然,因此想以前的人大概是比现在的人要懂得美的,只要看一看他们写的字就能明白,那种方块字结构之间的、点划之间的美,是用不着任何色彩来帮忙的,白纸黑字就已经是一个完满的世界了。欧阳询的遒劲多变,方圆兼施是不是一种人生?苏东坡的雄健英气,高视古人,道出了他的人格神韵,而米芾的随意落笔,皆备自然,也是他心底波澜的流泻……读帖,常常就读到此种种,不免就有点惊动的,惊动来自于这黑白之间无处不在的美。这种美,古人用一生来追求,这种美,是能够让人忘却其他一切的。试想,如果像苏东坡这样精彩的人,在被放逐于蛮荒之地的生涯中,没有诗和书的陪伴,还会是一个精彩的人吗?当时,苏东坡与其子小坡"父子相对,如霜松雪竹,坚劲不摇",其实,现在我们明白,诗、书就是他们坚劲不摇的底气。

而现在,还有谁会执着于这样一件单纯的事?任何事的背后,都隐藏着急不可耐的功利性目的。功利,却正是美的死敌。审美是不可能功利的。现在有的是效率,但没有美。写字吗?电脑字库里什么样的字体字形没有?但这种不是一笔一画写出来的字没有人气,哪里去寻它的灵魂?

想起一位朋友说的,除非是一个极聪明,极有才华,极漂亮,也极自信的人才能极其洒脱地拒绝所有的包装。是的,古人用毛笔写的那些中国字就是这样一个骄傲的人,任何外在的东西,对她来说都是累赘。就像一个天生丽质的女孩,根本不用浓妆艳抹,浓妆艳抹反而会遮蔽她的美。而对于一个本身不拥有美的人来说,外包装就是举足轻重的事了,那种颜色,硬是要一层一层涂上去的。因此是不是也可以这样看，美是精神，是内在的，而色，是物质，是外在的？她们有着清洁和浑浊的高下之分。

中国一直是不乏美女的，西施昭君，环肥燕瘦，极尽风流。当然这也是要上天造化，若干年才出一个。而到了现在，美女再也不需要拜天所赐了，美女是靠形象设计工作室来制造的，而且是批量生产，来一个造一个，头发怎么做，衣服怎么穿，如何搭配，脸部如此这般化妆，果然美女如云。但此时美女不再成为美女，她们被自己消解了。而且，有点悲惨的是，天然的美，被湮没在色的一片汪洋中，难觅踪影。

美，其实就是如此简单的一件事，只要清心寡欲，只要粗茶淡饭，一箪食，一瓢饮，曲肱而枕之，清风明月，三两知己而已。

而这种舍得放弃所有令人目迷的色而来的美，实质是看似简单的豪华，她让精神摆脱了躯壳的束缚而自由翱翔。色则是个穿着华丽外套却粗陋无比的家伙。将美色这两个字放在一起，其实是根本的错误。然而，现代生活，哪里去找清风明月的审美的日子？而一般的小民百姓，离真正的声色也是有些距离的，因此，大概也只好将这两个字扯拢来，一娱眼目了。

第 2 辑 · 九曲棹歌

日出和雨

一

窗外正下着雨，是连续很多个晴日以后的一场秋雨，淅淅沥沥的。不知道这雨在农事上是好呢还是不好，现在的人虽然是读着产生于农业文明的文字长大，但那也是文字里的田园风光，对真正的稼穑却是一窍不通。只是前两日从报上看到，曾经美丽的漓江已不复以前的姿色，照片上她苍老枯干得甚至有些丑陋。我想这场全国大部分地区都下的雨，应该对滋润那些久渴的土地是及时的吧。

想起了不久前去黔东南看到的祈雨仪式，那是震动人心的一刻，至今，对于为何那古老的仪式真的就能求下雨来还没能想明白。

黔东南之行像是会了一场原生态文化的大餐，因为过于丰盛，消化就会有些问题。有一点是可以肯定的，行万里路和读万卷书真的是认识世界最完美的方法。如果不进入那片土地，你怎么能够想象那些山水和人文呢。且不说那里现在还真的有人将唐朝女子的发髻高高地矗在头上，作为日常的发式每天精心养护着，就看那工序繁复的丹寨造纸，也让人心生感动。据说，这造纸术和这里女子的发式一样，也是从唐朝传下来的。丹寨县石桥村是个苗寨，这里的很多人家就以造纸为生，但此处没有造纸厂的那种喧闹，有的只是静静的劳作。造纸的原料是满山遍野到处生长的构树的树皮，辅料也是山上生长的植物炼就的。就地取材，纯粹手工，构树皮经过了16道工序变成了洁白或多彩的皮纸，彩纸上有时就会有当地的花花草草，真的花草压在纸面上，销往遥远的地方，是可让人生出些遐想的。据《后汉书·蔡伦传》记述，有"用树肤、麻头及敝布、渔网以为纸"的，这大概就是古老造纸法的现实传承了吧。女子们的唐朝发髻和古老的手工制作，还有可能也是原味的唐时山水，人们大可在此玩一把穿越，千年时光在这里化为无形。

又穿越回来时有了疑问，据说苗族是没有文字的，他们用歌，或者用刺绣来讲述自己祖先的故事，歌一代一代传唱，刺绣的工艺、图案也是妈妈传给女儿的财富，没有文字的苗族为什么要造纸呢？安徽出好的宣纸是可以理解的，安徽也是个人文荟萃读书人聚集的地方，有需求就会有生产，而丹寨的造纸术竟然也如此坚守，让我们这些眼界狭隘的人，对遥远的文化有了新的想象空间。

二

据说人是一株会思想的芦苇，而又据说人类一思索，上帝就发笑。我不敢思想或思索，我只是瞎想想，在我们所受到的教育里，或者说我们已然被建立起来的思维里，任何事情或事物，都是有因果联系的，以至于当我们知道一个事情的其一时，一定会追问其二其三，子丑寅卯，直至一个水落石出的结果。比如这次的黔东南之行，我找到了很多答案，到了那个地方，我们才会理解少数民族为什么能歌善舞，也只有到了那里才可能了解有些故事或工艺的兴盛和流传对于一个民族的真正意义。

西江千户苗寨是中国最大的苗寨，气势宏大，被称为"苗都"，是苗族第三次迁徙的主要集结地。苗寨依山傍水，吊脚楼层叠无尽于山坡上，在阳光下或者在夜晚的灯火照耀下，她的美丽恐怕要人们亲临一睹芳容才能感受。不说美丽，说苗族，由于战乱，苗族一直在迁徙，历史上，迁徙是他们主要的生存状态。在迁徙途中，财产属于身外之物，不易携带，而一个家族或族群又断不能没有储备，因而，银锭化成了银饰，穿戴在女子的身上，一路环佩叮当，既解了路途寂寞又保住了财产安全，两全其美。银饰对于苗族来说意义非同一般，一套银饰行头往往可成传家之宝。因此苗族盛产银匠，那些手工精美的银饰，也注释了苗族的文化。刺绣则是绣在衣服上的历史，每一种纹样都述说着一个故事。苗族人就是这样穿着历史，戴着文化，迁徙。

而残酷的生存搏杀，却带来了文化的容华。这样的因果不是人们能够预设的。

镇远古城的风华绝色又是另一种因果。这是蚩尤的后裔曾创建古老罗施国的地方，真的悠远而古意。她自秦昭王三十年置县，历来是府、道、专署的核心地，两千多年的岁月风霜，没有使她仪容老去，反倒更加繁华风流。㵲阳河以"S"的曲线穿城而过，妩媚出一个太极的图案，将一城分成两半，而以一座祝圣桥相连。因为镇远是水陆要道，是"滇楚锁钥，黔东门户"，所以"欲据滇楚，必占镇远""欲通云贵，先守镇远"，镇远成了"以军兴商"的边塞商都。两千多年，历经了"秦时明月汉时关"，见证了绵延千里的苗疆长城，也目送着这条"南方丝绸之路"上缅甸的象队一路远去。

战争烽烟和商船商队的往来使中原文化、湘楚文化、吴越文化、域外文化和这里的民族文化交相杂糅，形成了她自己独特的文化。镇远现在成了一个令人迷醉的地方。

三

黔东南的原生态，正像一个大型文化博物馆，让我们看到历史，看到历史的前因后果，看到源头的一些东西保存完好的欣悦。但总有看不明白的地方，我前面提到过那次祈雨。

那天天气很好，照片中阳光令所有事物看上去都很鲜艳。中午的时候，我们在台江施洞寨的晒谷场边上吃摆成长条桌的"姊妹饭"，几条狗也跑来蹭饭，等着谁有吃剩的食物扔给它们。它们守规矩，不争食，落落大方。狗们漫游桌边，一会儿也到正晒着的谷子边上巡视。谷子金灿灿的，风和日丽，时间似乎有一刻的停止。正沉浸其中，听远处似有"嗵"的一声，有苗民赶快去收谷子，说要下雨了。

我们被领往江边，江岸上房屋的廊檐下有巨大的树挖成的船，他们称其为独木龙舟。刚才"嗵"的一声就是龙舟下水时燃放的铳炮。据说苗族独木龙舟节的时候场面非常壮观，几十条船齐聚江边的神山前，举行"祭龙求雨"仪式，岸边还有其他等待下水龙舟的水手齐唱"求雨歌"。我们去时没有遇上龙舟节，是好客的当地人为远道来的客人作的表演。远远地听到有节奏的锣鼓声，此时，原来的一片晴空被云层遮住，一会儿竟下起了雨。只见龙舟由远处渐渐向我们这里划来，龙舟上分站两排水手，他们头戴马尾斗笠，腰系银镶锦带，手握的长长船桨在水中整齐地舞动，随着锣鼓的节奏，铿铿锵锵，一路顺流，行走如飞。

龙舟往下游去了，我们离开，还没等坐上车，雨突然停了。苗民说，龙舟下水一定会下雨，所以当听到那声铳炮就得赶紧收谷子。

对于无法解释不能理解的事情，我们就将其称作神秘。那是一个充满神秘的地方。

四

我不敢想象，如果在黄浦江里划龙舟呢，黄浦江上是否会下雨？而祈雨曾是我们祖先的古老仪式，当时，在人与自然之间肯定有过一种不为我们现在人所知的联络方式。还好，我们现在有黔东南，使我们不至于完全遗忘曾经是活生生的现实的历史。

黔东南有很多人类非物质文化遗产，有活化石，她是被定义为原生态的。但那里也要发展，那里的人也追求更富裕的生活，随着游人的不断进入，那种原始的气息会被现代的游人逐渐带走。若干年以后的黔东南还会是现在的黔东南吗？或者说还会是以前的黔东南吗？

这又是另一种因果了。

经济学有一句很著名的话是天下没有免费的午餐，我们必须牺牲某些有价值的东西去获取其他东西，这种牺牲就是成本。成本肯定要支付的，只是当要作边际上的决策时在边际成本和边际收益间能够找到一个均衡点。

但什么是价值呢？发展是价值还是原始是价值？当没有弄清楚这一点的时候，决策将是困难的。

日出和雨，是循环，也是因果，发展和原始，也是循环是因果，万事万物生生不息，我们用先哲的眼光或者用现代经济学的眼光，都将会看到那个因果。

等待一朵花儿

不喜欢写游记文章，是因不喜欢读游记文章。

本来记游的文字有些还是可读的，但后来不知什么时候开始那些文字变得又俗又滥，像导游词，更甚者，就有些像卖狗皮膏药的了。己所不欲，勿施于人。推己及人，想来很多人肯定也腻味读这一类的敷衍文字，因而自己尽量少写"到此一游，随便说说"一类的东西。

然而，这次却忍不住要说一说前不久去的同里。

左手矛，右手盾。当我将盾高高举起说"这是一面好盾"时，人们可能会期待着即将出现一支锋利的矛来击穿这面盾。可惜我现在不知道手里的这支矛是不是够尖锐。

我只是忍不住要说一说同里。当忍不住要说一说的时候，完全不知道该说还是不该说，也不能预期说得好还是不好。

记游总是这样开始的，我也不能免俗，某年某月某日，我与某某、某某等一干人因某事而往同里，或坐车或搭船或乘飞机，舟车劳顿以后，总算到了目的地。然后是描写主人如何好客，客人如何风雅，餐宴如何丰盛，谈吐如何得体……美哉轮焉，美哉奂焉……

然后再描写当地风物，环肥燕瘦，极尽谀辞。

也不得不这样一路写下来，游记已经被人写了几千年，难道还能有什么别的写法么？没有。只好这样写——

同里真的非常美丽。那天，从早晨到中午我在同里湖边坐了整整一上午，看着鱼儿在水中腾越，湖中央罗星洲的寺庙里传来阵阵梵音，微风拂面时送来一些香烟味和鱼腥味，阳光让水面变得金灿灿的，金色的涟漪一圈一圈，这时，就不得不眯起了眼睛，眼睛很累，但还是不舍得眨一眨，知道自己是偷得浮生的几日闲，如此良辰美景一晃即逝，是懂得珍惜的意思。

同伴讲，同里原来叫富土——确实也是，真是好地方，富庶大概还仅仅是这个地方的好处之一吧——而同里人可能是不想露富，或者是怕经常叫富，反倒叫坏了，就像民间给小孩取名喜欢叫阿猫阿狗一样，他们有意要避这个"富"字，就将富拆开，去掉点和田，富成了同，而田加土就是里。

噢，跟退思园的意思差不多吧。

坐在湖边，这般美丽的地方，似乎应该忘忧而不该想这些退还是进的。可不想又怎样呢，我真的可以这样一辈子坐下去？如不能永远坐下去，就要想一想进还是退的问题。因此而走访退思园也是顺理成章了。

同里出过一个园林专家，叫计成的，他好像是16世纪的人，写过一本园林专著《园冶》。这本书对现在的读者来说可能是比较冷僻的，可巧我倒是翻过，有一段时间就将它放在床头，每天翻几页，厚厚的精装本，讲怎么造园，太专业了，又古老，能看懂的地方不多，但却非常喜欢，我觉得有一种气息令人熨帖——后来不知道我又去翻什么书了，这本书就下落不明。

这次我很想看计成的故居，又知道退思园非常有名，在不能两全的情况下，随大流不失为一种好的选择。应该到退思园去思。况且，在计成的故乡，园林还会差么？

导游小姐穿着红花缎子中式上衣，举着小旗子，出口成章：退思园系清光绪年间安徽兵备道任兰生回归故里后建造的一座私家花园，取"进思尽忠，退思补过"之意。还是为了不露富，退思园改变了已往园林纵向的结构向横向建造……

园子造得确实漂亮，怎么看都是景，一步一景，移步换景，这个园子，有点像一个小世界了。

退思园的精美自然不用我再说，大家去看导游书好了，或者亲自去体味一下。我不想从头描绘了。我是看到了一个楼，那个由假山石垒起的高处能现全园景观的楼，叫坐春望月楼，据说那是特意造给足不出户的内眷们看景的，在那里登高一望，"哇！"或者"耶！"——满园景色，春、夏、秋、冬便尽收眼底。

应该是满眼的富贵了，虽然园主一再不想露富，但富则富矣，露不露已是另外的话题了。这个园子真好，你怎样看都只能说好，不能再有别的说法。可我突然为那些女人悲哀起来，她们受到如此的抬举和关爱，大概正印证了她们的可怜。她们就在这里看全了四季和世界么，所谓一叶知秋，管窥全豹？日复一日，月复一月，年复一年？天下哪有什么看不厌的景物和人物？再好，天天如此又能怎样？一句熟视无睹就已道破天机。

那时的女人啊，明明是人，却长成了一棵树。这一生，要多漫长有多漫长，每天等待着一朵什么花儿慢慢慢慢地开放，等待着某位书生在男主人的邀请下，偶尔走过坐春望月楼下的小桥……无望的等待中，请山石和湖水听一曲诉心声的琴音吧，琴声如诉，又有谁能解音？蜿蜒的流水，哪有女人心事曲折？那时，如果谁见了一位书生，要她不想一辈子都难。她不想他，还能做什么？

想起了大约与她们同时代的《浮生六记》中的芸娘，她喜好出游,却只得女扮男装,"效男子昂首阔步者良久",最终也是因举止不合常规而得罪婆家,被赶出家门,流浪落魄,病死家外。

女人的命运,富贵和贫贱都一样不堪。

退思园的男人们,则退思之进思之,玩一玩谐音游戏,在厅堂里供着瓶、镜(平静),镜、钟(尽忠),在庭院的地上用石子拼出一只瓶,内盛三支戟(平升三级),园内种桂树,还是为了一个富贵,退是进,进也是进,勇往直前。而女人则真的是退而思之的,退、退、退到坐春望月楼上,看一眼眼底的世界,退一步想,做笼中鸟总比在外饿死强,富贵的女人总比贫贱的女人强。退而思之,一切都非常美好了,不要苛刻。

尽管坐春望月总让人联想到"思妇楼头月"这样的诗句。

说了这些,是要表现我们现在的幸福感,现在,我们可以到处走走,哪里有风景看就到哪里去。忍不住要记游,是为了将满溢的幸福释放出来。

先是没有,然后再有,感觉到底不一样。

一直有自由的人,哪会对自由这么感激。

流浪的故事总要结束

在城市住得久了，经常感觉闷得发慌，很烦躁不安时，心里就想念遥远的地方，想关于流浪的故事，想到自己可能会在这一条一条街、一幢一幢房子的穿梭中终老，就不免吓了自己一跳。然而我没有其他的办法，我确实走不出这个城市。

但是当真有机会走出这城市到遥远的地方去时，心中依然充满了向往。我去的地方是神农架自然保护区，人迹少至，车就在曲里拐弯的盘山公路上走，一面是山，一面是悬崖峭壁，远近皆山，满眼的景色。虽然车时不时地有些危险，有次感觉一个车轮子滑出了公路，还有几次遇上塌方，那是山雨冲的，大块的山石和泥沙挡住去路，得有人下车搬去石块才能继续行路，许多时候在雨后在夜色中我们的车穿行于大山里，漆黑一片视若无物时便更能感觉着黑压压一片无言的威严和神秘，然而在意识里，城市——关于那座遥远城市的所有的印象似乎都被有意无意地遗忘了。

流浪的故事总要结束

这山曾是炎帝神农氏的家园的传说很久以前我就已知道。几千年前，爆发过三次影响深远的原始部族间的大战，第一次发生在炎帝神农氏部落与九族部落之间，第二次是炎帝族和黄帝轩辕氏联合对九黎族蚩尤的战争，第三次则是炎黄大战，以炎帝大败而告终。在血与火的征伐中炎黄两大部落终于融合起来，开始了中华民族上下五千年的文明。当我现在越来越接近山的深处，心里便有一种重返什么源头的感动，复活了那从古至今原本一直沉淀在意识深处的遥远的记忆，对于自己生命的担忧也早已被对山的敬畏镇住，代之而来的却是内心深处悸动着的一种渴望不断接近这大山的恐惧。后来，一直等我回到城市里，想写点什么时，才发现原来在山里我根本就没见到任何神农的遗迹，以至今天当我试图想象和进入关于我们祖先的种种传说中去时，就迷失了途径，印象深刻的倒是曾住过一晚的那个叫做粉黛林度假村的地方。

我真没想到山里还会有这么一处温软的所在，这是个筑在树上的"巢"，楼梯回廊全用树枝钉成，房间也是用木板分隔，屋子里就能听到脚下香溪河清澈的流水声，轻轻地静静地窸窸窣窣地流淌。我们住下的那天，恰巧抽水泵坏了，屋里没有水，就靠在栏杆上看服务员小姐提着吊桶从香溪河里打水，绳子放下去又收上来，看上去一派天然野趣。然而回到屋里，无意间就看到床上有一只蟋蟀正在蹦来跳去，一只不知名的小虫跟在后面慢慢爬行，盯了它们很长一段时间，我发现对着它们我不能作出任何行动，便赶紧逃回凉棚，还好有人在聊天。我坐下来，一抬头又见树枝作梁的天花板上，蛛网连成了片，真有点天网恢恢的意思，但同样也是一只巨大的白蛾子却勇敢地在蛛网边翱翔。放眼对面山上，黑压压一片的千沟万壑不知有多深多远，又有多少神秘古怪的东西藏匿于深山老林之中？但山里的蚊子足有小蝴蝶那么大却是见到的，想起听人说这里的山民出门都得穿上高统胶鞋并且要扎住裤腿以防蛇咬，就更不知自己是惊还是惧了。

夜里，一个人坐在灯下，倾听河水轻轻抚摸岸边的卵石而发出的那种好听的声音，静寂中，好像自己在这里已坐了一辈子似的，而那河又这样独自流淌了多少年？城市真的离我很遥远了，遥远得似乎它早把我遗忘，当我尝试记忆城市的时候，城市的印象却是模糊的。然而，我生长于城市，从远方的城市来，以城市的背景我怎么可能真正接近这陌生的大山，而大山又是否能接纳陌生的我呢？

其实以往我也上过一些山。那年去泰山，只在玉皇顶上待了一夜，山下还是阳光灼人，到山顶却已是深秋的感觉了，而夜里山突然变得寒冷起来，冷得没办法只能裹上租来的粘湿冰冷的棉大衣，风就在门窗边的隙缝里嗖嗖作响，而

流浪的故事总要结束

屋外则波涛般轰鸣不已,同行的人说那就是松涛了。好歹挨到凌晨去看日出,只见天边不断翻腾一片又一片的晕乎乎的酡红,可那日头就是躲躲闪闪不肯露脸,令人心里有种说不出的遗憾,日出没看到怎么能算上过泰山?再等一天吧,可我却再无法忍受那件棉大衣,于是便决心不再等待那太阳重新升起来的时候而下山了。回想起来那次上山并未令我体味到多少有关山的意味,除了"十八盘",云腾雾翻地还有点那种山里所特有的飘飘欲仙的感受。倒是后来,在一本武侠小说里,见一武林侠士从"十八盘"中悟出一套至上剑法,创立泰山剑派的故事,不由便认定那剑法一定险峭得可以,也平添了一些我对那一次山居的印象。后来到青城山峨眉山甚至都没在山上呆上一天,匆匆而去匆匆而归。虽说在庐山多住了几天,但它美名远扬的神秀和浓郁的人文色彩早已使这里游人如织,住处也大都是宾馆别墅,让人有一种城市延伸的错觉,我想庐山的人文色彩在为庐山增色不少的同时,是不是也削弱了它纯粹意义上的山的魅力?只是上庐山的第一晚,突然下起了大雨,那种滂沱是在城市里所根本无法想象的,瞬间山的厚重便挤满了整个空间,这一晚庐山全停电,烛光摇曳中,意识似乎也随着烛光飘忽起来,仿佛自己真的已经结庐荒山,接着就要笑傲于林泉之间了。而雨过天晴,电灯重新亮起来时,荒野的想象也随之而去。去了几次山，总觉得是一个样子，往往一开始迷恋于山的风光，还常想着寻仙访道猎奇的念头，然而到了半山腰，仙道未见一个，风光好像也不过如此，前人"分野中峰变，阴晴众壑殊"和"白云回望合，青霭入看无"的诗句已经规定了山的大同小异，无非越往上走越云遮雾障，气候不定天色无常之类，于是也终免不了匆匆离去的结局。

在山里的时间一长，感觉似乎仍在重复过去的经验，那天晚上，心里就又开始想念遥远的城市，流浪的故事总要结束，先前渴望走出城市的想象，看来也只不过是对于平日刻板的城市生活的一次小小的拒绝或者反叛。所以当终于走出大山时，便赶紧把预订的船票换成机票，一个多小时之后，我已经回到了我所熟悉的城市。

重新进入同样熟悉的日常生活不久，我却又重新向往起遥远的那座大山，因为我总觉得可能在那里才是我们生命开始的真正源头，然而我已再无法重返源头，只能在一条一条街一幢一幢房子的穿梭中走完属于城市的人生。

有一个地方

童话里国王对王子说,你到一个不知道叫什么地方的地方去,取回一样不知道是什么东西的东西。然后,王子上路了。

人生大多数时候就处于这种境况之下,你从来不知道将去的是个什么样的地方,也不知道自己想得到什么或者能得到什么,在生活背后总有一个自己所不能左右的力在推动着,使你走过人生的一个又一个驿站直至终点。也许到那时你才能够明白国王让王子到一个什么地方去,取回的是什么东西。所以当你走过与己相关的每一站时,总是切肤地品味那些属于你的过程,或痛苦或幸福或悲哀或欣喜,哪怕这种种都不是你曾经所能想象的。但谁又能真正体验别人的生活呢,别人的生活永远是别人的,除非你走入别人的生活,可一旦你走入,那就是你的生活了。比如旅游,你上路了,走马观花,走是你的生活,而其他与你无关,你看看而已,看完就走,像读一本书,书合拢后书中的一切也就随风离你远去。

不过这回有一个地方却深深感动了我。

从大宁河上的小三峡巴雾峡和滴翠峡间的某一段坐船摆渡到对岸，再乘车走一程不算太长的山路，便到了那个古老的小山镇巴东。说巴东古老是因为它与至今解不开的千古之谜——商周时期的少数民族巴人的消亡有关，据说巴人强悍好武，曾助武王伐纣，在巴东隔壁的四川省如今还有巴将军墓，而巴东本地则留有李家沱战国至宋的古墓群。这种古老而又神秘的地方，一踏上就令人惊心动魄，好像自己经由这里开始进入了历史——后来我知道，这历史将在不远的将来断裂，我几乎是站在了它的终点，没有未来——三峡工程放水那天，巴东即成一片汪洋，我现在站的地方，就是鱼的家园。我无法抑制地想象自己站在水底，像一株水草，随着水波漂来漂去，鱼儿在我的身边游啊游……结束了，这里最终是个水底世界。

我不知道自己为什么不远千里来到这儿赶上向它告别，我想从今以后我再也不可能重返，再也见不到它。然而它却使我想起了人生种种无法重返的过去。人生就是一趟单程车，你回不去，至多只能让自己的心常常浸在回忆中，让回忆这盏微弱的烛光闪亮并温暖未来漫长而幽暗的人生旅途。只是当你在回忆时，时间依然不停地悄悄地流，时间，每一

有一个地方

时每一刻每一分每一秒都不可重复,以及在这时间里发生的种种。于是我有点伤感,便有些许留恋,晚饭时我向巴东县委宣传部长要有关巴东的材料,他说"好的",可直到我离开也没得到这份材料。当时我想这真是个与众不同的宣传部长,他对宣传似乎不感兴趣。后来我才知道,县里的工作人员已有两个月没有领到工资了——此时我对这位宣传部长有了理解,不久这里将不复存在,他们正在告别,与我的告别完全不同,我是一个外来人,没有他们那种如同大山里太阳跌落西天接近黄昏的悲壮。

小镇严格说只有一条街,从头至尾走一遍只需半小时。晚上我在这条街上走,它果然很有年纪了,让人感觉着在它的尽头似乎便连接着苍老,两边有些商店,还有些民居,民居大多倚山而筑,要走许多级石阶才能上去。商店十分老旧,蒙着厚厚的尘土,沙哑的喇叭高分贝地播送着流行歌曲,因陋就简的弹子房和舞厅,从黯淡窗口望进去地面坑坑洼洼的,但生意看上去还挺不错,年轻人总喜欢热闹又新鲜的生活,他们可能还正热望着重建家园呢。街的另一头通往长江,江上星星点点的灯火倒映在江水里透着与街上嘈杂喧闹相对的静谧。这种静谧很像多年以前我曾去过的新安江的夜晚,凉凉的夜风吹拂着一天星光,在江水里乱作一堆。白天的新安江水库碧绿澄澈,可以望见沉浸在江底的房舍,而即将淹没巴东的长江水会不会也清澄见底，让人可以隔着江水遥望满浸着岁月沧桑的巴东老屋？

一条长长的历史之链在这里戛然顿住，它要换一个方向伸展，我正好有幸站在它的拐弯处从近处看它，我为了这种诀别式的相见伤悼，虽然与这里的居民必须离开世世代代生息繁衍的地方，离开他们生活的所有背景去重建家园的痛苦相比似乎有些强说愁的做作。但话说回来，如我这样的过客尚且难以忘怀那个地方，何况与这里有与生俱来的千丝万缕关系的人们呢，对他们来说，这将刻骨铭心。只是我所写的只能是自己的感受。我，以及其他人谁又能真正知道他们的真实想法？他们为未来牺牲了自己生于斯长于斯的家园，也该算是一种壮烈吧。

第二天，当我们在那条唯一的街上集合准备出发时，有一位老人抱着一个女孩，他说这是他的孙女，女孩长在农家是罪过，让她随人去讨口饭吃吧，再说家里需要男孩需要劳力啊，祖孙两人紧紧依偎着，情状实在揪心。但我们走了。我们到巴东的全部目的是漂流神农溪，却没想到遇上了一次沉重的告别仪式，然后迎接我们的才是神农溪秀丽的风光。

真的，生活中，你真的不知道下一站是什么地方，会取回来一些什么东西，但你却知道一点，那就是未来迎面而来的每一站都不会是你预料中的。

九曲棹歌

九 曲 棹 歌

仁者乐山,智者乐水,这是中国人对于山水的几乎是定论的看法,相对于山水,人似乎永远只能分成两种,一种是仁者,另一种被归为智者。而对于现代人来说,大约是被剥夺了见仁见智的权利的,因为现代人多被无奈禁锢在城市中,山水是他们梦中的奢侈,他们很少有可能选择,没有选择,山水往往就是他们的缘分。

名山大川自古就在那里自在,我知道它们有它们的生活,而在我与它们缘分未来时,它们是它们,我是我。只是我时刻准备着有朝一日得见自己心仪的山水。武夷山与其他那些著名山水一样,一直是我心中的诸神,我从来不曾敢想象她的样貌。

当缘分终于来临,我没想到,以山名之的武夷山,却是由水感动了我。武夷山不像泰山庐山,不像峨眉青城,那些山就是山，或层峦叠嶂，或峭岩耸峙，总是威严而奇诡，有峰回路转，却没有山不转水转。而武夷山是山，武夷山又是水，水中倒映着山，山上看到的却是九曲十八弯的水，那碧水丹山互为衬托，人在其中，就应了一句忘情山水的老话。身在武夷山的时候，你真不知道是仁者还是智者，因为你既乐山又乐水，乐了水还乐山，武夷山的山水只是感性，感性到令人忘情。

好山好水好地方，有一首歌好像这样唱的。站在天游峰上，就见碧绿澄澈的溪水在山脚下一波一折地蜿蜒逶迤，山绕水转，水贯山行，那种委婉生姿的水色山光，叫人心中一时柔软起来，那歌也就在耳边喧响。

极有一种亲近水的冲动，从天游峰下来，急不可待地投入了溪水的怀抱。我们乘坐竹筏从九曲顺流而下，而不像古人由一曲逆流而上，古人游完全程需要两天，他们懂得享受和欣赏，他们愿意在如此优美的景色里多呆一点时间，让美好尽可能久地留驻，一点一滴，一分一寸地亲其芳泽，他们还作诗"九曲将穷眼豁然，桑田雨露见平川。渔郎更觅桃源路，除是人间别有天。"古人真是风雅。而今人，我们带着现代人的习气，连这样优雅的事都要讲求效率，一个半小时就尽游九曲了，也算是到此一游。人和自然的约会就真的如此匆匆。

九曲棹歌

我们的筏工很有意思,看上去是精干的山里人模样,可没想到他那样能说会道。他说古人都争做"上流"人,而我们今人尽做"下流"事。说得大家先是一愣,后来还真回出点味来,大家就笑起来。不知是笑声鼓励了筏工,还是筏工原本爱说,反正他一路妙语如珠,舌灿莲花。一个半小时,上天文,下地理,没有他不能说的,景点自不用说,当然是家珍,36峰,99岩,峰峰有故事,岩岩是传说,山不高有高山之气魄,水不深集水景之大成,山水在语言中更加有了声色。这时观山,极目皆画,丹山、碧水、绿树、蓝天、白云,五彩缤纷,"看山不用杖而用舟"。在山上看水,而在水里看山,相看两不厌。

一路有筏工的故事,有满目美色,一会儿就由九曲而八曲,而七曲……而一曲了。有一段溪流特别清幽,两岸是幽深的绿,如丛林般,筏工说"我划得慢一点吧,大家好好欣赏,这里是到了'亚马逊河'了。"果然,真是那种感觉。大家惊讶于筏工知识的宽广,问他读的是什么大学,他说:"我读的是'家里蹲'大学啊,人家方鸿渐能读'克莱登大学',我就能读'家里蹲'嘛。"哟,刚刚是美国"9·11"、纳米材料,现在又《围城》了,了不得。山水养人,山野中的隐士又有几多?到底是朱熹和柳永曾经生活的地方。

看　山

据说矗立在二曲溪南的玉女峰是武夷山最秀丽的山峰,它好像已成为武夷山的象征,它因为酷似亭亭玉立的少女而得名。

坐在用八九根毛竹扎成的竹筏上,在溪声清流中行至二曲时,就见插花临水的玉女峰独立溪畔,山顶上草木苍翠,如发如髻,而崖石秀润光洁,玉面红颜,天光水色中那位秀美绝伦的少女,羞面轻掩,似在等待着什么……

筏工说了,传说很久很久以前,武夷山是个洪水泛滥、野兽出没的险恶之地,百姓生活苦不堪言。这时从远方来了一位叫大王的小伙子,不忍目睹这一悲惨情景,便带领大家劈山凿石,疏通河道,终于战胜了水患。被疏通的河道就是今天的九曲溪。这里从此成了人间乐园。而驾云出游的玉女路过武夷,被这里的美景吸引住了,于是她偷偷下凡,并爱上了小伙子大王。铁板鬼将此事密告玉皇,玉皇大怒,着天兵天将捉拿玉女,玉女不从,坚决与大王结为夫妻,而铁板鬼硬将他俩点化为石,分隔在九曲溪两岸,自己则变成"铁板嶂"横亘在他俩中间。

一个很中国的老套故事,装载的却是悠悠千古的美好情感。

九曲棹歌

在筏工的指点下，我们煞有介事地点头，"啊，真是美女！"那比肩而站的三姐妹有的抬头，有的低首，有的遥望远天，神态婉约，如诉如歌，再随着筏工的指点看去，对面的大王峰雄踞在九曲溪一曲的溪北，拔山而立，屹然高耸，数百仞的高峰顶大腰细，峭壁悬崖上隐约可见引人攀登的石阶一线登天。筏工继续煽情，你们看这一对有情人硬是被铁板鬼隔开了……我们应道，是啊，为什么古往今来总是有铁板鬼一类的恶人呢？话题引向现实，有些令人忿忿然，还是筏工看得开，他说，好人有好报，恶人有恶报，玉女大王的故事传诵至今，而铁板鬼就是永远的恶人了。人活一世，很快就过去了，享福和受苦都很短暂，只是看你为后人留下了什么，美名还是骂名。看来筏工是关注身后事的那一类精神至上的人。他不太在乎此生的富贵还是贫贱，在此生中，他只要求得问心无愧，劳动和生活，那种自然的状态，让他远离了现代人的浮嚣。大家自觉比不上筏工的境界，唯有诺诺。

好一个筏工，又豁达又哲理，游山玩水，还捎带给大家上了一堂有关人生的课。青山绿水洗涤人的灵魂，筏工的清明映衬了都市人的污浊，被都市蒙蔽的心，真的需要不断地用山野的纯净来清洗的。大家将手探到清澈能见底的溪水里，划动，看波纹怎样以优美的姿势一路向后面游去，让清凉的溪水由指尖而指间而掌心，流入心间。这时真的心旷神怡，清清凉凉的水，清清凉凉的感受，手在水中游，而水在心中流。猛然就想起了那些关于时间和流水的话题，想起了那些清清静静的散文，想起了几千年的时光和着这清醇的水流过我的掌心。那些故事和人物是不是都融化在这清清溪水里了呢？将手握一捧水，细细检视，看有没有细节或言语从中淅出？尝一口溪水，我是不是将几千年的历史一饮而尽了？

云窝仙游

　　这是一个让人离开现实的地方，飘飘渺渺地跟着溪水一路往下，心却留在上游。第五曲的溪北，有云窝的云海，与溪水一样飘渺，在奇峰沟壑间，在怪石峥嵘处，云海飘忽而来，铺展而去，一会儿浓，一会儿淡，一会儿动，一会儿静，大片大片的云海沿着岩峰山势一路铺陈，浩浩荡荡，蔚为壮观，气势磅礴如浩浩长卷。这时你不知道该惊诧还是该赞叹，只见万山在云海中飘动，自己也如仙人下凡般飘然。

　　据说云窝是古代道士方家隐居潜读的地方，在变幻莫测、舒卷自如的云海中，有一处题为"叔圭精舍"的所在，古木葱郁，石苔斑驳，确有古风古意，想来那时的隐士餐风饮露一路歌啸，何等自由和鲜活。现在则人满为患，许多人在"叔圭精舍"前留影。一位当地的朋友也一定要拉着我们在此存照，说是照出来的效果特别好，拗不过她，我们一一站到那地方留影，结果相片里是层层叠叠的人，哪里还有隐士的风范。朋友说，只是留个念想罢了，现在怎可以做隐士。大家哈哈一笑，又去看云窝前的"铁象石"，可有谁知道，北宋著名理学家江贽在此苦读成名，著《资治通鉴详节》？涌动的人海，在云海里又翻滚而去。

一缕缕淡淡的云雾中，人海涌到水月亭、白云亭、望仙亭、仙弈亭等所有景点，到此一游，反正此时凡仙已失了分界。

凡仙界以奇险著称。当地的朋友告诉我们，"凡仙界"三字由明代兵部侍郎陈省题留，说时，他的态度是自豪的，大家当然明白他的自豪来自于一种历史感，好的山水如果没有人文来衬托，那也只是野山野水罢了。

因此，武夷山的景点都有传说。它像一本随时可以打开的书，进入它以后，你可以详读，也可以略过。

六曲溪北天游峰下的晒布岩，又叫仙掌峰，是一座如刀切似斧劈的巨大岩壁，直上直下，平坦而阔大，据说是武夷最大的岩石。由于常年流水的冲刷岩壁上布满了数不清的直泻而下的流水的痕迹，当阳光照在岩壁上时，那一条条，一缕缕的印痕宛如仙人晒布，因此得名"晒布岩"。朋友给我们讲晒布岩的传说，又是天上人间的故事。他说，天上织女请挑担大脚仙将自己织成的绫罗绸缎送给王母娘娘，那天早晨，挑着一大堆织女所织云锦的挑脚大仙来到武夷山，被武夷山的秀丽景色所陶醉，他放下担子忘情山水去了。等他听到天宫的鼓声时，才想起自己的任务，这时绫罗绸缎已被露水打湿，于是大脚仙将一匹匹布抖开，在崖壁上晒布。但刚到中午时分，云锦就被艳阳晒化了，溶进了岩壁，岩壁因此而变得光滑无比。大脚仙想攀上岩壁回天庭去，无奈岩壁滑得怎么也攀不上，他使劲抓住岩壁，就在岩壁上留下了他的大手掌印。同行一直走在前面的余光中先生这时忍不住打断朋友的故事，说，这大脚仙怎么还要攀岩，他难道不可以腾云驾雾一个筋斗翻到天庭去吗？是啊，大家这时才想起来神仙和凡人是不同的。传说是人说的故事，有时说着说着就忘了神仙和人类的区别了。其实怎么说都也还是人们的想象，这只能说明武夷山的美丽有着悠久的历史。山水和传说一同美丽着。

游 天 游

晒布岩位于天游峰下，由云窝从仙掌峰南端沿峰脊拾级而上，便可到达天游峰。往天游峰的道虽陡，但游人却极多，摩肩接踵，将一条登山的道挤得色彩缤纷。一早出发，其实就是奔天游峰去的。天游峰位于六曲溪北，是中心景区。它壁立万仞，高耸于群峰之上，据说每当雨后天晴，晨曦初露之时，山谷弥漫着白茫茫的烟云，气象万千。徐霞客曾点评说"其不临溪而能尽九曲之胜，此峰固应第一也。"有了第一峰的印象，大家自然踊跃攀登。

山道时而蜿蜒，时而陡峭，阳光无保留地倾泻着热情，一大堆人挤着走着，在云窝边有一条极窄的路，却有上下两路人马须从那里经过，这就有些险峻了，一边的人必须让另一边的人通过，侧身，攀住崖壁，才能让对面的人小心翼翼地过去。过去后不是豁然开朗的大道，而是直立通天的小径，一直往上走，直到双腿酸痛发麻，喘气不已，汗如雨下时，才猛然发现一不大的平台，置简易桌子、凳子若干，桌凳正在那里虚位以待呢。一群人蜂拥而上，围坐桌边，泡一壶武夷山的岩茶，并要了武夷山的特产，一种用山笋做得好吃得不得了的小吃——吃茶点、喝茶、聊天，此时，山风徐来，树叶在头顶上喁喁细语，阳光的热情被树叶的体贴过滤了,也变得细碎而繁复,所有的一切此时都恰到好处,由刚刚的劳累到现在的熨帖,人就真的快乐起来,放眼望远,云海变幻莫测中有峰峦起伏,山脚下是九曲溪妖娆回环……此景只应天上有,人间哪得几回见?

等尽享了阳光下的山风和美景,天也聊得差不多了,才想起站起来转转,原来这就是天游峰了,大家赶紧站到碑刻前照相留念。往里走一点是天游观,观内供奉着武夷山开山祖师彭祖及其两个儿子彭武和彭夷的塑像。不知道是哪个年代塑的,他们在那里大概真的已经很久了。

有人招呼大家下山,说,不要流连忘返,下面的游程更精彩。呼啦一下,大家又下山了,连为茶水和茶点买单的人都跑了。一位走得稍慢的朋友无奈被扣留下来付账,等他赶上我们时,我们已经在山腰上的另一个景点喝茶了。那朋友连呼冤枉,余光中先生又打趣了:"我们只做了一会儿神仙就跑回来做人了。"他指的是刚还在山上,而现在已在山下了。我的理解是,神仙应该不要付账的吧。做神仙多好啊!

大 红 袍

一路喝茶,就听导游说大红袍、大红袍,是"茶中之王",听时就把这茶树想象成赤色威严的样子,到底是几千年的树祖了。其实大红袍也就是那么三四棵树，它们壁立在陡峭的山崖上，无路可以上去，可望而不可即，不知道茶农如何上去照料它们。后来导游说，哪里需要照料啊，它们是完全天然的！哦，原来它们真是吸食日月天地精华的精灵啊。怪不得那么金贵。听说这茶一年也就产一二斤，一两可以拍卖到8万元！因为金贵，觊觎它的人就多，现在有茶农住在山上，就为看着这几棵树，怕万一出现意外，损失可就惨重了。

在山脚下的亭子边仰望山上的茶树，郁郁葱葱，完全不是想象的红色，它甚至与一般的茶树看上去没什么两样。为什么它会那么贵？很想尝一尝大红袍的味道，哪怕喝一口也好啊。导游说别着急，晚上到茶艺馆去品尝吧，虽不是山上那几棵树上的茶叶，却也是血统正宗的大红袍嫡传。山下有一大片茶园，据说就是山上大红袍的子子孙孙。知道了这些茶树的身份，就觉得它们也不同寻常了，采了一片带回来，闻一闻，扑鼻的清香呢。

关于大红袍的得名说法很多，有的说是天心庙的老方丈用神茶治好了进京赶考的举子的病，举子中了状元，回到武夷山将大红袍披在神茶上，以示感恩；有的说，康熙下江南时水土不服，诸多良医未能治好，后来有人献上武夷山的茶叶，康熙饮后病竟好了，他当即脱下红色御袍，令人送往武夷山，披挂在茶树上，茶树因此而声名远扬；还有一种说法，这茶树生长于悬崖绝壁，无法攀摘，寺僧驯猴穿红衣采之，茶树因而名为大红袍。原来，茶树的鲜艳的意象也是传说给加上去的呀。

往大红袍去的一路精彩纷呈，这是条环形的游览线，经水帘洞、流香涧，往大红袍，山道边有摩崖茶诗，崖壁上的真、草、隶、篆不同书体镌刻的宋、元、明、清不同朝代的名家吟咏武夷茶的诗，其中尤其醒目的是晋代王羲之的"晚甘侯"三个狂草大字，看着，就仿佛那茶的甘醇味徐徐而来，齿颊留香。在景区公路边还有天心永乐禅寺，山崖上巨大的"佛"字，让人顿生一种出世之想。在这样的地方似乎真的可以顿悟一些什么的。

朱熹和柳永

从小读诗，就知道"等闲识得春风面，万紫千红总是春"，不知道写诗的朱熹是什么人，后来读书，知道朱熹是大理学家，到了武夷山才知道，原来是武夷山成就了朱熹，他住在这里50年，几乎是那个时代一个人的整整一生，他在这里求学、研读、冥想，他写过厚厚的著作，他对中国历史和社会产生过巨大的影响。

九曲棹歌

在武夷山，随时都会遇上与朱熹有关的一切。在兴贤古街，在游酢水云寮和杨时隐居处，在宋街尽头的朱熹纪念馆，甚至就在云窝也有朱子讲学的书堂。那高高的山崖上，结庐仙境的书堂遗世独立着，人们经过，总要抬头仰望，知道的人总会对初来者说，那是朱熹讲学的书堂。那《九曲棹歌》也是朱熹所作，九曲，每一曲，朱熹都有描述，看这一首"三曲"，"三曲君看架壑船，不知停棹几何年。桑田海水今如许，泡沫风灯敢自怜。"那种天地悠然，造化无穷的沧桑也令后人肃然。

而柳永的词常常令人回味晓风残月、杨柳岸边。这位"曲祖"的词，深得人们的喜爱，风靡于世，"凡有水井饮处，即能歌柳词"。他的《雨霖铃》，他的"三秋桂子，十里荷花，"倾倒了多少文人才子，然而，在仕途上他却非常不顺，四次不第，第五次已得贡院之榜时，又因一首词被宋仁宗御批"且去浅斟低唱，何用浮名"而未被录用。

但可能柳永自己都没想到的是，在那么多年以后，他的词还为后世的人们所喜爱，而与他同时代的那些仕途畅达、荣华富贵的人却早已灰飞烟灭。

武夷山的柳永纪念馆正在向人们讲述这位伟大词人的故事。在那里重新谛听"寒蝉凄切，对长亭晚，骤雨初歇"的风声雨声，那是一个可以让人净化情感的地方。这也应该是武夷山之游的精华所在吧。

"多情自古伤离别",而终究要别离,别了,武夷的碧水丹山。柳永说"便纵有千种风情,更与何人说!"

而我将武夷山的千种风情留在心底,不与人说。

朵洛荷

彝族俗话说：当家人没有不想富裕的，男人没有不想当英雄的，姑娘没有不想漂亮的。火把节来临的时候，已经出落得水灵灵的姑娘，越发鲜亮起来。

当我在凉山州的普格县被目不暇接的色彩迷惑的时候，我想，这种惊艳已经不纯粹是视觉上的了——一种山野的狂放而又多情的气氛在周围的空气中游行——自然地，就像山腰处那些飘移的云絮，像山坡上那些羊群、牛群，像山间小道边的灌木丛，还有那绿生生的草坪挺拔的大树……山里的彝族姑娘和小伙，他们眼神里的火苗像火把一样，自自然然地不加修饰地在跳动哩。

那眼睛里的火苗和着缤纷的颜色，让人沉醉。是的，我承认，这是我从来没有见过的景象。他们那么坦率，那么直白地袒露着自己的思想，和大山似乎不分你我，一切都在群山的包容中，那么和谐。

在发给朋友的短信中，我只顺手发了我看到的景色的一点点，我说我看到了：云啊，蓝天啊，（不要以为云和蓝天是到处都有的，那实在很不一样）青山啊，牛羊群啊，花海啊，还有比索玛花更美的五彩云霞一般的姑娘，山野里长，山野里开放的没有污染的美艳。朋友就很羡慕我的这种艳福，其实，短信哪里能描述那美丽，即使现在，我又何尝有能力将我所感受到的自然之美转述一二？

我是说美。彝族人真懂得美，他们很早就开始选美啦，在我们让那些姑娘在舞台上蹦蹦跳跳扭来扭去以前很久就有选美。那是在火把节的时候，由大家认定的德高望重的老人来当"评委"，姑娘们穿上自己精心缝织的最漂亮的衣服，打着黄油布伞，在花花绿绿的草坡上围成圈，一边舞蹈，一边唱朵洛荷（一种在选美时唱的歌）——啊，那真是环佩叮当、婀娜多姿——老人则根据公认的美的标准来评选：身材匀称，比例得当，不要鹤立鸡群，也不要羊混牛群；要五官端正，脸庞不圆不长，恰到好处，眉目清晰，眉弯眼亮；要肤色美丽，白里透红，光泽润滑，犹如雨中的索玛花；要服饰华丽，着装得体；还要聪明能干，能言善辩，能歌善舞……老人们在轻歌曼舞的姑娘中发现了这样的美女，点着她，她就是那百花丛中最鲜美的花朵，是夜空中最明亮的星星。

彝家谚语说，春天还没有来的时候，羊儿的绒毛已经闪动起来；火把节还没有到的时候，姑娘的心早跳起来了。火把节又被称为东方的情人节,火把节的时候,彝族的姑娘小伙出来找自己的意中人了,他们拨动着口弦,弹奏着月琴,在荞子地边,在泉水旁,在小树林里,唱着最动听的情歌。这都是听当地的彝族朋友说的,无法目睹。但是,当选美的时候,我看到小伙子们直直的目光,就能想象那种漫山遍野的情感流淌……

我不是摄影爱好者,但当我在选美现场时,不得不猛按快门,谋杀了数码相机里所有的内存,直至电池耗完。因为大山里长出来的美女的那种美法,在我回到都市以后是不可能再见到了,那是珍稀品种,值得保存。而小伙子的那种目光,那种赞叹和向往美丽的目光,也分外美丽和迷人。

还有一种美丽,是彝族的老人,他们威严而又慈爱,谨严而又洒脱。在选美场地的边上,我和那位叫火布舍日的老人打招呼,他拿着笔和本子,正认真地记着什么,彝族朋友说,他忙着呢,还是政协委员哦。

我想起了彝族人爱说的那句话:蓝天上最美丽的是金色的太阳,夜空上最美丽的是圆圆的月亮,春天里最美丽的是索玛花。我想加上一句,大凉山里最美丽的是彝族儿女。

他们让我看到了人与自然原始的关系,那是一种大美。不可言说之美。

在澳门逛街

手上一张澳门旅游地图，不知被我翻了多少遍。我在找那条叫官也的街道，怎么也找不到，很不甘心，再找到网上的地图，点击放大放大，但也是毫无踪影。有些气馁的时候，终于在旅游地图的一个角落里发现了小小的放大的氹仔市区图，在那里找到了官也街。终于松了一口气，好像地图上找不到官也街，这条官也街就会丢失了一样。

之所以一定要在地图上找到官也街，是因为我认定了它肯定会在地图上标示出来。这是条如此有意思的街，什么人会忽略它呢。但再想，它真的就是一条小到在地图上写不下三个字的街道，它长可能只有几十米，宽也就几步路。它不是我们印象中的商业步行街的样子，比如南京东路步行街，也没有豫园的那些聚集着小商品的街道那样的规模。但它亲切、婉约，让人一见倾心。我们是从施督宪正街这一头进入的，站在这一头看着这条街道，就有一种惊喜，说不上来是什么让人惊喜，是街道的建筑，还是花坛中各式鲜艳的花

在澳门逛街

朵,或者是街道两旁鳞次栉比使人怀旧的店招,反正就是让人喜欢。一头扎进去,路口就有一家有很大招贴的卖榴梿雪糕的小店,还有姜汁撞奶卖。平时不是很馋嘴的,此时却有种被美味诱惑的感觉,尽管刚刚在路环挞沙街的安德鲁饼店吃过了最有名的葡式蛋挞。但最终还是按捺下了尝试榴梿雪糕和姜汁撞奶的欲望,是因为囊中羞涩,匆忙中没来得及换钱,只能眼看着如此美味离我远去。

好在逛官也街不是必定需要很多钱的,只是逛,只是看就非常享受。小小的街道,人群熙攘,摩肩接踵,每个人的脸上都是兴奋和惊喜,你混迹其中,也会被感染。在一家店刚驻留,又想着下一家店会有什么更美妙的物事等着,身在曹营心在汉,这家看两眼又赶紧往下一家跑,反正店铺一家挨着一家,每家都有吸引人的特色,你完全有理由得陇望蜀朝秦暮楚,这山望着那山高,一会儿是车厘哥夫扭结糖,一会儿是姜汁饼杏仁饼,一会儿是猪肉脯牛肉脯,满街飘荡着新鲜食物的香味……看到哈根达斯冰激凌店或者上海饭店之类反倒有种疏离感,那些店前,显然人少得多了。真的,这种所谓连锁店,到处都有,有时也会让人有熟悉的归家感,但因缺乏独特性而无法引起审美。而像车厘哥夫扭结糖的包装纸上写的"保持娱乐性,闲时来玩耍"却多么让人忍俊不禁。

官也街的旁边有些岔道，有柯打苏沙街、安乐街、何连旺街、日头街等，看着互不相干各有所指的街名，闲时来玩耍一下倒真是很有趣味。官也街的另一头连着氹仔街市，我们去的那天正好是周日的下午，一周只有这一天才有的市集被我们遇上了。在消防局前地至嘉妹前地一带有各式摊位，卖小饰品的，卖零星用品的，卖文物古董的……应有尽有，空地上还有文艺表演，表演者架了扩音等设备，在街心演唱，女孩很年轻，伴奏的是个男孩，不知是专业的还是业余的，总之像是学生。有些人停留下来观看，一条小狗也来凑热闹，人前人后地溜达。

从这边绕过去有一家叫小飞象的葡国餐厅，据说这里的葡国菜很地道，但我们过门而没入。不过过两天我们又特意过来吃这里的葡国菜，那是后话。

因为我们住在威尼斯人度假村酒店，就先在氹仔逛了，但在澳门怎么能不去澳门半岛呢，那才是市中心啊。从大三巴台阶下来的那条街最是热闹，钜记手信、咀香园这样的店当然游客众多，还有很多店卖肉脯的，一路上几乎每家店都有人拿着小托盘请尝他们家的食品，有些托盘就放在柜台上，让游客自行取用。花生糕核桃酥杏仁饼芝麻糖猪肉脯，如果想吃，一路就别想停嘴了。那里所经过的街道，花王堂街、关前后街、草堆街、板樟堂街，每条街都可逛，也都可

在澳门逛街

穿过它们到达另外的有趣的街道,比如到十月初五街,到白马行;穿过营地大街就到了亚美打利庇庐大马路(新马路),而这是条在澳门最为繁华的商业街,有些类似上海的南京路。甚至有些建筑,比如邮政局,就很有点像上海外滩的某些建筑。

对大马路兴趣不是太大,我喜欢在小街巷中寻找生活中的原汁味。开在议事厅前地的这家"潘荣记金钱饼车仔档"就很能满足我对于小街巷的癖好。这家店让我回想到很久以前的那些日子,店家就一间门面,质朴无华,现在看来几乎可以说是简陋破旧的,原始的制饼模具和炉子,炉前摆着两大桶木炭(都是在我们现在的生活中已经消失的东西),以及店门前排起的长队,让人产生好奇——拐过一个街角就有唾手可得甚至是免费的美食,人们为什么还非要在这里排队等候炉上慢慢烘烤出来的外貌毫不起眼的"减蛋"金钱饼呢?我们也去排队,一定要尝一尝。但我们被告知当天的饼已经卖完,排队的人在等待取他们预定的饼,这些人看上去像是街坊邻居老客户。看出来我们的失望,店家向等候的人们打了招呼,破例卖给我们一小包饼。果然这饼非比寻常,怪不得如此闹市中这样的传统小店却能立于不败。据说2005年潘荣记的老伯正在制饼的场面,还上了澳门邮票呢。

澳门可逛的地方很多,从新马路往南再走两条很小的横马路,就是福隆新街,这里是昔日的红灯区,类似上海以前的四马路,它们是中式建筑,楼下是店面,楼上有很大的开向街道的窗户,据说建于19世纪。现在餐厅林立,这里能吃到地道的澳门菜。

高士德大马路和三盏灯相距很近,却是不同风格。前者多的是精品店,而后者是小店铺和小摊位聚集,价钱便宜到令人不敢相信。还有街头美食,一路上尽是姜汁猪脚的香味,闻着也好啊。

上海之妖

本来想说上海之腰,就是外滩黄浦江那个优美无比的弯曲,她恰到好处地画出了上海的曲线,像上海的一握柳腰,该丰腴的丰腴,该苗条的苗条,增一分太多,减一分则太少,她是那样灵动地以这一弯来表现上海的万种风情,妩媚死了。写下来的时候,发现腰哪有妖漂亮,腰只是一个部位,但妖,那是精气神,是一种只可意会不可言传的情韵、意态,你要说这一弯是上海的灵魂,也完全不为过。

上海的这一弯其实是与生俱来的,可说老实话,我从来没有发现她像现在这样美得令人惊讶。黄浦江一直是上海的骄傲,关于黄浦江的故事,大概就可看作是上海的历史了。记得很多年以前的那个物质贫困时代,所有的包,包括旅行包、拎包之类上一律印着外白渡桥后衬上海大厦的经典图形,包是人造革的,黑的或灰的,但图案永远是白的外白渡桥,是外滩,还有两个也是白色的大字"上海",这就是上海。北京的标志是北京火车站,也印在包上,再印上"北京",也是用白色。

那时我并没觉得印在包上的外滩是美的,我甚至觉得恶俗,对那种图案提不起兴致。但出门谁都得提着那种包,没有别的选择。这外滩就被大家拎在手里,满世界乱晃,实在是腻味得很。有时经过外白渡桥,看那熟悉的形状,感觉比图案上好多了,至少有生气,桥上车来人往的。那时的外滩得从浦东那头往浦西看才够漂亮,如果家里来了外地客人,我们会带他们坐摆渡轮先从浦西到浦东,在摆渡轮渐渐离岸以后,在船上看外滩,所谓的万国博物馆才尽收眼帘。而我对于那个塑料的上有绿色船锚的小小摆渡筹码记忆犹新,那是我们横渡黄浦江的凭借,记得是六分钱一枚,可以一个来回。

这次到外地被人问起,外滩的情人墙如何了,才想起外滩还曾经有过那么无奈的浪漫史,想那时一对挨着一对趴在围墙上的情人,能看到什么呢?对面一片黑乎乎的。然后那么壮观的情人墙竟在不知不觉间轰然倒塌,可能正是从那时开始,外滩被重新装扮。

仿佛是突然间的事,某一日,我站在我们办公楼的顶层咖啡厅,望向外滩,那一弯就在眼前蜿蜒,在阳光下有一种飘飘忽忽舞动起来的感觉,对面小陆家嘴不知何时耸立起了那么多个性鲜明的建筑,一下子竟有点认不出来,这外滩和

上海之妖

我以前习惯了的外滩大不一样了啊。

但在高架上最能看出外滩的妖娆来,延安路高架在外滩下时的那个左拐与黄浦江的右拐正好擦肩而过,形成X形,当车子飞驰而下时,江面上可能正有一艘轮船鸣着汽笛缓缓驶过,我们交会,然后错开,然后就看见那个无比优美的弧线在眼前伸展开去,离得那么近,却又一闪而过,只有惊鸿一瞥。为了这样的惊艳,我上班就绕一点路,本来可以从西藏路下,想看她的时候就从外滩下,让自己感受一次心动。她淡妆,她浓抹,她如何千姿百态。总也在我的眼里。这也算是亲芳泽之一种吧?

上海的一个夜晚

差不多9点的时候,属于MANDY'S的那个并不是很大的花园开始陆陆续续地进来一些人,约好了似的,都静静地不事喧哗地找到各自感觉舒适的地方坐下——桌椅是铸铁镂空雕花很复古的那种样子,漆成黑的或者白的,在4月里稍稍有些热的时候,坐在这样的椅子上,将手肘搁在面前的桌子上,一丝几乎无法感觉的清凉就令你不由自主地熨帖起来。

这种悄悄的不作声张,就像MANDY'S的招牌一样,毫不炫耀,那招牌小小的一个菱形,安装在暗红色的门框左上方,它的亮度,刚刚够看清楚上面的英文字母,然后,几个小小的欧式路灯勾勒出建筑的轮廓,克制的泛光灯淡淡地投一些绿色在墙上,而暗红色的窗户里透出几缕橘黄色的类似烛光的灯光,灯光下,人影幢幢,金色、栗色或者褐色的头发会在那样的光亮下泛出一些别样的颜色。令人迷惑的颜色。一种异国情调。

应该这样说,MANDY'S有两个门,一个是刚刚提到的

上海的一个夜晚

暗红色门框的玻璃门，进到里面，是大拐角吧台，喜欢坐在吧台边的大都是很放松很随意的老外，面带微笑或一脸严肃地和吧台里非常年轻的长发小姐说着什么，再里面是一些铺着淡雅桌布的方桌，很温馨的样子，扎堆儿一起来的年轻人则大都围桌而坐，而旁边有一扇门，下几级台阶可以通往花园——当然花园有一扇直接面对街道的大铸铁门，那就是另一扇门了——刚刚那些人便是由这扇门进来的，因为天气的缘故，坐在花园里的人还真不少。隐隐的有暗香浮动。

Kitty双手捧着一个差不多有啤酒瓶那么大的杯子喝不加冰的黑啤，她望着被高大的树挡住视线的铁栅栏外的一个什么地方，好像是15路电车站，她似乎听见了叮叮当当有轨电车驶过的声音———一种幻觉，她摇摇头，试图听旁边Tony的绕口令一样的笑话。Tony说前两天他和妻子Lucy在襄阳南路遇见Walter，Walter身边有位modern女郎，Walter十分尴尬，Walter为了摆脱尴尬只得将女郎介绍给Tony和Lucy……周围人都哈哈大笑起来，Kitty没有笑，她觉得莫名其妙，有这么好笑吗？她突然想起来，襄阳南路以前叫拉都路，而面前的这条衡山路，以前则是贝当路，贝当路上自己坐的地方的斜对面有很著名的毕卡地公寓，现在的衡山宾馆，沿途一路灯红酒绿，有时真的会让人疑真疑幻的呢。

Lucy问Kitty是不是在想lover，一个人愣着干什么？Kitty

没有回答，Kitty真的只是有点时空倒错的混乱感觉，她实在地知道自己现在坐在宋家花园里，隔壁是爱庐，现在也很热闹，爱庐成了英国人开的Sasha's酒吧餐厅，再拐过去有"席家花园"和"杨家厨房"……

21世纪第一个春天的4月，Kitty举着那个硕大的啤酒杯好像进入时间隧道回到一个世纪前……当然也有些东西让她想到，自己毕竟是21世纪的人了，比方说这个啤酒杯，这样喝法总是很不淑女的，还有现在的时尚不像那时的浓妆艳抹，现在讲究的是"做"得自然，最关键的是，从内心里说，她一点也不认可作为Kitty的自己，因为十年以前，她根本就不知道有宋家花园、爱庐、席家花园这一类地方，不知道自己会跟Kitty这样的洋名有什么瓜葛，更不知道还有起着洋名的中国人在外国人中游刃有余。变化真大啊！一样的，上世纪初女人从缠足到天足而穿高跟鞋，大概也只用了十来年时间吧。十年，竟可以沧海桑田！

Kitty、Tony、Lucy、Walter都是年轻人，他们到底是喜欢这样的生活的。

Kitty本名何怡红。

Tony本名吴雄。

Lucy本名李锦娟。

Walter本名章勇。

上海的一个夜晚

11点多的时候,Tony提议吃点东西,于是他们点了意大利浓汤、焗田螺、蔬菜色拉和美国肉眼牛排……吃着,Kitty隐约听到远处飘来的Jazz(爵士乐)味的歌声——I love paris in the spring time——Kitty又有了摇摆和晃动起来的感觉,整个花园和那些密密丛丛的树叶也似乎摇摆和抖动得悉悉索索了……

12点多,Lucy扶着有微微醉意的Kitty的手臂在街上拦车。此时街上华灯竞彩,春的4月的上海才刚刚迎来她自己的夜晚……

汉口路309号

我的朋友越来越少了。我说的是"纯真年代"离我越来越远。

可是还有多少人能与我一起走回那个纯真年代？城市的现在和未来属于年轻的新鲜人，他们和这座城市一样朝气蓬勃——在高高的有着玻璃幕墙的现代化的大楼里"OFFICE"着。歌里怎么唱来着？"城市的高度它越变越快，上海让我越看越爱……"歌里还讲到了第一次恋爱什么的，对了，说的好像就是"纯真年代"。

现在他们对对面的那栋矮矮胖胖的灰色五层楼至多只会投去好奇的一瞥，或者会去它那里吃上一顿港式快餐——这栋魁梧的大楼的底层已经是装饰鲜亮的"新旺粥面茶餐厅"。

我是在汉口路300号16楼我的办公室里用我记忆的藤蔓去钩沉那些过去了的往日时光。那藤蔓就如盛夏时在我家窗前疯狂蔓延的凌霄花的枝蔓一样伸展，并不时冒出许多橘红色

汉口路309号

的花骨朵儿。

其实，现在的大楼也很不错，在顶楼的咖啡吧里，能看到整个外滩的美丽风景，黄浦江那个异常漂亮的拐弯将浦东的陆家嘴优美地圈了出来，东方明珠、金茂大厦、国际会议中心层层叠叠展尽新上海的风姿，尤其是蜿蜒的黄浦江在阳光下闪现出金色时就更让人感慨万端。所以，有朋友来，我总愿意带他们上到顶楼来，对他们说，你看你看，黄浦江多漂亮啊。

上海的这种光鲜亮丽是能够与所有的人分享的，每一个人都能理解，他们也说，多漂亮啊。

然而，对面的这座楼，在山东路汉口路的这个拐角上（汉口路309号），仅仅只有五层高，用现在的眼光看，这也许已经称不上什么大楼了，却让我有更多的怀想，而且也已经没有许多人能分享这种对于它的怀念了。有时我想，一个人偷着想和一个人偷着乐大概是一样的吧，独个儿，悄悄的，就突然自个儿笑了，或者想落眼泪。

大约十多年前，我就开始到解放日报的这幢楼上班，记得楼的侧门有门房，再里面一点是电梯，一台有人操作的电梯，行驶时会发出不太厉害的机械转动声，天天上班，与电梯操作员很熟，点头、打招呼、寒暄，再听着电梯行驶的声音上到四楼，一种很人情味的感觉。四楼有我的办公室，如果早到，办公室的门就还紧闭着，那种漆成深色的厚重的门，在门上钉有一个大大的报插，当天的报纸已经到了，灌满了开水的热水瓶放在门旁，种种体贴周到，让人心里温暖。

当看到办公室里那些橙黄的或深棕色的大大的笨重的写字桌时，会有一种悄悄滋生的喜悦溢上心头，想象自己坐在那里统领不知多少万字兵词将，像一个非常有权势的将军。办公桌上是那种黄铜底座、绿色玻璃灯罩的老式台灯，黄黄的灯光撒在桌面上，是可以从字词当中走入时光的，或走出时光。走入时光就到达"写字间"，非常有力的传统，要知道我这个办公室就是过去申报馆的写字间，想来，到我那个时候大概没有根本变样。

现在在"新旺粥面茶餐厅"还能欣赏到老申报馆的穹顶，粗大的立柱撑起一个偌大的厅堂，顺着立柱望去，弧拱形的石膏花繁繁复复，与其他地方比起来，它是豪华到几乎奢侈了。我在309上班的时候，有着这个漂亮穹顶的大厅是广告科的营业厅，因为高大，在大厅里搭起了阁楼，许许多多人密密麻麻地坐在里面，与美丽穹顶朝夕相处。

当离开了309，现在，却经常会想起来那时的那些日子，这种时候，我就约上朋友去吃饭，我当然不会说想去看望故地，我会向朋友介绍说，那里的菜不错。

汉口路309号

我现在的办公室大家想象得出来,是那种很OFFICE的OFFICE,再也没有那种具有质感的大写字桌,雪亮的照明,电脑踢踢踏踏着,我就从时光那一头的写字间到办公室,又从办公室穿越到现在的OFFICE,然后站到顶层去看黄浦江。

《申报》是上海历史最悠久、出版时间最长的一种中文日报。申报馆的这座大楼是在原来二层砖木结构的原址上重建的,建成于1918年,是早期的近代式建筑,外墙檐口和壁柱均有花纹,据说带有新古典主义的装饰风格。与申报馆一街相隔,我站在现在,对面就是历史,我是从"历史"中走出来的,对于那些过去的人、事、物有种惜别的感情,那些老朋友啊。

所以我说,我的朋友越来越少了。

百花盛开的地方

百盛在上海是一个没有人会不知道的地方。她位于淮海路与陕西南路口，毗邻地铁一号线陕西南路站，地铁出来，2号出口是往百盛去的，先经过女鞋店、药房，一拐弯就可到达百盛底下的超市。这个超市我觉得是百盛之所以百盛的一个点睛之处。

现在怎样也想不起来百盛是什么时候出现在这个地方的，真的好像某一天百花盛开一样忽然就从地下冒出来，很自然的，跟人没有隔阂，似乎不用适应，她就融入了大家的生活，也似乎她永远就是这个样子，一直以来都是上海的一部分似的。说老实话，我也算土生土长的老上海了，但我也想不起来百盛原址上原先是怎样的建筑物，百盛以她的繁华多姿抹去了我关于以前陕西路淮海路口的记忆。

地铁出来，先在那家女鞋店流连一下，不是很贵的牌子，但样式花俏，看一看，有点目迷五色的，但多半也就是看，然后走过空荡荡的药房门口，径直到超市去，心想，药

百花盛开的地方

房为何要开在这里呢，来的人又不多。期间还会经过一些卖西点的或者卖别的吃食的铺子。早些年对这家超市印象好是因为这里有一些别的超市见不太到的东西，它是领风气之先的。比如，现在几乎每家大卖场都有卖的榴梿，当时却只有这家有卖，进去，就可闻到浓郁的榴梿香味，那榴梿一个个黄澄澄的很肥硕的样子，记忆中，质量要比现在大卖场卖得好。还有一种巧克力叫"雪吻"的，现在也满大街都是，但那时却只有这里有卖，有时还打折促销。"雪吻"的口感丝般柔滑又不甜腻，让人品尝到了巧克力浓烈芳菲外的别样风情。这里卖的各式咖啡研磨机和咖啡壶，也是品种规格较齐的。这些物品当时在别处都比较难买。

物以稀为贵，当所有东西都唾手可得时，那些东西往往会失去往日的魔力。话虽如此，但物质的极大丰富还是受大家欢迎的。只是这家超市也就成了百盛的一个令人拥有记忆的地方。记忆，有时比现实更具有一种绵长的意味，她可以穿越时间的悠远。

但百盛是不用穿越的，她不是记忆，她是所有上海女孩或想成为上海女孩的一个地标。也可以说是一种风尚——平民时尚，也因此电视台时尚频道常常要到此地来找时尚，一直可以看到主持人逮着百盛门口的女孩问着关于时尚的话题。还比如小S就到百盛门口的广场上走过台，她衣着性感，语出珠玑，让一帮小姑娘疯癫。想想也是，百盛这样的地方，怎不让女孩子们着迷。首先是交通便捷，地铁随时准备着将这些购物的约会的游玩的人流接来送走。一楼有婚纱摄影，那些或漂亮或美丽的照片吸引着终有一天成为新娘的女孩们；化妆品柜台的小姐也笑容满面地招呼着她们，有兴趣的说不定就化了个新妆走出来。等人的话可以在意式餐厅"季诺"坐坐，最好坐在靠窗，一杯咖啡加蛋糕，或者来份意大利面，也就几十元钱，悠然看街头风景，正是所有情调女孩的最爱。百盛还有个好处就是经常掀起打折狂潮，那是真正让女孩动心的原因，她们经常还将自己的男友拽来，因此这里男装和女装同样好销。

百盛曾经就是这样，先是领一点点风气之先，然后又以绝对亲民的价格将那些"先"消解掉，她可以让几乎所有的女孩子够得着一点心中对于美丽的向往。当然她不管愿望过快达成后的失落，以及失落之后对于新梦想的追寻，那是另一个层面的问题。

无论如何，百盛是个可以让女孩一次次动心，一次次迷失的地方，就像女孩们一次次迷失在玛格丽特·杜拉斯、鲍里斯·维昂、罗勃·格里耶等的小说里一样。

远东淑女

昨夜台风肆虐了很长的时间，弄得门窗惊心动魄地呼叫。但今天却没有预料中的凉意，气压很低，闷得人汗涔涔的。走在行人拥挤的南京路上，每家店都装修一新光可鉴人。当我在大喊减价的商品中穿梭的时候，不知怎么就想起以前的南京路来，是在哪本小说还是在哪部电影中看到过类似的情景？可如今的南京路哪还有那时的影子？夏季的时装已经落令，可怜巴巴地像个弃妇般盼望着有人能收留她们，早已开不出高价了，却还是一副美人迟暮的模样美目盼兮巧笑倩兮，只是钟情于她们的人已不会太多，明年出尽风头的难道还会是她们？时间的脚步决不容情，它就是这样踩着美人的皱纹匆匆前行的。

我是在去采访一个人的途中，她就住在南京路。从繁华现代的南京路折入那条弄堂，就使人心里咯噔了一下，那种幽深厚重的感觉正如那墙角下的斑驳青苔，浸满了时间的流程，令人不得不对时间肃然起敬。时间悄悄地在张扬的门面后实施侵占，不管前面的门面如何更换。

那是一条很长很宽的弄堂，比起窄小的马路还要宽大长远一些，许多房子已被各种各样的公司占据，装潢得与弄堂极不合拍，而那些没有被装潢的民居则窗已锈蚀门也吱呀有声，但先前的富泰安逸却也在这种锈迹斑斑中不小心溜了出来。

我终于找到了那个门牌，敲门后来应门的是个四十多岁的女人，也可能五十多岁，当我说出所要找的人名时，她回过头去喊了声"姆妈，有人找某某某"，一副请示求援的神情，我注意到她有一双黑亮清朗如孩童般的眼睛，可能是眼睛和脸型身段太不相称，总给人一种吃惊的感觉，倒让人见到她会吃一惊。

"姆妈"走出来问明情由，一边说我要找的人已搬走一边请我进去坐，进门走过十来级楼梯便是居室，摆设是上海老早比较殷实人家的样子，只是不怎么齐全。我觉得有点不太协调，后来发现是那台正在播连续剧的彩电，屏幕似乎蛮大的。如果撇开这台彩电，我大概会相信我已走入时间隧道，因为我相信我看到了二三十年代上海作为远东一颗明珠时的淑女们，可能她们就坐在这扇窗下，用绳子吊下一个篮子去，买两碗馄饨，只是"姆妈"是该穿旗袍的而不是像现在这样穿小方领衬衫。

远东淑女

"姆妈"在为我找我要找的那人的地址,然后告诉我在什么路口,怎样坐车之类,十分详细周到,我一面表示谢意,一面却在想着她们的故事。在几十年前,也是这样很闷很湿的初秋的下午,正当妙龄的"姆妈"会不会也是如此热心地接待一个不相干的冒失的来访者呢?深闺寂寂,想来对于一个看来没什么危险性的闯入者她们还是会欢迎的,这多少给平常的生活注入了一点点非同寻常。

关于她们的故事,在我离开的时候已经想好了。这令我感到惊奇,我的一次偶然闯入便让我拾到一个美丽故事,那么,那形形色色的窗户里会有多少故事?

当我从新走在南京路上并继而进入新的开发区时,我便不得不相信抛在身后的真的只是一个故事。因为它和我们眼下的生活是那么不同。

松江一日

　　以前，对于生活在市区的人来说，松江应该是一个较远的地方，可能好多年都难得去一回，知道松江有一所好中学、有方塔、有佘山，也只是偶尔有机会去佘山玩，那是一件很兴奋的事，因为是到远处去了。

　　现在发现松江原来就在家门口，上沪杭高速，一会儿就到松江了。有时可能比在市区里从一个地方到另一个地方更快。到松江的路好走，景也好看，在高速上就可看到两旁大片的田野，绿的田地，蓝的天，白的云，穿过云层的阳光，将每一种颜色都涂上金色，田野看上去是金绿色的，高速公路是金灰色的，阳光更强烈一点，会觉得高速路是金白色，车速快一点，又觉得路是银色的了，两旁的田野也飞速地向后跑去，跑着跑着，田野像是自己也跳起了舞蹈，有时仿佛是在看有关田园的卡通片。但怎么跑，它还在前面出现，后来我知道，那是我们上海市民饭桌上的蔬菜，以及我们小区里的苗木花卉，大片的松江的绿，与我们是那样的息息相关。

松江一日

  从沪杭高速的松江道口出来，没几个弯就到松江城区了，城区的路同样好走，路标也清晰，往北是新城，往南是旧城。我们先往北，都是通衢大道，现代化的城区，现代化的工业区，然后是松江大学城，每所大学都有自己的风格，校舍、宿舍浑然天成，我们去的时候正好不是上学的日子，校舍和宿舍一片静谧，只有树和自己的影子在微风中絮语。已经离开大学很久了，现在再来想象校园内的生活，还是不知说什么好，因为那是青春啊，青春因其稍纵即逝而令人只能回味却永无可能重返，现在我虽然在大学面前，但我知道自己再无可能进入，那已经是人家的校园了，一声轻叹，我就走过了它。后来我想到，松江真是厉害，它将那么许多人的青春留在了那里，松江还会不发达吗！

  继续我的行程，沿着宽敞美丽的路，我仿佛到了欧洲的某一小城，这里的建筑会让人忘记这是在中国，在松江，那种假作真时的真，真的能让人神思恍惚，还好那些欧式小楼里还没有住人，它们像一幅画一样的还是一种摆设，美丽的装饰，点缀着现代的松江。真的，在松江，如果你一直在北面，你不会想到它是一座古老的城市，你看到的只是它的新，它的意气风发。在新区吃饭，也是欧式的中国餐，豪华的包间，精致华丽的杯碟，完全就是上海，哪里有古城的一点点影子？

我们驱车往南,想看一看古华亭,也就是被称为上海之根的松江。虽然是旧城区,但马路也还是很周正,那一条街,白墙黑瓦的,连绵成一片,店铺一家挨着一家,大概就是所谓十里长街了,不知道是在旧址上翻新的还是新建的,看上去是蛮新的,店铺的布置也较现代,这可以理解,店铺不是博物馆,它是有生命的,既然是现代人消费的地方,就必须符合现代人的要求。我们将车停在古街入口的西林禅寺边上,本以为会有人过来收停车费,等了一会儿也没人,问坐在路边的老太太,老太太说,停着吧,没事的。一口松江话,这时,我猛然感到一点儿古风了,我道了谢,进西林禅寺,这是座始建于南宋咸淳年间,迄今已有七百余年历史的名刹,在那里,可以感受松江的历史。

从西林禅寺出来,在古街上闲逛,见有卖叶榭软糕的,这是一种颜色白得晶莹的糯米糕,形状是外方内圆,内馅一般是豆沙之类。真是好久不见了,这种糕以前上海也有卖的,这是很久以前了,好像是小时候。不知怎么,我想起了外婆,外婆也说本地话,就是浦东话,与松江话有点类似,她总是将"风"说成"轰",她做的点心好吃极了,记得她做的汤圆是大大的,有肉馅枣泥馅的,肉馅的鲜美,枣泥馅的香甜……后来这种汤圆就绝迹了,市面上卖的速冻汤圆都是宁波汤圆,小小的,芝麻馅的,所谓

松江一日

本地汤圆真的就不见了。

松江的很多地方让人想起我小时候的上海，路上人没有那么多，特别是午后，安静得让人心动，什么声音也没有的时候，心是可以无限宽大的，想象也可以无边无涯。那种安静，是内心里的底色，在所有喧嚣的时候，以那一段宁静来抵御。

本来就只是记录一天的见闻，但发现所有的事情都牵扯着过去，是那种割不断的情感历史。就像托尔斯泰写《我生命中的一天》，开始他只是想写生命中某一日的景象，后来为这一天他却写了足足一个月，而且觉得永远无法完成，因为一天有时会关乎人的一生，或者不仅仅是人的一生，和这一生有关的变迁，怎么能一一写尽呢？况且松江是座古城，如果再追溯它的人文历史，寻找陆机、赵孟頫、董其昌、夏完淳等人的遗迹，那松江的一日真的会像历史一样长的。

现在的松江，正是历史和将来的一个渡口。个人的历史也融合在城市的历史中难舍难分。

山不在高

去过很多名山大川，都是作为一名匆匆过客，尽管也常有逗留的想法，甚至羡慕那些山中人的仙风道骨，餐饮天地精华，但我们是羁绊很深的世事中人，哪有那样的自由？想是想，可真的要亲近那山，恐怕除了地理的山重水复以外，心理的阻隔可能是更重要的因素——以至我们像好龙的叶公一样，在山上秀我们的出世之想，下得山来，一旦返回我们的水泥丛林，就当即作回柴米油盐的俗人。

人与地的亲缘关系，是在年岁渐长的日积月累中逐渐感知的。后来知道，其实，在我们的心里，是有山的，属于自己的山——佘山。

佘山是松江区北部九峰十二山的统称，从最西端的凤凰山到最东南端的小昆山，蜿蜒数公里。山虽不高，海拔都在百米以下，却全由7000万年前的岩浆喷涌而成，玲珑秀丽，古代名人流连，称其为"云间九峰"，留下众多古迹。这是最近查资料才了解到的。以前只知道佘山是上海境内唯一的

山不在高

一座山，因为有了这座虽不高却历史悠久的山，上海才成了有山有水的风水宝地。

小时候，交通没有现在发达，记得郊游最远的地方就是佘山，而我对于山的最初印象可能就来自佘山。对于孩子来说，佘山够大够高了，那是在上海市区的街道中穿行得麻木了以后，看到山上一片葱翠的天然的喜悦，记不得太多的细节，只记得竹林那令人迷醉的绿，然后是竹子，在小孩看来是那样高大和粗壮的竹子，没完没了，绵延到很远的地方。竹子坚韧，也是那时有了实在的体验，我们抱住竹子，怎么摇怎么晃，怎么费力地折腾它，它都只是动摇而不摧折，有顽皮的孩子顺着竹竿往上爬，竹子也就是点点头而已，在夏日的风中，它发出好听的飒飒声，与偶尔的蝉鸣低声交谈，让竹林越发静谧而深邃，它们忽略人的存在，自顾细语或休憩，阳光透过茂密的竹叶撒下来，晶亮剔透而无一丝炎热，在佘山，夏日的所有都变得令人可喜。小时候，是不懂为什么要有繁华都市的，都是像佘山这样的山为什么不好？那时不知道这就是所谓"出世之想"的雏形了。

佘山上还有天主教堂，那也不同于我们往日去得多的寺庙，没有香烛，没有烟火，高而尖的穹顶，七彩的玻璃，它引领人的精神向上，向着神秘的宗教的国度。小时候不懂这些，但是有感觉，看到那建筑，看到透过五颜六色玻璃而来的彩色光，会惊讶，会噤声，会感知被一种无形的力抓住，默默走过它，走过神龛，知道人和神，在某种场合里会有交流。或者说，人设立了一个神，让神引领自己走向更高的境界。那是一种高度，不是山的高度，而是人的精神所希望达到的高度。

然后是天文台。那个圆顶打开，用天文望远镜就可以观察遥远的星空。那些星星，引人无限遐想的星星，在天际闪烁。据说是天上一颗星，地上一个人，那么多星星也与人世一样纷繁？或者它们因为遥远而浪漫，因为无法了解而更神秘？可能天空太辽远，人们实在无法想象天上的事情，才将人自己对应星星，让星空接近人类。因而星空也有了类似人类的繁复的故事。

佘山虽不高，但上一次山，就会有一次脱俗的洗礼一般的感受。

自从长大以后，去过更多大山，或雄伟，或峭拔，或险峻，或峰峦叠嶂，或原始粗犷，或秀丽如画，千姿百态而不能一一尽数，但始终不可替代佘山在我心中的位置，后来我又不知多少次上佘山，有时还会在有着密密修竹的森林宾馆住几天，竹叶飒飒，那是我最喜欢听的描述山的音乐。

最近又去了佘山，发现它越发美丽了——不在山，而在水，在佘山脚下，新修了一弯月湖，青的山，对秀的水，蓝的天，对绿的地，清风徐来，花红柳绿，恰似人间仙境。新的湖人工斧凿，极具现代的形式感，也正与古老野趣的山对应，在湖上泛舟，看青山在身边慢慢走，可唱一曲我走山也走……而在山上远眺月湖，月湖像一面镜子，映出的是天上的蓝天白云和山上的风吹草动……

在家门口有佘山是我们的福分，因而它毋雍置疑地是我们心中的山，最可亲近之山。

美人酒

因为关牧村的那首歌,总以为葡萄是吐鲁番的最好。关牧村唱"吐鲁番的葡萄熟了,阿娜尔汗的心儿醉了",那时总是将"醉了"听成"碎了",葡萄熟了,阿娜尔汗为什么要心碎呢?想不通时帮她附会,葡萄熟了,说明参军的克里木已经离开了很长时间,她因为想念恋人而心碎吧?反正是很好听的歌,很美丽的爱情故事,那个美丽故事发生在同样美丽地生长着美丽葡萄的地方。

葡萄真的是与美好联系在一起的意象。看到过拍摄新疆的摄影作品,那成片成片的葡萄架,那累累的果实,透过葡萄架撒下的星星点点的阳光,阳光下青春迷人的维吾尔族少女,那样的画面述说的只是生活的甜蜜。总以为那是遥远的冶容,必须长途跋涉才能接近那种靡丽,但没想到,这风致就在身边。

驱车半小时就可到达市郊马陆,那里可以看到成片成片的葡萄园,葡萄架下有可供人们休憩的桌椅,熟了的葡萄堆

美人酒

在果盘里，品种多得目不暇接，坐下，喝鲜榨的葡萄汁，尝各式葡萄，此时会有不知自己身处何处的感觉。这是在上海吗，这么切身，这么身处其间而现实的地方，却有如此遥远而又虚幻般的靡曼，简直是色佳天下。这个色，是葡萄的秀色，如果是画家，一定能画出那姹紫嫣红来，青的绿的紫的红的酒红的玫红的还有青红相间的"美人指"，所指向的也都是、仅仅是葡萄，只是葡萄，各色葡萄就让人有整个世界的想象，是关于世界美好的想象。如果是美食家，就餐此秀色，但葡萄的口感再千差万别，美食家虽能细分，芳香馥郁芬菲馨芗，总起来说也就是甜美，甘之若饴。

葡萄的甜蜜与爱情相似，好像中外莫不如此，《云上的日子》讲述了一个多么美丽的爱情故事，法国的葡萄庄园，绵延不绝的葡萄树，成熟了的葡萄从枝头垂挂下来，与葡萄一样成熟了的是男女主人公的爱情，窗下的小夜曲和丰收的狂欢都让观众感动不已，那么大的一个木桶，装满了鲜嫩欲滴的葡萄，几乎所有的女人，总有几十个吧，跳到那只装满葡萄的木桶里，欢笑着、舞蹈一般地腾越着，让自己与鲜美的葡萄汁融为一体。不知道是一种仪式还是葡萄酒制作的一个步骤，不管是哪一种，都极具想象力，是多么有意思的象征。那葡萄酒，就是美人酒了。

按说，葡萄在气温较高，光照好的地方较易生长，比如吐鲁番，比如法国的普罗旺斯，那种地方有喧哗而明媚的阳光，阳光下有旺盛的植物和植物散发出的香味，香味中是人们眼里的温情，是一种生机勃勃的感觉。而上海的天气有时是会阴郁，会浓稠的。其实冬季的波尔多也很阴冷，但并不妨碍波尔多出产好葡萄——乃至葡萄酒，想来上海能够有口味绝佳的马陆葡萄也是上海人的福分。一种浪漫的口福——食色。

葡萄必须要到她成了酒的时候才是她最丰韵的年龄，那种美丽几乎无与伦比，酒色红紫，似烟如霞，她的香气随着酒瓶盖打开时间的不同而不同——她从不重复自己——有时是浆果的气息，有时是香草味和梅子味，又有时还夹有橡木桶的香味——只要能够想象，她可以是所有她经历过的生命历程的呈现，以香味的方式。你甚至还可以尝到或者闻到她生长的泥土的味道。

有点可惜的是，马陆的葡萄太年轻了，她没有条件可以成熟到酒的程度。因为她精致，产量不多，上海市区只有南京路的食品一店见过有卖，一小盒125元，贵昂到酒的价格了，但供不应求，许多人只能自己开车去马陆了。也对，美人总是养在深闺中的。

可能有一天我会尝到马陆的美人酒，不管时间地点总与那葡萄美酒亲密无间。

红 妆

这个有着香艳联想的词，应该给人流丽瑰玮的灵感——在听说而没有亲见宁海的十里红妆时，对它确是有着惊艳的期待的。而一旦当我站在十里红妆的展厅里，真的被那种一色的朱红震慑了，惊艳变作惊愕，触目惊心。几次三番，想写点什么，却又搁下，我想大概是不愿去碰触红妆底下的血色。

现在去回想当时的心情，还是一种痛苦的经验。其实，十里红妆展厅里告诉我的东西，并不比我以前在历史书里了解得更多，只是当历史书里抽象的知识变作实实在在的可以看得见的生活时，那些活生生的残酷就让人无法逃避了。虽然这残酷是隐匿在喜庆的整整十里一大片亮得耀眼的高调的红之中的——一个富家的女儿出嫁了，陪嫁的嫁妆铺排满十里长街，鼓乐齐鸣，吹吹打打，极尽排场，好不羡煞人。

女儿一生最辉煌的就是出嫁这一天了，富贵人家的女儿一生所用都必须是娘家所带，而且要奢华，这是经济实力的比拼，若有一点不周到，是要被夫家人说闲话的，因此，一件件，一样样，耗尽了娘家人的心思，梳妆台、拔步床、竹夫人、床前橱，枕箱皮箱大幢箱，圈椅春凳红脚椅，画桌琴桌房前桌绷花桌，火炉架油灯架面桶架麻丝架，冬篮夏篮套篮，祭盒祭盘，子孙桶马桶脚桶面桶茶碗桶讨奶桶果桶提桶梳头桶针线桶，生活所需的一切必须备齐——还要加上棺材，所谓有始有终。因此才有陪嫁的嫁妆铺满了十里长街，马桶开道，花轿居中，一色的朱砂红；扛箱的当先，而棺材压阵，生死一世，都在这一天在这条街上摆明了，也浓缩了。一生的故事看起来红红火火浩浩荡荡也似长街一样的平平展展，但那个新嫁娘却哭得伤心欲绝，她当然是在回顾在娘家的前半生的日子，也对以后漫长的在夫家的日子忐忑着。她哭，这时候她可以明明白白为自己的女儿身而哭——进了那个门以后，是不是还能这样痛快地哭都是问题。

在展厅里，我看到了新嫁娘的小脚绣花鞋，真真是三寸金莲，可能是现在小孩两三岁时脚的大小，当然那时人长得比现在小一些，那也就是三四岁的时候，她就必须缠足了。生为女孩子，她的命运，在娘胎中就被注定了，这还是有幸能长到三四岁的女孩子。还有些女孩子一出生就被溺死在马桶（子孙桶）中了——这且不说。说那些没被扼杀的女孩，她们凄惨的哭叫声，穿越时间的阻隔回荡在展厅里，其声凄凄。缠小脚的缠脚架、缠脚布甚至脚铐——一块矩形木板，女孩一双小腿就被固定在木板中的圆洞内，挣扎不得，这些"家具"都附着着女孩哀怨的魂魄，令人毛骨悚然。宁波人说"小脚一双，眼泪一缸"，一双天然要长大的脚，却被长长的缠脚布裹住，硬生生就是不让长，那种锥心之痛，是人都可想见，为什么却必须让那么小的女孩子来承受，而且多半是以爱的名义，由女孩的家长实施的。当我愤怒于当时家长的残暴时，想到现在家长其实也是一样的无奈，一样的以爱的名义，捆绑着孩子们的思想。因为，在当时小脚是找到好婆家的唯一法宝，那是女孩子的终生，含糊不得；就像现在我们不也是说着为了孩子而不管孩子喜欢什么，一味地逼迫他们吗？这也是给孩子找一条好的出路，历史在这里惊人地相似，在过去和现在之间生成了某种关联。

但无论如何，过去和现在是不能同日而语的，同样的家长，同样的无奈，但已有质的不同，社会的进步已让现在的人至少摆脱了身体的束缚，因此当我在展厅里兜兜转转时，就感到了作为现代人的幸福。以前读过一位女作者写的文章，说是喜欢回到以前，以前的生活怎样好，怎样慢而精致，如何的有情调等等，说得有点道理，这个展厅里不少展品就能证明那时生活的如何有情致。比如那些器皿，各有各的用途，有些没人解说还真看不明白——或圆或六角的祭盘是祭祖时放食品用的，象山的最精美，六角做成花瓣形，一盘盘花朵般绽放着。梳妆盒又有各异的造型，精巧华美自不用说。而床，就像是一个缩小了的房间，凡到过浙江乡村的都会记得它的样子，只是富贵人家小姐陪嫁用的更精致一些，床前帐的夹柱上用泥金塑上诗句："丹桂宫中来玉女，桃源洞里会仙郎""意美情欢鱼得水，声和气合凤求凰"。展厅的墙上挂着竹片编织的细长篓子，一问，才知道这东西叫竹夫人，《红楼梦》中薛宝钗打一灯谜，"有眼无珠腹内空，荷花出水喜相逢；梧桐落叶分别去，恩爱夫妻不到冬。"谜底就是这夏夜用来消暑的竹夫人。还有那些女红用具，针盒、针夹、线板、绣台、麻丝架、丝麻桶，令人想起细细密密的针脚，还有细细密密的心事，所有这些，都指向着一种类似文学的浪漫情境，有人当然可以怀念那种一针一线慢慢悠悠过一天的过去时光，但是我想，如果这种浪漫是以束缚为代价的，那么，若为自由故，余者皆可抛。

过去富贵人家的女子，三四岁缠足，以后是学习妇容妇德、女红手艺、琴棋书画，"十三能织素，十四学裁衣""十五弹空篌，十六诵诗书"，所有的努力和辛苦，只为寻得一个好婆家，那样的一生，怎能用"一两黄金三两朱"的朱砂的红火来形容？能够进入历史的，或者有蛛丝马迹可考证的往往都是富贵人家的生活，就像"十里红妆"。

那么富贵人家以外的女子呢？历史书和这个展厅里都没有记载，似无从考察，但这个展厅其实已经告诉我们了，无言却言之凿凿。

那样的时代真的是一去不复返了。

走出十里红妆的展厅时虽然天色已晚，但我感觉一下子沐浴在阳光下了。

浪花淘尽英雄

小时候，喜欢乱看书，有回翻《三国演义》，就有人说这书小孩不能看，弄得我不知是怎么回事，现在想起来大概是因为里面有太多的计谋，有点接近于勾距之术，小孩看去了，长大还不一副老奸巨猾的模样？最近，电视里播连续剧《三国演义》，便又记起了这件事，忍不住把书找出来想再翻翻看看到底是怎么回事。

不料，打开书，便为那开卷词的沧桑超脱而感慨，"滚滚长江东逝水，浪花淘尽英雄。是非成败转头空。青山依旧在，几度夕阳红。白发渔樵江渚上，惯看秋月春风。一壶浊酒喜相逢。古今多少事，都付笑谈中。"千古兴亡，百年悲笑，一时写尽。其中最具悲凉意味的数那句"浪花淘尽英雄"，在历史的长河中，一切成败得失都如过眼烟云，笑谈间付诸东流。然而英雄虽已没，但却依然能让后人感觉到他们的那种浪漫而富于人情的江湖情调。书载，晋时尚书左仆射羊祜率军镇襄阳，与三国吴名将陆抗对阵，陆抗患病，羊

浪花淘尽英雄

祜遣人给他送药，陆抗左右生怕有毒，劝其应谨慎，岂料陆抗一派大将风度："羊祜岂鸩人者！"然后一饮而尽。当然，陆抗的大度是建立在对于敌手人格的充分信任上的，可谓知羊祜者莫如陆抗，借用一种男性话语来说，叫做大丈夫安身立命于世，行走江湖，讲究的就是一个义字，明人不做暗事，乘人之危之举，君子不为。所以后来，羊祜死了，他的敌手都为之伤悼，除了惺惺相惜外，我想他们大概还感到了心中萧索的寂寥，因为如今高手已去，剩下的又有几多堪称对手呢？英雄寂寞啊！

三国时期虽然短暂却激荡百年，英才辈出，乱世里但见金戈铁马，玉帐连空，竟不知一时消磨多少豪杰？然而，岁月悠悠不居，当年的气吞万里早已成昨日斜阳荒烟，到如今只有他们的风流还千古流韵。不久前，我到当阳去，车经当阳车站，见一段缓缓的山坡，我无法相信它竟就是举世闻名的三国古战场长坂坡，但史称"蜀汉三雄"的关羽、张飞、赵云确实曾在此留下了千秋彪炳的业绩，所以历史上有"汉业当阳"的说法。遥想当年，燕人张翼德当阳桥头一声断喝，声如巨雷，势如奔马，吓退曹操五十万雄兵，常山赵子龙大战长坂坡，救幼主于千军万马中七进七出，如入无人之境，至今当阳仍存有"子龙街"，保持了石板小街的古老风貌。然而，在当阳真正能够让人怀古思远，领略英雄春秋大义的却还数关羽，水淹七军，生擒于禁，斩杀庞德，然后关羽从武略的辉煌顶点开始向失败的深渊滑落，失荆州，走麦城，终为吴军所获，而麦城便在当阳，孙权即杀关羽，尸身葬于当阳，却把首级送到洛阳，企图嫁祸曹操，曹操用沉香木雕成关羽身躯，以诸侯礼厚葬，所以如今洛阳有"关林"，当阳有"关陵庙"，演成了一代名将身首异处的悲剧。

关羽一生以忠义勇猛著称，但纵观历代名将，如他这般死后恩宠有加的却可说是空前绝后，宋朝以降十五个皇帝给他加封，使他由人臣而帝王直至武圣，与孔子分庭抗礼，并称夫子，历史如此将荣耀的光环加之于一个最终兵败被杀的武将身上，是令人费解的。明左忠毅曾写有一副对联，其中上联曰：汉封侯、晋封王、有明封帝，圣天子并非无意也。可谓说出了这种荣耀背后的底蕴，说穿了无非是用一个"忠"字来限定"义"，所以关羽又被称为"关忠义"。比如曹操将关羽和甘、糜二夫人安排同居一室，关羽明知曹操有意刁难，却不动声色，秉烛独坐门外读《春秋》至天明和过五关斩六将，千里走单骑的义举，在统治者看来却是报主之志，因为关羽的辞曹归刘符合正统观念，并且自把关羽读《春秋》与孔子作《春秋》联系起来之后，一文一武，相得益彰，从此成为历代帝王治国安民的精神武器。

但在民间，老百姓则不管忠于谁，而更愿意认同以武犯禁的侠义的义。关羽早年击杀恃强凌弱的恶霸，亡命江湖，完全是一个仗义行侠的江湖豪客的形象，以至在后世如明清之际秘密组织的入会仪式上，第一件事便是拜关帝，表示自己将以关羽的义举作为行事的准则和规范的理想。确实，从"义"的角度来看，关羽温酒斩华雄，显其猛；刮骨疗伤，显其勇；单刀赴会，显其威；华容道释曹操，显其义，无论在哪方面都与百姓心目中的侠义英雄的标准相吻合，即使是最后兵败麦城身首异地在他们看来也不失为悲剧英雄的理想归宿。唯独千里独行，统治者看到的是不忘旧主，为忠；百姓看到的却是难忘兄弟之义，还是一个义字，然而官家和民间各取所需，关羽终于登上前无古人后无来者的"武圣"的地位也便不足为奇了。所以前人论《三国演义》时说其有三绝：诸葛孔明为智绝，曹操为奸绝，而关羽义绝也。

在当阳关陵庙，我求得一签，签曰上吉。旁人便说，有关大帝庇护，一路平安。我倒没这么迷信，求签纯粹觉得好玩，当关羽已被人们视为武圣甚至财神时，我也仅仅只是凑凑热闹而已。因为现代社会，人们更相信契约，虽然这样使人们失去了许多古典而温馨的浪漫，但如果现在还有谁把个人幸福寄托在对某一个人的人格信任上的话，那肯定是要失望的。

江山如画

几十年前,毛泽东面对塞外漫天飞扬的大雪,心头不禁喷涌出无法抑制的激情万丈,一挥而就《沁园春·雪》如此壮丽的诗篇,其中一句"江山如此多娇,引无数英雄竞折腰"又激荡着多少巨人感慨千古的历史回声啊!

确实,江山如画,从古至今,在我们的印象里,又有多少英雄无法摆脱那大好河山的诱惑,或指点江山激扬文字,或跃跃欲试中原逐鹿,在那片古老的大地上喧骚起一阵又一阵血与火的奔腾,把我们的历史装点得既有五千年的惊心,又有五千年的动魄。然而,我们的印象在多大程度上是靠得住的呢?它又是否会经常令我们在不知不觉之中误入常识的迷途呢?

比如,那位被毛泽东揶揄为"稍逊风骚"的宋太祖赵匡胤仗一条军棍打遍天下,陈桥兵变,黄袍加身,然后出于对将领拥兵自重和五代十国战乱纷繁的审时度势,赵匡胤又策动了历史上著名的"杯酒释兵权",以文人御军，结束了军阀混战的局面并扑杀了一切可能萌生的藩镇割据，为社会赢得了相对的安息稳定，显示出了他作为帝王的政治眼光和政治手腕，无疑是可称之为大英雄的。但他的大宋江山却是他欺负弱女孤儿而来，面对北方强敌契丹赵匡胤甚至穷尽宋朝一代都始终无法夺回失去的燕云十六州，如此恃强凌弱欺软怕硬，又何来顶天立地的英雄本色，看上去倒似乎更接近于流氓泼皮的无赖行径。但相比于那些得天下以后，立刻便对昔日的铁哥们实施"飞鸟尽，良弓藏；狡兔死，走狗烹"的残酷手段的雄主而言，赵匡胤却又无疑更具有一种英雄肚量。

以这样的眼光看，世上一些在我们看来对立的事物，有时往往非常接近而仅有细微的差异，可能大奸与大忠只距半步之遥，而至真与至假也很可能只是一张纸的两面而已。正如有些人平日里举止从容不迫，满口豪言壮语不绝，然而一到了考验品性的时刻来临，却即刻裸露出了小人的马脚，而有些人平时看似平凡庸碌胆小怕事，但到了千钧一发之际，反倒可能是他们能够一怒而起见义勇为，尽显英雄本色。当然话虽是这么说，但真要想成为英雄却也决非如此简单，说英雄谁就是英雄了。因为几乎所有关于英雄的传说都早已成为我们从我们自己的血液里提炼出的一个又一个激动人心的神话，并从此以它那几千年的激昂与苍凉叩响我们今天的惊愕。

别的不说，就说南宋大词人辛稼轩，也曾沙场奔骋，取敌首于千军万马之中，而他的一阕《破阵子》——"醉里挑灯看剑，梦回吹角连营"，恍若隔世的闪电，穿透千年的倥偬岁月，照亮了一位沙场秋点兵，生死俄顷，但却快意惊弦了却天下事的战将雄姿，然而对于战将来说，不能征战疆场才是大寂寞。"可怜白发生"，诗人心中的寂寞啊就像那漫天落落的秋意。就是这位长剑生苔，雕弓挂壁的英雄在任镇江知府时，登临北固楼怀古之情盎然，面对一江秋水，不禁纵览天下英雄悠悠多少往事，吟诵出震世骇俗的千古名句——"天下英雄谁敌手？曹刘。生子当如孙仲谋。"在常人心目中，三国绝对可称得上是一个英雄蜂拥的年代，但在辛稼轩这等壮志凌云的英雄眼里，也唯有曹刘孙三人而已。只是他们真的算得上是顶天立地的大英雄么？就说"碧眼儿"孙权，赤壁鏖战，坐断江南，确实不失英雄风范，但他却又为何在伏杀关羽之后，将关羽的首级献给曹操，这种企图嫁祸于人的阴损伎俩，岂不有悖于坐不改姓行不更名敢做敢当的英雄品性？

其实，多少三国兴废事，早已尽入渔樵闲话，今天不说也罢。再说也仅仅只是因为再次想到了我们关于英雄的印象在多大程度上是可靠的呢？就像关羽，我曾在一篇文章中谈到过他之所以成为不朽英雄的那种话语背景。前不久我到当阳去，看到了不少有关这位武圣的人文景观，使我又一次感到无论关羽以往的战功怎样辉煌，却也无法洗刷他最后作为一名刚愎自用的败军之将的耻辱。在当阳一位陪同我们的当地人跟我们说起了许多关羽的轶事，其中就有"关索认父"的传说，而据我所知，信史上并无其人。有一种说法很有点意思，因为关羽早年亡命江湖，有违儒家"父母在，不远游"的古训，所以便伪造出关索这一人物，作为圣人孝道的一种补充。而更有意思的是，到了宋代关索突然一下子红火起来，有关他的各种故事几乎家喻户晓。宋人笔记载，当时不少聚啸山林的江湖好汉都喜以什么"赛关索""小关索"来作诨号，其中最为著名的当属《水浒》中位居三十六天罡星的病关索杨雄。虽然书里关于他的描述不多，但他却给人们留下了极为深刻的印象，这倒不是为了他的什么杀富济贫，而是在于他的杀妻。其妻潘巧云仅仅因为对他有不忠行为和有损他和拼命三郎石秀间的兄弟情谊，便遭受到了残酷的虐杀，先割舌，再破肚，继而挖出五脏六腑挂在树上，然后分尸，那种惨不忍睹简直已到了令人切齿和憎恶的地步。但这一切却无损于杨雄作为梁山一百零八条好汉中的一员而跻身所谓的英雄殿堂，而女人之所以遭受这种残忍便仅仅在于她是女人以及男人是她的法律，如此我们今天也就能够看出这类旧时英雄所产生的文化背景了。

今天再读《沁园春·雪》，不难想象当年发表之际它所引起的震动，那种惊天动地的磅礴至今依然能让我们领略到巨人的震古烁今，你听，"一代天骄，成吉思汗，只识弯弓射大雕"。

是的，江山确实如画，但却寂寞英雄啊！

长使英雄泪满襟

现在想起来，大概当时已是很深很深的秋天了。我正准备走进成都武侯祠敞开的大门，一片落叶却悄无声息地撞在我的发际，然后先我一步跌入门里，打碎了秋日午后常有的那种微妙而倦怠的寂静，突然就使这座气势不凡的建筑在一个瞬间里变得躁动不安起来。

就在这个时候，我迈入了武侯祠，面对凝重的青石板路，一柱柱的楹联，一块块的匾额，看上去有点剥离不清的字迹和埋藏在时间深处空旷而遥远的回声，在一缕温馨的历史的锈味里，我却清晰地听到了远在千里之外的襄阳或者南阳卧龙岗，门"吱呀"一声打开后隐约传来的《隆中对》的朗朗轻吟。此时，阳光正和煦地照耀着那座著名的诸葛草庐。那一天，在刘皇叔三顾之后，有许多人看见诸葛孔明骑着一头毛驴驮着一大书箧的智慧，离开了他躬耕于此的家乡，不再回来。从此，雨后的巴山蜀水间他留下的身心交瘁的履痕，已经成为历史的一种几近神话的讲述。我不禁感到了一阵噤肃，难道真的仅仅由于那一片落叶的振动，便抖落下了无数附着在这清代砖瓦之上而原本却属于"三国"的那些辉煌苍凉的英雄故事？

如果历史真的像一条河，那么三国时期毫无疑问就是它的巨大落差而形成的一幕壮观，无数失去规范限制的河流在这里一泻而下，飞流直下三千尺的快意使每一滴水珠都寻找到了展示自己丰姿的历史瞬间。那种乱世里英雄星光灿烂的触目，历史上唯一可能与之比肩的只有春秋战国了，而英雄的不死早已被证明了是历史的另一种定局，当英雄以强者的姿态书写了历史之后，他们的生命也就融入了历史的不朽之中。就像那天我在武侯祠，面对时间隧道另一头的"智而近妖"的智绝之士，却并没有感觉到千年岁月隔膜的凛凛寒意，仿佛诸葛丞相早年身在草庐而识天下三分的高远，直至最终六出祁山鞠躬尽瘁自知回天乏术而于无奈中发出的那一声叹息就在昨天。

其实，中国历朝历代并不乏杰出的政治家，他们无论是在个人才能还是历史功绩上都堪与诸葛亮一争高下，甚至高出一筹，但却为什么唯独小国之相诸葛亮坐上了"比管、乐则过之，比伊、吕则兼之"的历代宰辅第一人的位置？历史对于其杰出人物的选择是不是总有着某种不可抗拒的文化原因，如果有的话，那么把诸葛亮的位居千古贤相第一的现象

长使英雄泪满襟

仅仅归结为是传统伦理价值观即道德评判,和历代统治者对他的有意大加推崇以及小说的传播所致,便可能会使我们失去对于那些隐藏在历史文字背后的,一种深长的文化情结的理解。在这里,这种情结表现为历代知识分子对诸葛亮所投入的全部感情,他们毫不吝啬笔墨,代代相传留下了无数颂扬诸葛亮的诗文,正是这些诗文对历史的评价产生了深远的影响,因为从诸葛身上中国传统知识分子看到了自己所可能拥有的人生理想,"修身齐家治国平天下"从来都是他们心中梦寐以求的最高理想人生情态。

但是,并非所有的读书人都能出仕继而建功立业的,退而求其次"隐以求志"也不失为另一种理想的人生形态,况且夫子早已有"有道则见,无道则隐"的古训,所以中国传统读书人的人生哲学常常便处在仕与隐的矛盾状态之中,而且始终无法将两者统一起来。而诸葛亮早年隆中十年耕读,正像他自己在著名的《出师表》中所说的"臣本布衣,躬耕于南阳,苟全性命于乱世,不求闻达于诸侯"那样,每弹琴抱膝长啸,俨然隐士风流,然出则一对千秋,位极人臣,功盖三分国,几乎是完美地体现了古代知识分子所孜孜以求的"穷则独善其身,达则兼济天下"的道德模式和人生价值。似乎完全可以这么说,如此把仕与隐的两项对立消解得如此不留痕迹的历史上当首推诸葛孔明为第一,而这一切难道还不足以让所有的后来者们怦然心动吗？这样看来，对于诸葛的热情赞誉其实也是中国传统士人出于对自己人生理想的一种坚持和强调的策略。

然而有意思的是，可能更能触动后世知识分子敏感心弦的却是那一段令人感动的君臣鱼水情，刘皇叔的"三顾"与诸葛亮建立起来的君臣默契，事实上是诸葛得以施展才华的先决条件，因此诸葛亮的际遇便为后世所有渴望遇得明君的胸怀大志者所梦寐以求；因为在诸葛亮身上他们感受到了知识分子某种程度上的尊严和人格独立。但以今天的眼光来看，这种企冀遭遇明主的想法本身就是知识分子独立性的一种丧失，所以我们几乎完全有理由认定，成都武侯祠埋藏了中国传统士人几近一切的道德理想追求模式。关于这一点，只要翻一翻中国古典文学史，便能对此深信不疑，那一长串的名字，简直就是中国古典文学的豪华阵容，杜甫、李白、李商隐、苏东坡、朱熹、辛弃疾、李贽……与春风得意的官吏相比，唯有他们才真正称得上为古代知识分子的杰出代表。

他们大都胸存大志忧国忧民，却始终不得明君赏识，无法一展才华，以至于他们只能借助于中国古典文学的一种承诺，即往事的再现，以历史的不朽来复制出今天的不朽，因为"后之视今，亦犹今之视昔"。正像杜甫的名句："出师未捷身先死,长使英雄泪满襟"一样,其间既有对诸葛亮惺惺相惜的理解,也有对自己怀才不遇的感叹。世上的一些事往往如此,想得越多,顾虑也越多,反倒做不成了,而被前人誉为智绝的诸葛亮却是仔仔细细地掂量过,最后他六出秦陇,已明知无望而勉为其难,有时虽人事算尽,却也拗不过天意的一个小小的疏忽,但明知不可为而为之却也不失为大英雄本色。

难怪后世的英雄们要泪洒衣襟了。

第 3 辑 · 芸娘

芸 娘

芸娘是《浮生六记》中的女主角,也应该是现实中曾经存在过的人物,因为沈复所著并非小说,书里写得明白,他记载的都是自己亲历之事。只是作者娓娓写来,诚挚真切,也善于营造气氛,让我们今天读来像小说,有时真觉得真假莫辨,把她看作虚幻,也可能沈复离我们太遥远,今天已经很难想象那时人们的生活和情感了。然而我们确实知道,芸娘真的在这个世界上生活过,就像我现在可以看到她轻盈挪移着舞台上古典戏曲一般的身姿,那只搭在伴娘肩上的纤细而丰润的玉臂圈着翡翠碧绿生光的钏子,或者她高烧银烛低垂粉颈,在夜晚出神于那一本《西厢》……她是如此生动地演绎着一个女人的戏剧,我们不可能视而不见。我还知道,沈复三白的祖坟在苏州郊外福寿山,假如对芸娘的曾经存在有什么疑义的话,可以到那里去找沈三白问一问,如果有幸还能找到。

有多少曾经真实存在过的女人默默无闻地消失了,我无

芸娘

从知道,我更无从知道的是,在这一片污浊而稠密的现代空气中又漂浮着几多她们残余的游魂。而她们中的芸娘却活了下来,她也不过一民女罢了。然而,这是一个非同寻常的民女,林语堂说她是中国文学史乃至中国历史上一个最可爱的女人。在这里需要注意的是,林语堂用了"最"这样高级的副词来修饰可爱这个形容词,也就是说,以林老先生的眼光,在中国,没有哪一个女人会比芸娘更可爱,尽管林语堂在范围上作了限制,但这还是几乎包括了所有可能进入我们的视线而被加以评论的女人。我想,林语堂对芸娘的大加激赏肯定有他的理由。

确实也是,哪怕随便挑几段关于芸娘的描述,就能发现她与我们所认定的过去的女人有多么的不同。虽然芸娘没有上过学,但她生而颖慧,学语时口授《琵琶行》即能成诵,后偶得《琵琶行》便能挨字而认,从此她好学不倦,终能吟咏。她为了同丈夫一起出游,换上男装,"效男子拱手阔步者良久",继而揽镜自照狂笑不已。月色如洗,她与丈夫同坐凉亭谈诗论画说古话今,与丈夫享尽了闺房之乐,也饱尝了坎坷之愁。从中我们得知芸娘是个生性洒脱而又极具才情的女人,她懂得在极平凡的生活中寻找乐趣,一句"布衣菜饭,可乐终身"便点出了这种乐趣的所在,那是一种恬淡自适的生活。这也就规定了芸娘的背景,她已深得中国处世哲学的精华。

从这一点看,芸娘无疑十分可爱,她的种种行为,如今也早已不会再被人视作异端,其实芸娘只是个有着自觉意识的正常女人,但她在一百多年前,追求与男人几乎是平等的美丽而浪漫生活的理想,却使她的人生遭际变得暧昧起来。这不得不使人为之感叹。然而,感叹过后,对于芸娘,我们却还是有许多不太明白的地方,就说她为丈夫寻妾一事,便颇令人费解。难道芸娘是个可以超越时间的奇女子,还是有别的什么原因?她的所作所为当时完全不被人理解,即使到了今天我想大概也还是有部分不能为人们所认同,但可能正由于此,芸娘便成了一个可以一直活下去的女人。

据三白描写,他们夫妇感情甚笃,然而有一天,芸娘却突然看中了一名为憨园的歌伎,硬是要为丈夫撮合,让丈夫纳为妾,后来因为强者所夺,此事没有成功。芸娘竟至于一病不起,而后命丧黄泉。如此大动干戈的撮合大概也不是一句爱美之心所能解释得通的。当时,芸娘对三白说,若憨园同意了,我这臂上的翡翠玉钏就会戴在她的手上。三白虽然谦让了一回,说自己乃一贫士耳又伉俪正笃,何必要弄一个第三者来,但拗不过芸娘的执意以后却也注意起了憨园的臂膀。这是一段十分意味深长的描写。男人的推却虽有一点矫情,而女人的坚持却又不知为的什么。

芸娘 / 朱蕊 散文集

然而某种程度上，妒忌却是爱情的天性，说句大白话，就是爱情是自私和排他的。从古至今大概还没有人真的会希望或者容忍自己心爱的人去爱上别人，当然如果另有目的，那自然另当别论。《韩非子》有这样的记述，卫国有一个女人祷告说"使我无故得百束布"，她的丈夫问"何少也？"她回答"溢是，子将以买妾"。可见这个女人宁愿受穷也不愿丈夫发了横财而讨小老婆。还有一个更绝的例子，唐太宗曾送了两个侍妾给管国公任环，但任环因惧内而拒绝，唐太宗便召见任环的老婆对她说，妇人嫉妒很不好，你如果能改过就算了，如果不肯改，就饮下这鸩酒。任环老婆说"妾不能改，请饮酒"，然后把那酒一口喝了下去。不过，唐太宗给的并非毒酒，而是醋。唐太宗开了一个小小的玩笑，但从中也可以想见任环老婆的醋心已到了连命都不要的地步。当然，爱美之心也不是没有，晋朝桓温的老婆，见丈夫取了妾，便提了刀杀气腾腾地来找那妾拼命，没想到一见之下，杀气顿消，扔下屠刀无可奈何地说"我见犹怜，况老奴乎！"

但这种情况还是与芸娘不可同日而语，桓温妻是去要那妾的命的，只是没要成而已，而芸娘则是为了丈夫没能娶成憨园而送了自己的命。这就使人不解，到底是她要丈夫取妾还是她自己要取妾？有时芸娘真让人联想起"断袖"之类。还有一种可能，那就是实际上芸娘已经厌倦了三白，企图用一个憨园来搪塞他，自己借机走开。如果说芸娘是为了爱三白而为他寻妾，有了以上那些例子，大概是没人再肯相信的了。

倘若这些推断能够成立的话，我们对芸娘真要钦佩有加了。因为在那么多年以前，在一个女子无才便是德和一个女人只为父母丈夫儿女而活着的社会里，芸娘已经知道并做到了为自己而活着。从这个意义上说，芸娘确实是一个很可爱的女人。

禅

红尘滚滚。

尘俗中人总难免为各种欲念所累。现在人的第一欲念就是金钱，有俗话说铜钿银子贴心肺，还有说得冠冕堂皇一点的是钱能买到自由。一说起自由，那感觉好像很高蹈，若为自由故，是可以奋不顾身的。

赚钱的路千千万万条，现在又多了一条捷径，炒股票。一个"炒"字，就将那种在火上爆烤翻腾着的样子描写出来了。凡炒过股票的人都知道，股市里永远只有懊恼和后悔，赚钱的瞬时快乐立即被随之而来的后悔击倒。当抛出一只股票，正在窃喜落袋为安的时候，却看到它的价格直往上蹿，一个涨停，又一个涨停，但那已经不属于你了，直叫人悔得肠子都绿了。套牢，当然更是必须经历痛苦的内心煎熬。股市将种种患得患失，锱铢必较，掂斤播两，你死我活熔于一炉，锻造了一个比江湖更为险恶的江湖。身处如此险恶江湖，哪里还有自由。因此你想抽身离去，但你离得了股市却离不了如股市一样风云变幻吊诡奇逸的世事。

这是一个缘分,后来我想。那天下午,春阳明媚,我随一些朋友到玉佛寺去,虽然心里还惦着未收盘的股市,但同时也生出了些对佛门清净地的向往,祈盼那里可以洗涤长久以来喧嚣而染尘的心。

其实,玉佛寺就在闹市中心,与万丈红尘也就是一墙之隔,墙内墙外并不像我想象的那样截然不同,甚至与外面紧密相连。你会发现它的管理系统完全是现代化的,走进管理人员的办公室,就如所有的office一样,大通间小隔断,每位员工桌上电脑电话一样不少。如果只是停留在办公室里,你不会觉得这是寺庙。只有当与僧人聊天后,才觉出了这一墙之隔的不同,他们是以出世的精神,作入世的事业的,建网站编杂志办讲座,僧人与世人一样忙碌,但你也分明能感受到一种安宁的气息,让你一下子沉静下来。

突然想起《五灯会元》里的一则公案。佛陀正对着许多僧众及弟子们宣扬佛法妙义,梵志左手捧着合欢花右手擎着梧桐花来供养佛陀,佛陀对梵志说:梵志,放下。语气坚定,但声音柔和。梵志立即把左手的合欢花放下来。佛陀又说:梵志,放下。梵志又连忙放下右手的梧桐花。但佛陀还是说:梵志,放下。梵志慌了,不知道还能放下什么,他问佛陀:我两手已空,您还要我放下什么?佛陀说,我不是要你放下盆花，而是要你放下"放下"，当你没有一物可放舍时，你便得解脱之道。梵志当下开悟。

我想这种宁静大概就是来自放下，放下"放下"，然后可以做所有的事情，忙碌，但再不焦躁，心已放下，本来无一物，何处惹尘埃。

这一个下午，让我又有了一种轻松的感觉，我想起了人是可以不做物的奴隶的——这好像被遗忘很久了，物欲横流的时代，我们都被物奴役过。

又想起一则印度故事，一条小鱼向鱼王问道：我常听人说起海的事情，可是海是什么，它在哪里？鱼王回答说，你不但在海里居住，在海里活动，而且还把生命放在海里，海在你里面，也在你外面，你生于海又归于海。海包围着你，就像你自己的身体。鱼王说的是生活。据说这就是禅，是一种生活的智慧，也是人生的态度。

现在股票是生活的一部分，没关系，我们可以做到手中有股，心中无股，放下"放下"，这不仅仅是调侃，这种态度能够让人恢复自由。我们的心能还给我们自由。这时我们会如鱼儿在水中悠游一般在生活中随心所欲，做所有该做的，但不为所累。当自由来临，我们还乞求什么呢。

梵语思维修即禅。

一万年太久

看电视，不知是编剧太差还是确实真有其事，一个年轻女人对男人说，你最关心的是事业，而我最关心的是感情，所以我们俩走不到一起去。男人一脸深沉地说，你能再给我一次机会吗，我会尽力向你那边靠的。女人也很深沉地缓慢摇头，转身，迈着如遗体告别式那样沉痛的步子一步一回头地走开，眼里噙满泪水。

不知后来结局怎样，就看到了这么一个片段，心想这女人也有点奇怪的，既然如此看重自己对这个男人的感情，一副不忍离去的样子，却又舍弃了那男人，难道她的所谓感情是可以没有对象的吗？离开了这男人她和谁去谈感情？或者换一个男人她也可以情深如昨？

故事里的爱情也就是调料，心里一闪念也就过去了。却又想起了听来的另一个故事，是生活中的真实。

一个女人，年轻时曾经有过疯狂恋爱，后来由于客观原因而没有终成眷属。往后的岁月她一直蹉跎着，虽有过各种

一万年太久

朱蕊 散文集

机会，也曾经和一位有妇之夫有一段长时间的相处，然而终究没什么结果。她是有点经历的，有人问她对男人的想法，她乐了：如果能够单性繁殖，我宁可这世界根本就不存在男人。据说她很想要个孩子，苦于找不到孩子他爸。转了那么大一圈，没有一个人能让她满足这个愿望。人们以为是她对以前年轻时的恋人还不能忘怀，对她说，你还是在等他是不是？你们重温鸳梦吧，我们给你们找机会。然而她断然拒绝，不是我羞羞答答，她说，那是过去的事，我现在已经想不起来当时是为什么，现在想想，男人和男人好像没那么大的差别，那是一种完全无法理喻的动物。再问她，她就不说什么了。

说这故事的也是女人，只是年轻一些，她似乎很想通过别的女人的故事学些什么，她一个劲地说，她怎么可以酷到只要男人给她一个孩子？

是啊，年轻女人只知道爱情，只有她们才会蠢到说感情是唯一那样的胡话。也是的，所有男人对女人的歌颂，都只停留于欣赏女性的美丽，也欣赏女人的弱智，美丽和弱智好像是一双孪生姊妹，被男人精心培育着。当女人真的被培育成只知道感情的温柔动物时，男人又发现自己弄错了，那些成了家的男人一下子掉到了温柔陷阱里，想跑都晚了，被温柔强留在家里，不能经常呼朋引类与三五知己一醉方休。

好像在一篇文章里看到，号称最了解女性的李敖就说，男人对女人应多一点爱，少一点了解，女人对男人应该多一点了解，少一点爱。要女人少一点爱，就可以不那么严格地看守男人了，男人可能有机会有那么几个瞬间得以从女人的温柔陷阱里出逃。

但事实上这到底有多少是关乎感情的呢，也是值得怀疑的。看到有报道说某某国某某专家经研究后得出结论，所谓爱情，都是荷尔蒙作怪，这种荷尔蒙的作用大概持续半年，一到时间男女关系即告土崩瓦解。还有一种讲法也是言之凿凿，说是美国康乃尔大学教授哈赞做过一个课题，他调查了三十七个不同文化的五千对夫妇，发现所谓爱情，是大脑中的巴胺、苯乙胺和催产素等综合而成的鸡尾酒式的缠绵化学物质发挥作用，它的缠绵功能可是有保质期的，大概是三十个月，比半年多一些，但多乎哉不多也，过期作废。

世上的男女甜蜜的日子看来少得可怜，怨不得大家都唱，只要曾经拥有。这是可怜兮兮的自我安慰啊。也有人将对天长地久的向往变成自我解嘲的逗乐，那句台词就是这样开始著名的：如果要问我期限，那就是一万年！

一万年太久，只争朝夕吧。其实叔本华到底是哲学家，他说男女就像冬天里相互依偎取暖的刺猬，太近则相互刺伤，太远又寒冷。

没办法，近不得，远不成，怎么着也得不着好，那就过日子呗。多说无益。

袭　人

袭人原来是很有诗意的词，没想到却成了《红楼梦》中丫鬟的名字，当然了，这丫鬟非比那丫鬟，她也算是主子下面最体面的丫鬟了。所谓一人之下万人之上。因此，得个好名字也是应该。再说了，这名字还是主子赏赐的呢。

话扯远了，在一个如此FASHION的时代，说袭人是有点不设想的。我的话题当然与FASHION有关，是说香水，但不知为何，一提起香水，就莫名其妙地想到袭人，因为这是一种气味，还与花有关，是花香袭人的意思。香水就是从花，或者花一类的植物中提炼出来的。诸如天然花香型、草香型、木香型等，所有的香都想要达到一个目的——袭人。

用香水自然指望香气馥郁，都说闻香识女人，香水是可以将人分成各种样式的，端庄的、浪漫的、妩媚的、性感的、野性的……但分类再多，总没有女人个体本身多，因此，当许多香气袭人的女人似曾相识地——"类"地出现在各种场合时，是可能将她们混淆的。

袭人

　　一位袭人……又一位袭人，街上皆袭人也！当然，这就是FASHION，如今的女人怎么能没有一点"标志"？于是，麻烦也来了，一周有七天呢，怎样作成百变魅女？要准备好香水哦，好的香水可不便宜，什么都能马虎，香水可不能马虎，香水是你的标识耶——备足香水，一天一个样，周一桃花香，周二李花香，周三梨花香，周四杏花香，周五玫瑰香，双休日茉莉香……如此一来，还要搭配服装，与香气吻合，与场合吻合，与身份吻合，与心情吻合，与所有的一切吻合……所有的都吻合了，恰好成一个香气的袭人，还是一个丫鬟，她的主人是香水，或者说是FASHION，但没关系，一人之下，万人之上哦。

　　但据说现在流行不香的香水了，袭人们会不会失去方向，她们再怎样袭人呢？

时尚这只狗

冬季的时候，那个流氓兔满世界乱走，街上小孩、年轻人、甚至不太年轻的人都扮成了坏坏兔的模样，耳套手套围脖手袋，就差武装到牙齿了。也不懂怎么一来，那个经常坐在马桶上，头上又戴着一个马桶吸的难看的兔子就成了所有爱好时尚人们的宠物。当然有人专门分析原因，叛逆啊另类啊。反正到处都是兔子，也另类不到哪里去。

好不容易天有些热了，毛茸茸的兔子退场，但据说"狗狗"又来了，是一条日本的什么狗，样子满可爱的，咖啡色的长长的耳朵耷拉下来，一脸的媚相。

看着，就突然发现这条狗真像极了时尚这东西，一个字：媚！当然要媚，不媚，哪里来那么多人趋之若鹜。时尚么，就是要迎合人们求变，而又想要独领风骚的心思。在刚领风骚，却被纷纷仿效的一个短暂的时间内，时尚就生存了。

而在时尚成为潮流以后，时尚逃逸，它要重新找寻新

时尚这只狗

的天地去了。新的时尚在一个潮流后面再一次生成。就像"流氓兔"涌成了一个浪潮而终于退潮,"日本狗狗"即成了时尚。

再前面呢,KITTY猫也曾经让所有爱好时尚的女孩子如痴如醉,风靡一时。书包上、手机袋上,哪里不挂着一个KITTY?节假日里,满街满铺的充气TOY,有一半KITTY的身影呐。一个大大的粉色的充气KITTY,胳膊腿环抱着前面的女孩子,懒懒地趴在她的背上,真的也挺媚的,怨不得大家会喜欢。

时尚这只狗,又在看人们的脸色了,不知下一场秀是什么。

当然,商人在时尚这只狗的身上是赚得满钵满罐。这是只可以无数次拔毛的时尚狗,而不是一毛不拔的铁公鸡。

顺便说一下,铁公鸡的样子不媚,成时尚的可能相对较小。

身份不明者

过去的上海女人，很有意思的。是那种处于中西之间、新旧之间的样子，什么都有一点，但什么又都不太到位的。

比如，反封建了，不再三从四德，男人管不到她了，但她却也可以不工作，继续让男人养着。

比如，虽反了封建，但她也不很反对丈夫娶姨太太，在家里做着夫人，还可以弄几个人来管管，俨然一家之主的样子——丈夫出门以后。

再比如，她们喜欢看好莱坞电影，陪着里面的人落泪，她们会学里面的人打扮、下馆子、跳舞、谈恋爱，不过她们不会像有些好莱坞女人那样"强出头"做"男人婆"。

…………

她们像上海满街都是的梧桐树被日光或月光或灯光摇曳斑驳后的影子，阴阴晴晴，晃晃悠悠的，边界不清，身份不明，但却也有一些姿色，是一种色彩斑斓的意思，又是自顾自，自说自话的……

身份不明者

有时候,真不明白是她们学电影里的人,还是电影里的人学了她们。生活有时比电影还电影。只是被写作人书写以后,就生成了某种意义——这是和她们的本意完全相背离的——她们很自然地选择了一种生活,就是自然——完全自然的状态——从不寻求意义,她们会问"意义是什么?从没有听说过。"

这种女人,在一段时间内被迫断档过。那时候,谁会彻底地无所事事?

但怎么也没想到,她们只是在慢慢生长着,生长着,一旦时机到来,就肆意地照着她们自己的方向舒展了。

其实,这种女人是在上海这样的城市中扎了很深很深的根的。养分充足的时候她们更加郁郁葱葱。

想起来,70年代初中期上海的有些照相馆不知为什么突然时兴起用绍兴戏的行头拍照——这在以前曾经很流行过,所谓的古装照与洋装照一样是热门的——那些女孩子,(那个时候还是女孩子)看到在她们以前的女人可以这样漂亮,一片唏嘘——当照相馆又准备了这些行头时,她们就率先实施美丽计划,拍照时不仅要穿戴起那些美丽的戏装,还必须在脸上涂抹油彩,就像戏中人,这在她们那光洁的从没有上过任何妆的脸上,也更在内心里涂上了永远抹不去的色彩。

为什么要提起那时拍照的事,是因为后来发现凡是去拍那古装照片的,在将近20年以后的今天,都有了一种非常相似的结局——无所事事——就是最大的"事"。

她们所有的时间都为了美丽而存在,一切有害美丽的东西都会被自动淘汰出局——焦虑、繁忙、工作压力……自然地,她们选择不工作——可能会有种种理由,甚至找不到工作也是理由,谁知道是不是有意为之呢,反正她们不要工作——家里的工作也尽量减到最低限度。

忙碌惯了的人是不容易想象她们的生活的——其实她们也很忙,麻将可以是没日没夜的,就是上海老早的太太的那种麻将——穿扮齐整以后来几圈麻将,有输有赢,输了是决不可表示生气的,花钱玩了嘛,而赢了当然是好,手气好,福气好——回去添几个小菜,或者邀上男朋友逛街去——

男朋友是一定要有的,恋爱也是留住青春的必要条件——即使暂时没有男朋友,也一定是在寻找过程当中——至于丈夫,她想,可能他也在恋爱呢,只要大家都在恋爱中,就不会有战火,日子也就相安无事——她心中想着,或者是现实,或者是虚拟,日子顺顺溜溜过了。

白天或者夜晚,她们出没于上海的街头巷尾,你不知道她们是干什么的,她们与大多数忙忙碌碌的人都不一样,也不是现在时尚的家庭妇女或者叫全职太太——她们区别于全职太太的是,她们没有责任,没有心事——现时、当下、实时的积极享乐主义者……

这是正宗上海产女人,以前对她们有一种称谓——白相人嫂嫂,现在,则不知怎样归类她们,称她们为实时享乐主义者?

或,不明身份者?

第三性

西蒙波娃曾很透彻地谈过女性作为第二性的问题,但这个话题已经被搁置很久了,现在大家都不再谈论这样的事情。

每年女人们都要欢欢喜喜地过个节,到了一年中的那一天她们可以从单位里领到几件肥皂毛巾之类的礼品,那是男人们所没有的,于是便格外地高兴,那一天的受宠,可以抵消她们一年的不被注意和劳作。女人的心态就跟小孩似的,有人关心我爱护我就够了,你看我没有给忘记,这不,我还得到礼品了呢。

女人们许多时候只想当一只小鸟,找个地方依一依。这一天她们终于有了依一依的感觉。据说这样的女人特别地有女性意识,也就是女人味十足。这样的女人特别讨男人喜欢。女人总是想讨男人喜欢的,于是女人们全按照男人的口味小鸟依人起来。女人如果不小鸟依人,便有可能被称作女强人。女人都知道女强人并不是什么表扬的话,那话的潜台词是嫁不出去,而如果碰巧你一不小心嫁出去了,那人们就会很同情你家的那个男人,意思是你们家将不家,男人将不男人。你看,做一回女强人,便会害到老公做不得男人,这女人不是"祸水"还是什么?所以女人都不要做女强人,她们继续做着讨人喜欢的小鸟,津津乐道地捍卫着自己的女人味。

  她们紧紧地跟在他们的后面,过着天经地义的一个一个日子。在文字里,她们被称作"她",是特指,仅指女人而已,而"他"不仅仅指男人,也可以包括女人,他们是涵盖一切,代表一切的,而她们仅仅只是他们中的一种。女人不管这些事,有文字以来已经几千年了,也管不过来。她们知道跟在他们后面是她们的命,是天经地义的顺理成章。就如同日头落了又升起,天黑了还会亮一样。

  这也罢了,没想到的是,她们其实是还不如它们的。不信,你打开电脑看一看,保准你对她们的地位会有更进一步的认识。他、它、她;他们、它们、她们,当我们的手指在键盘上顺理成章地到第二位去找"她们"时,往往是错误的,"她们"排在"它们"的后面,这是明摆着的事实,不容你不信。起先很想不明白,为什么人反倒不如物了,哪怕是女人,总还是人嘛,后来看到猫们狗们在街上昂首阔步,它们锦衣玉食,还有很豪华的兽医院伺候着,便有些理解了,原来这也算是鸡犬升天的一种吧。

女人当然只能作第三性了。

现在也才知道为什么名次排定如此重要。实在排不定了便以姓氏笔画为序。

情调图典

故事发生在街道上,一辆大巴士尾部冒着黑烟,发动机发出的声响掩盖了梧桐树叶飘落在地的沙沙声,Kitty抬头看着那些无声而却执意地散落下来的有着令人怜爱形象的树叶,心微微作痛,她想,冬天好像真的快要来了——等到树叶掉得差不多的时候。其实她没有如其他人那样喜欢将自然与自己联系起来,做"悲秋",她甚至一点都没有想过自己的形态,在未来的某个时段里可能也会像这些树叶一样,她的心痛完全就是为了那些飘飘洒洒的树叶,当意识到这一点,她又为自己能够为生命忧伤而感动。

街上的人如木偶一样匆匆闪过,面目不清,了无生气,只有闪烁着晶亮光彩的大玻璃橱窗是充满活力的,当然色彩和亮度都不足于眩目。这一带的街面是Kitty所喜欢的,不是前卫到另类的那一种,也不是大牌到大众烂熟于胸的,它们有些来历,却也懂得节制,刚刚好是Kitty的品位。走在这样的街上,冬天将临也不是什么烦恼的事了。

再往前走，就到了那个拐角，拐角的形状在Kitty看来是非常优雅的，在这个拐角上有一家咖啡馆，她总是在那里度过自己的闲暇时光。需要说明的是，Kitty不知从哪一天开始就再也离不开咖啡馆了，有时就好像与生俱来一样，她不在家里就在咖啡馆里，不在咖啡馆里，就在去咖啡馆的路上，而去咖啡馆的路，也被Kitty走得情调不已。

Kitty推开那家咖啡馆的门，咖啡的香味就无孔不入地裹挟而来，她的出现似乎没有引起任何人的注意，所有的人都继续着自己的喁喁私语，只有着黑色西装背心的侍应生悄无声息地已经站在她的座位前。要知道，她是在一个超大的城市里，没有一个人会关心与己无关的人，就这一点让Kitty有些遗憾，其实当她走进咖啡馆的时候，她是希望自己能感应那个著名火车站的。那是一个可以开始故事的地方。不过也没关系，谁说城市的街边咖啡馆就不能开始故事？Kitty的故事就将从这里开始。更何况咖啡馆的氛围总也还是让人踏实的。Kitty今天对自己的情绪比较满意，因此像犒劳小孩子一样犒劳自己甜到有些腻的拿铁，而不是往常那样的不加糖的卡布基诺。

不一会儿，Kitty的面前坐了一位与Kitty年龄相仿的男士——不要以为exciting的恋爱故事即将演出，没有，可惜的是那男士是她丈夫——其实Kitty是有些爱（咖啡）馆如家的。

丈夫突然说，我们要个孩子吧。

Kitty说，不，Kitty心里知道孩子肯定是目前这种生活状态的破坏者，她还知道刚刚伤悼树叶的生命与制造人的新生命是无关的。生命这种东西让它就停留在纸面上，对Kitty来说，这反而有一种安全感。

就像这篇卡尔维诺式故事开端的模仿，很安全而又有点好奇地开始了Kitty未来的故事。

Kitty从卡尔维诺开始走入了村上春树，她说不的时候，不知想没想到，这个冬天过后，在四月里一个晴朗的早晨，在上海的一条小弄堂里，她将和一位男孩擦肩而过？

封面女郎

韶华易逝。

读到这样的文字，无端地就引出了感慨，那么好的东西怎么就留不住？一种伤逝的情绪弥散开来。

而当读到这些文字的时候，给人更强烈冲击的是图片——18年前的《国家地理》杂志的封面女郎，一位阿富汗少女，现在已经是少妇的古拉，拿着18年前的那份杂志——封面照片上那种具有穿透力而又难以捉摸的眼神（有人将它们形容为蒙娜丽莎般的），在18年后成为了无助和无奈以及由此而生成的坚韧和无所畏惧，18年将人整个都改变了，虽然无可否认她们是同一个人，但是她们却全然是完全不同的两个人了。那一个蒙娜丽莎般的少女已经逝去，她至多只存在于那幅摄影作品上。

残酷的是现在和过去总是要碰在一起，成为对比。然后是——韶华易逝。

这是一幅好作品，一篇好文章或者是一本好的杂志所带来的感受。

据说美国《国家地理》杂志最出名的是图片,它遍布全世界的摄影师是它的最大卖点。摄影师们以从300张图片中选1张的认真来表示他们对于事业的执着和对读者的尊重。

在我们面前略过的杂志不计其数,那些漂亮而华丽的图片如过眼烟云般消失了。在一个读图的时尚中,我们经常读到的是浮华和平庸,精神的原创萎靡了,没有同情,没有关怀,有的只是对被粉饰过的细节的把玩,津津乐道,精工细作……

不知怎么想起了伊斯特伍德扮演的金凯,他就是《国家地理》杂志的摄影师,为了拍摄廊桥而邂逅弗朗西斯卡——一个爱情故事——

可口还是可乐？

既可口又可乐。

这大概是人所追求的最高境界了。概括起来，事业有成也好，长生不老也好，一切的努力还不是为了快乐？食色，性也，食在色前，食，一定要可口哦。中国古代的政治家，谈政治都用口腹之欲来打比方——治大国若烹小鲜——要可口。

可口可乐与中国无干，人家发明的时候离中国老远老远的——好像是1886年5月，在美国。100多年了，只不过是种饮料，怎么就活得这么长？饮料中年代久远的当然还有酒，但酒是一个大类，酒是那样一种人们须臾离不开的东西，酒的长盛不衰是因为人们太依赖酒精的作用了。全世界各地都有人在酿酒，酿各式各样的酒。而可口可乐就是一种饮料而已，虽然现在也几乎在全世界生产，但配方只有一个，据说有一点点咖啡因，不过好像分量真的仅仅是一点点，不足道的。

可口可乐不仅活得长，还愈演愈烈，现在哪里见不到可口可乐？就是穷乡僻壤也能见到可乐的身影。最有意思的

可口还是可乐？

朱 蕊

是，可口可乐出生在美国，可与中国的菜肴结合得太完美了。比如，吃火锅时，店家会以可乐打招牌——可乐畅饮无限量！确实也是，当火锅的麻和辣与可乐的凉和爽结合在一起时，火锅会显得分外好吃。只是想不明白，吃火锅中国人肯定有年头了，现在火锅配着可乐或者啤酒喝，这两样却都是外来的，在没有可乐和啤酒的时候，中国人吃火锅时，喝什么饮料呢？酸梅汤吗，好像没听说过。

这其实是很有意思的事——研究关于吃的历史。

吃，是古今中外最融会贯通的。

可是，可乐发明出来并不是为了就着火锅喝的，可乐就是可乐，可口才可乐。可乐的蔓延全世界，自有它的道理。

Coca-Cola在中国被翻译成可口可乐是一桩了不起的事，不知道是谁翻译的，这么贴切，这么有意思。它赋予这种饮料以一种生活哲学，完全是将饮料拔高了。喝着这饮料就想起生活着是一桩多么快乐的事。

现在可口可乐当然是完全地世俗化和平民化了。

见到可口可乐早期的广告，好像是一种优裕生活的象征，画面上一位穿着繁复镂花礼服打扮得一丝不苟的女子，纤纤素手举着可口可乐，眼睛望向画面外，非常享受的样子。坐在马车上的贵妇，正接过侍者用托盘递过来的可口可乐。

有一幅广告画了一面屏风，屏风上在海滩上休息的人在喝可乐，春天居家时一位美女也在喝可乐，冬天度假滑雪时也有美女手捧可乐。圣诞节时，一家团聚，画面上，显眼的地方，也有可口可乐的踪影。

"下班后来一杯""它的品质值得信赖""可口可乐，我的钟爱"……可口可乐总是与美女或者美丽的事物联系在一起，它似乎已经成了生活品质的象征……既可口又可乐……

可口可乐大概是与好莱坞的电影一起进入中国的吧。20世纪二三十年代，穿着高开叉旗袍的时髦淑女也正举着杯子说"来杯可口可乐怎么样？"

是的，既可口又可乐，何乐不为？

但没想到，现在因为可口可乐里的糖分，令刻意苗条的女士有点避之不及了。

等到花儿也谢了 / 朱蕊散文集

等到花儿也谢了

一个秋天的傍晚。

太阳已经掉到山的那一边去了，仅存丝丝缕缕的红晕还挂在天空上，倒是染红了半边天。当青紫色的袅袅炊烟渐渐地在山凹中消失得不见踪影了的时候，匆匆吃过晚饭的小伙子夏离开了柴扉轻掩的家门，他望一望天边，红色已经褪尽，只剩下一点点天光了。他加快了脚步。

小伙夏是赶着到村边的石桥下等人的。此时，他站在桥墩旁，借着仅剩的一点天光遥望着村子的那一边，他在心里已经一万遍地向那豆蔻女孩秋述说了自己藏在心中很久，而在白天又不敢向女孩说的话，其实在心里，在这样一次次演习过以后，他几乎已经觉得那是一种现实了。可是，女孩秋还没来。

天一点一点黑了，夏听到脚下河水的哗哗声越来越响，和着他自己心里的声音，也是哗哗地，他倾听着自己心里的声音而暂时忘了脚下的声音。当他有些异样感觉的时候，河水已经漫了上来,那时他觉得有鱼儿在撞他的脚,他挪动一下脚,河水已经漫过了脚脖子,他想,秋为什么还不来,她大概正在来的路上吧,自己千万不能走开……隔一会儿,河水漫过小腿肚子了,他有些站不稳,伸手抱住了桥墩子,秋不会看不到自己吧?他努力将头抬得高一些,再高一些,两眼更加深地望向秋将要来的方向……河水已经齐腰了,秋还是没有出现。

但夏相信秋会来的,秋肯定会来的,只是河水为什么要涨得这么快呢,河水涨得快了一些,而秋到得慢了一些,夏快要抱不住桥墩子了,这时他在心里说,秋,我说等你,我就一定会等你!河水漫到了夏的肩膀的时候,夏终于被河水带走了……在最后一刻,夏还在担心秋会找不到自己。但是,这确实是没有办法的事情,此时秋即使来,也已寻不到他了,他们真的就这样错过。永远地错过了。当然,不是夏的错。

夏走了以后,秋到底有没有来,没有人知道。

这肯定是个很古老很古老的故事。一个人用自己的生命去信守一个诺言,去完成一个浪漫的传奇。这只是一个故事,故事里的人物夏和秋都是我瞎编的,但它肯定有一个母本的,一个关于忠诚和信义的美丽传说。

现在,当经常在报纸上读到那些巧言欺诈的新闻故事以

等到花儿也谢了

后，真不敢相信在同样一个国度里，在时间的另一端，曾经发生过那样动人的故事。现在的人是越来越聪明还是越来越无耻？

这个古老民族的文明，以前大概真的是建立在个人的品性上的，现在来复习一下先贤的教诲吧：人之所助者，信也；人而无信，不知其可也；不宝金玉，而忠信以为宝；言必信，行必果……在这样的教化下，古人大概真的是以诚信为行为准则的，有时甚至到了愚忠愚信的地步，用现在人的眼光看，那个用生命去等秋的夏也是很有些迂的，而如果秋不是因为不可抗力而没来，只是突然不想来了，或者只是如现在的女孩儿一般，要耍小性子，考验考验夏，那夏的生命可就太不值了。

真的也就是人心不古，一个重实利时代的人，一切都要计较得失，怎么能够欣赏一个泣血的浪漫爱情故事？

回到现在，我们来计较一下，在社会上处世，诚信一般还是能帮人立足的，可以赚取人心，如果做生意也可多赚一点钱，当然，对于不守信义者，法律可以弥补人的品性的缺陷，这就是现代社会的好处了，在现代社会生活，宁愿信合约，不要轻信承诺。

斤斤计较，层层设防的现代人，有谁会等到花儿也谢了？更不用说等到命儿也没了。

我更爱你现在备受摧残的容颜

先来看个段子：男人和女人准备结婚。男人有15万，女人有10万，男人在婚前用15万付了首付，女的用10万装修房子并购买家电。婚后，男的每月工资3000元还贷，剩余1000元。女的每月工资3000元，男女一起养家。3年以后，孩子出来了，男的升职了，工资7000元。这时小孩要人照顾，请保姆每月要2000元，男女商量后决定女的辞职，专心照顾宝宝，女的因而做起了全职太太。

10年以后，男的事业有成，意气风发。女的每天围着小孩、老公、家庭转，黄脸婆一个，这时，男的嫌弃女的没见识，终于有了小三。老婆知道后，吵过、闹过、伤心过，男人女人准备离婚。

根据婚姻法新的解释，房子是男的婚前买的，女人没份，女的不服说，我们一起还贷的，律师问，你有共同还贷的证据吗？女的说：没有，每月都是直接在男的工资卡里扣的，女的说：小孩是我生的，我一手带大，小孩归我。律师说：小孩跟谁以更有利于孩子的成长为依据，你没有工作，没有收入，没有房子，不利于孩子的健康成长，法院会判给男的。

这时，女的没房，没工作，没钱，没孩子，真正的一无所有。

这个段子是用来教化女人的，最后说，你看你敢把一生的幸福寄托在别人身上吗？女人啊，要自强，要爱打扮，要有事业有自由有自我，不要不求上进、懒散、死气沉沉……我不知道这样的段子都是谁写的，怎么能将女人对于家庭和子女的付出归结为不求上进？难道在家庭中的劳动不算劳动，是完全没有价值的吗？是的，女人可以有事业有自由有自我，那么，那个嗷嗷待哺的孩子会自己长大吗？

再看另一个段子，更肆无忌惮，说女人的形象决定成败，女人是装饰世界的，男人是欣赏世界的，当女人的世界不再精彩，他就会欣赏别的世界。居然还说，马云说：男人挣钱女人花，你不花的话有别的女人替你花。女人一成不变，男人一定会变！接下来又讲了一个成功男人拥有小三且理直气壮的故事，并且说，"当一个女人把所有的时间和精力投入到家庭中时，就失去了最重要的一样东西——老公对她发自内心的尊重。很多婚姻破裂，也不完全是男人的错，因为女人没有让自己学习成长，所以失去了被男人尊重的资本。"然后问女人，你有被男人尊重的资本吗？被男人尊重的条件罗列如下：

1. 你能很有品质地养活自己吗？

2. 你的家人一提起你会很骄傲吗？

3. 你的孩子碰到任何问题都愿意和你来沟通，并且很崇拜你吗？

4. 你的老公需要经济帮助时，你能否随时帮助他？

5. 你老公不管在生活中还是工作中碰到问题是否第一时间想与你沟通？

6. 你是否有一个很良好的形象呢？

这个要求先让男人对照一下，有多少是符合的，他们并不承担生育孩子的责任，他们可以全力以赴追求事业，完成自我，他们更应该能够做到。那么，如此核对以后，还有几多男人是值得尊重的呢？好像和男人有仇似的，其实没有，只是被这些教育女人要自强的似是而非的东西弄烦了。

为什么全力以赴投入家庭却会失去老公对她的尊重？所有对女人的教育都指向一个语义——家庭劳动不被承认，没有社会价值。但事实上家庭劳动肯定有其社会价值，这个根本无需证明。为什么在我们的社会里家庭劳动就和不思进取画上了等号？其实，人们应该做的恰恰是应给家务劳动确立地位，在法律上予以保障，不应该让一个为家庭付出了全部

我更爱你现在备受摧残的容颜

的女人到头来一无所有。是我们的认知错位和法律缺席牺牲了女人的劳动价值却反过来教育女人,真是缘木求鱼啊。

既然写到这里,也顺便提醒一下男人。男人也要加强学习,提高一下审美情趣,女人外表的年轻漂亮是美,但女人经历世事淬炼以后的成熟豁达,圆融自然,善解人意,勇于担当也是美,只会欣赏表面的美不是太肤浅了么?也不值得人尊重啊!男人应该也听说过这样的话——"与你年轻时相比,我更爱你现在备受摧残的容颜"——这是一个法国男人对法国女作家杜拉斯说的话。

秦淮夜色

过年，想来想去窝在家里也有点烦，就打开地图，在那些红红绿绿的纸上找可去的地方。其实附近差不多哪里都去过了，当然也会有些遗漏，但因为对它周围情形的熟悉，也就可以想象，想象有时比真实更有意思。那些地方好像也就不是非去不可的了。而哪里都不是非去不可，就没有了一份执着，都可有可无，都可去可不去，就像有人问喝什么？答曰，随便。再问，吃什么？答曰，无所谓。这时大家就都很无趣，无从下手的样子。当然，聪明的经营者了解许多人喜欢不作选择，就命名一种饮料为"随便"，只是还没有发现一道菜叫"无所谓"的，如果我开餐馆，我就做一道叫"无所谓"的菜，给无所谓的人吃。话岔开了，是说出游，因为没有一个叫"无所谓"的地方，所以，只能有所谓地找一个地方去。在地图上比画来比画去，选定了南京，也是一个很熟悉的地方。

朋友发来短信问过年如何安排，我回说去南京，初几回

秦淮夜色

来。那里立即又过来了一条信息，说，哦，是秦淮河啊。言下之意都不用多说的了，呵呵……呵……其实秦淮河不是我选南京的目的，中山陵明孝陵无梁殿玄武湖栖霞山南京长江大桥……自然、历史、人文，什么都有啊，但，经他一点，倒也对，秦淮河，那似乎有着一点淫靡的泛着六朝烟粉的幽幽的水波，也确实撩拨起人的一点点绮思。

秦淮河当然是要夜里去的，白天它大概就是一条河吧，一切明晃晃的，那些妍装歌女，没有灯火和夜色的衬托，还会那样美丽么？

春节那几天，日日是雨，又冷。整个南京城都很安静，但没想到秦淮河的夜晚是那样热闹，不知道那些人是什么地方冒出来的。只是这种热闹和当时很不一样，当然，我是从俞平伯和朱自清的文章中感受当时的。人们在夫子庙边上的街上涌来涌去，也不知道要干什么，只是东张西望的，街上有卖南京传统吃食的，黑黑的臭豆干、鸭肫干、板栗还有名为十二金钗的酥糖，以及糖葫芦，也改良了，有草莓或其他水果做的，或者，将一枚山楂剖开，中间夹一块核桃肉，再串起来，看上去很好吃的样子。最多，也是最好看的摊子是卖各色灯笼的，纸做的绢做的，花色好像比我在上海看到的多，又精致。有些塑料做的，这是我最不喜欢的，但好像销路还挺好。有卖现在孩子玩的叽叽喳喳会叫会跑的玩具的，更多的是大人小孩人手一只的水晶一般透明的球，啪啪地拍，很开心啊。灯火通明，河对岸的白墙上盘踞着两条彩色的龙，巨大的。

我刻意地找河里的灯舫，但一条也未曾见，倒是有几条船泊在岸边，不见有人摇橹，更不见歌女要求点唱，想起俞平伯和朱自清对于道德的一段说词，就感受到了时移事易后的味道。现在也有要求客人点唱的，与道德完全无涉。那次在周庄，几个特意打扮成村姑的中年女人一定要我们点几首歌听，这时我们正在一个小店大吃油炸臭豆腐，我们说不要听不要听，她们就是不走，一定要我们点，同伴中一人说：这样吧，我唱给你们听，不要钱，你们说是越剧还是紫竹调？你们如果能比我唱得好，我们就点，怎样？她扯开嗓子就唱，刚唱了两句，那些拿着歌本的就望风披靡了。

现在的人，不同了，哪里还有什么羞答答的。

女　红

某日，走在复兴路上，见一家小店，清清爽爽的玻璃门面，透过玻璃可以看到架子上是各色鲜艳的绒线。这家店引起我的注意是因为它与周围的店有着很强的反差——它几乎是不事修饰的，但感觉干净。同时我也有些奇怪，恒源祥的许多柜台都已卖羊毛衫了，还有人卖绒线？这样古老的行业占着寸土寸金的地盘，能挣钱吗？

我们拥有被现在的生活训练得很会计算的脑子，最好是最小的投入，有最大的产出。一面在算计着店面租金、人员成本之类，一面推门进去，店堂内坐着几个女人，围着一张茶几，松松落落的，各自的姿态似乎都非常舒适，人手一件"绒线生活"，手指飞速地运动，嘴上却是闲闲的家常，见人进来，也不招呼，由你在店内环顾。这时你会有一种误入别人客厅的感觉，好像自己是个多余的人，当然，在环顾的时候，你才确定了自己顾客的角色，因为在周边椅子、藤篮之类的"家具"上挂着、搭着、放着、搁着的成品"绒线生活"上都有价格标签,终究还是一家店啊。"客厅"中的一位女主人终于撂下其余的人对顾客说,这里所有的东西都是单件,没有重复的。顾客说,我知道,已经看出来了。

顾客自然什么也没买,退出来的时候只是心动于这种谋生方式,或者是生活方式。还是不知道这店是否能赚,也可能谋生总是艰辛的吧,但这样一个过程却让人不胜羡慕,现在谁可以有这种聊聊家常,结结绒线度过一天的奢侈?看一根线如何缓慢地变成一件织物。这织物的纤维和缝隙中都挤满了时间、时间,还有女人的家常或者心事,似乎时间并不是那样紧迫的必须去追赶的东西,时间可以任意地流淌的,日出日落,花开花谢,也是一种自然状态,与时间无关。

前几天在报纸上看到苏州的点心师傅到上海来做赤豆糖粥,那师傅说,这粥就是要一味一味地下料,要文火慢慢熬,熬上一整夜,并要不停地搅和,不然粥会粘锅底,这粥吃的就是工夫啊。想想也是好吃的。现在谁会为了吃这样一口粥去花一整夜时间熬呢?

但是,但凡是称得上好的东西,都是要人花时间和心思的。有位朋友会做菜,听她说怎么做菜就很费时间的,且看一道叫红酒西洋梨的西点的做法:取梨,去皮留柄,在梨柄的另一端开口,掏空梨核。备一个橙子,肉榨汁,皮切少许细丝备用。另需红酒一瓶,君度酒一盎司。小锅内放入梨子，倒红酒，加白糖，再加入橙汁及橙子皮细丝，煮开，用小火炖二十分钟到半小时。梨子勿出锅浸在汤汁中，等候它慢慢冷却、入味。两小时后再取出梨子沥干，同时用中火熬剩下的汤汁，收汁完成前一分钟，加一盎司君度酒。置于漂亮盘碟中的梨子上，淋上汤汁。在漫长的三小时后，总算做好了一个梨。

一道一道工序，一丝不苟地完成，只是为了一只梨子。梨子有这么重要吗？可能是因为这个梨子注入了制作者许多的心思才变得那么可爱了吧。据说这是个很享受的过程。

有时会动动念头，是否买点绒线来织，让时间变得像绒线一样漫长。时间的长短大概是可以在自己手中掌握的。但终于没有去实现。

除了美丽

19世纪80年代的某一天,王尔德搭乘"亚历桑纳"号由英国往美国,入关时他们问王尔德有何物品需要申报,他答:什么都没有,除了我的天才。

那个时候王尔德还未被美国人接受,甚至于许多媒体嘲笑他,当他是个怪物,然而他依然口出狂言,且常常妙语如珠。譬如他说,好的美国人死时会到巴黎,而坏的美国人会留在美国等死。他还说,如果一个人有足够的钱到美国去,他一定不会去的。他更有名的话是:个性善良不如长相美貌,不过个性善良总比长得丑好。

如王尔德自负于自己的天才一样,女人们总是自负于自己的美丽,即使有的女人不敢像他那样骄傲地宣之于口,但在心里也会祈望,美丽永远属于自己。关于对美丽的向往,女人一点也不输于王尔德。

女人美丽的凭借很多,化妆品、时装诸类,是和女人合而为一的东西,没有这些,女人找不到自己,那是女人的粮食，生存之本。而美丽如果只是生存之本，那就太落实了，不够吊诡，根本上面，要有高一点的东西，那种似乎可有可无，那种有无之间判然有别的感觉，让美丽更具诱惑。

中国当代有个画家画了许许多多油画美女图，据说画卖得很好，很发财，很多人喜欢他的画，喜欢他画里的美女。他的美女无一例外都有"道具"：长笛、竖笛、提琴或者扇子。女人的美，不仅仅是她自身的美，女人与某些东西一起，形成一种美丽的氛围，那种美丽，只可意会，不可言传。

而丝巾是对于大多数女人来说，最平民、最唾手可得，也是最贵族、最体现品位、最飘忽、最能打动人的"道具"。现实和艺术的美，都由这一片薄如蝉翼的丝巾包揽了。

据说丝巾最早是经常披在维纳斯身上的一条透明纱带，还据说纱带上绣着奇奇怪怪的东西，包藏了她的全套魔术，有爱和情欲，以及要把一个聪明男人变成傻子的迷魂话语。而天后赫拉曾向她借来这条用以降伏人类和诸神的纱带以迷惑宙斯。这些故事，记录在荷马史诗里。它犹如寓言，让丝巾从诞生之日就蒙上了美和爱的光晕。还有全部的女性魅力以及女性智慧。

丝巾是如此女性和让女性充满诱惑，它最先打动的不仅是女人，还有男人的眼睛。借由男人的眼睛，我们看见了历史上每朝每代的女人身披丝巾的动人姿态——罗浮宫博物馆、卡塞尔国立艺术博物馆、华盛顿国家画廊……那些伟大画家留下的伟大作品,提香、戈雅、布歇、莫奈们描绘的神秘雍容而华贵的女人们。

中国也有美丽的女人,以及画家对美丽女人的描绘,张萱的《虢国夫人游春图》里,唐代贵族妇女富态而华美的情态跃然纸上。发现一点中国女人与外国女人不同的是,中国女人除了有披帛(类似丝巾),还有扇子,在画里,这些东西搭配起来是分外好看的。

扇子与丝巾起的作用有相似之处,装饰和遮蔽,装饰是对的,遮蔽却有点欲盖弥彰的意思,影影绰绰的,更加显得温柔似水、风情万种。

这是古代女子的好处,手持团扇,可扑蝶、可遮羞,无论如何,扇子握在手里,姿态是美的。现在的女人,没空拿着扇子了,想展露女性姿容,非丝巾莫属。丝巾的系法,也因此而被发明出无数种,它甚至可变成具无穷诱惑的时装,令人风姿绰约。

总是这样,权力、地位和财富,还有欲望,紧紧相连。而女人的美丽,恰恰是欲望的对象。若隐若现,薄如蝉翼,如水的女人啊。

女人就是这样,古今中外,概莫能外,除了美丽……

矜持美女

一位男士问：如今矜持的女人哪里去了？

矜持，是人的一种形态、态度、气质，是由内而外自然而然地散发出来的东西。矜，是自尊、自大、自夸，一般与骄傲的意思连在一起，如"骄矜之气"，而和"持"组合则含意恰恰与前相反，矜持是慎重、拘谨、约束的意思。这个词，一般书面用，突然有人提出来，想来是那些老派男人对现在的新女性已经从腹诽到问罪了。

我发现我的内心非常矛盾。其实我非常喜欢有点矜持、含而不露很优雅的女人，但我知道我中的毒有多深，我们到底也是那个文化传统中成长起来的人，那个文化的男人不喜欢女人张牙舞爪的，不喜欢女人走在他们前面或者与他们一样齐头并进，因此那时的女人被约束得非常厉害，由外而内的束缚，变成由内而外的自发的内心约束，女人就表现出了矜持，而不是骄矜。那种矜持，不知怎么，渐渐地就具有了美感，矜持成了优雅的一部分，成了美。当我看见一个有点矜持的女人的时候,我想,我以为是看见了一个有些美的女人的。矜持这时与审美联系在一起,就不得不让人肃然起敬了。

矜持是一种控制,是一种分寸,是一种欲言又止,是一种拿捏得当,女人的矜持是费了不知多少工夫修炼得来的。

不过,我一面欣赏着女人的矜持的时候,一面,我的内心深处知道这是对女人的一种不公平,男人怎么样都可以,可以冲冠一怒,可以仰天长啸,可以豪情满怀,也可以柔情似水,而女人却必须含蓄矜持,必须庄重、凝重、端庄、稳重,喜怒不形于色,女人一旦眉飞色舞,就会给人看轻了,看贱了,最起码也会被批评一句:没有教养。

当然现在的女孩已经再也没有了外在的束缚,也没有了内心的约束,而且,她们必须同男人一样打拼,在公司里(工作场所)男职工何曾让过女职工?因此男女性别的混淆也是必然,女人当然再也不矜持了,矜持就是放不开,带着镣铐跳舞毕竟很沉重。

事实是矜持和任何其他东西一样,混合着节制和不开放,可以说是双刃剑,或者说是一张纸的两面,而且可能这两者在一定的条件下还会互相转化。

可能事实比一分为二还要复杂:很矜持很懂得控制的人,同时也有可能很开放很自主;很张牙舞爪很随便的人,可能倒是依赖而不自重的……这让我陷入混乱之中。

矜持的美女确实让人喜欢，但矜持是不属于现在这个时代的。

巴拿马裁缝

现在的女孩子（暂且这么叫着,多老都是孩子,而且,装嫩是时尚的,再而且,不是还有老顽童吗）,最怕撞衫。何为撞衫?是女人都知道,就是有两个人在同一个场合,穿了同样的衣服不期而遇,啊,羞愧难当!恨不能成为隐身人在人群中一下子消失。这一天她的情绪之坏,可以相比失恋。

总结周围那些美眉避免撞衫的经验有这么几条:1. 不要在自己经常活动的地方买衣服,有条件的到国外去买,条件差点的到外地买,比如香港啊台湾啊什么的。2. 如果非得在本地买,那就买贵的,越不值越买,你想啊,大家都说这衣服不值不值,还有谁买,你不就独一无二了吗?3. 请私人设计师和贴身裁缝,度身定制,但这一条最难,其水准要够得上名牌,比如《巴拿马裁缝》,或者至少要够得上伪名牌,不是街头巷尾那些乡下来的裁缝师傅所能胜任的,如果你不是王妃或大富翁恐怕难以做到。4. 只有DIY自己动手做了,这一举措倒是又时髦又别致，可以留待大家去努力。

总之，撞衫虽如失恋之痛，但还是有办法解决的，虽然也有些困难，但只要努力，总也有可克服的一天。而如果撞上的不是衣衫而是人名，那尴尬可就大了。难道你立马改名？改了又撞怎么办？

话说有一天在单位，一位同事见面就和我大谈澳大利亚，开始我还应答得挺好，后来就听出些不对来，他说看了我写的有关报道之类，我可以万分肯定、非常负责任地说，我没写过澳大利亚一个字，我怎么能贪别人之功为己有呢？在我的经验里，与我同名的几乎没有，所以我断定他是看错作者名了。

后来，有朋友打来电话祝贺我在台湾出版的新书发行，我有点拿不准，前一段是有出版社与我谈起台湾欲买版权的事，但好久没有下文。朋友说，上网查吧。上网，果然是我的书，这一次没有弄错。而与此同时，我发现上次同事与我谈澳大利亚也没错，是有个也叫"朱蕊"的人在写国际时事报道，同事只认识我，当然以为是我写的。令我吃惊的是，怎么还有那么许多"朱蕊"？最小的大约10岁左右，在一份什么小学升学名单中，大的也就70年代生人，有一位"朱蕊"还做了个人主页，何时出生，哪里毕业，专长如何，像求职的自荐报告。

网络好也不好，好是我一上网，要查的都查出来了，不好，是让我知道自己还有那么许多拷贝，我不是唯一啊！真是拷贝倒好，文件就不会丢失了，而这时它又不是拷贝了，文件该消失的时候还得消失。

名字又不是衣裳，说扔就扔掉了，这撞上了，你说怎么办？或者如同撞衫那样总结出个1、2、3、4来？

香　熏

　　说香熏。礼品店有各种各样的香熏器皿卖，瓷的，玻璃的，金属的，有精致的也有粗犷的，器型有活泼可爱的，也有雅致端庄的，总之是一派旖旎风光。也曾买过一个，活像一个小炉子，蜡烛在底下烧，架子上的容器里注入香油，那香油的名字好像叫维也纳森林，一会儿香油挥发开来，屋子就像森林了，应该有森林的气息。只是不知道为什么叫维也纳，是不是让人有一种音乐的联想？不过，我的家终究不是维也纳森林，那种浪漫的香氛没有弥漫几次，那瓶香油就不知所终。

　　偶然看到一篇文章，也是说香熏的，不过说的是古代人的香熏，当然，是古代的贵族阶级，那时候，好东西都是一小撮人享用的，一般老百姓是否能吃饱穿暖大概还是问题。贵族阶级讲究浓熏绣被，被褥必须用熏笼熏得香喷喷的才能入睡。文章考证古代的熏笼是什么样子的，香料由什么组成，总是花啊草啊，很是香艳，然后"暗香"如何浮动，好看，还好闻。真的好似有暗香飘拂，那种玫瑰、莲荷、菊花、梅花种种美丽的花朵混合的香氲弥弥散散的，如烟如云，魅惑难挡。

不过，一直受着香氛的刺激，对于香的敏感会不会减弱？

刚巧，又看到一篇文章谈水的问题。说中国一直是缺水的国家，自古以来就如此，所以古代的中国人都不太洗澡，据说慈禧太后都不怎么洗澡，慈禧洗澡很是麻烦，她洗一次澡，不知要多少宫女和女官服侍，她们用一个大木桶装上烧好的水，再要准备好随时加入的热水，准备这，准备那，烦琐而啰嗦。好像有些古装戏里看到的场景。慈禧都如此，一般的人洗澡间隔时间之长，可想而知。那时反正不像现在的人每天都洗澡，文章也是引经据典。相信古籍里确实能找到佐证。

有趣的是，据说十八世纪以前的英国人也不太有机会洗澡，因此如果两个人碰到，要站在街上说几句话，聪明的一个必须抢占上风头的有利位置，因为那样才不至于闻到对方的体味。后来，不知什么人发明了香水。如此来看，香味大概也是为了克服其他味道而存在的吧。古代贵族那样重视香熏，想来也是有原因的，不然的话，味道会让人受不了的。前几天看到电视里任贤齐演的一个很搞笑的角色，他就是采集许许多多香花香草制成一味药丸去医治公主体味特殊的怪病。

也是的，在正常情况下，人们较难想到香熏，即使是用香水也是为了到某些人多的场合去而为之，好像这已经成为一种文明行为了，只是出发点到底如何也是难以论断的。比如，要乘地铁的话我会洒些香水的。有时想，在闻得到青草香和花香的住宅里，有什么必要熏香呢？那种清新的空气不比香熏强一百倍？

浪漫的背后有许多实用的目的呢。

让爱情抵挡恐惧

在生还者的记忆里，沉船前的一幕幕细节，生动而又持久地成为一种对生命的演绎。那些健康而理智的人，在知道自己的生命即将结束时的巨大恐惧面前，闪亮出人性优雅而璀璨的光华。那些场景的每一次再现，都令人感受到在脆弱的生命面前人类伟大而坚韧的精神力量。由幸存者讲述的故事，成为人们关于灾难的最真实的记忆。

每当我想到灾难或者生命这样的问题时，总会被那场景震慑：一些乐手，身穿隆重的燕尾服，挺拔地站在已经倾斜灌满了海水的甲板上，一丝不苟地拉着小提琴，完全沉浸在自己的音乐中，好像正漫过脚脖子的海水是海滩旁的温柔而潮湿的细沙，抚慰着他们，以至让他们神态安然地享受那无比美妙的音乐——琴声如诉，是对最后生命的倾情赞颂——这是一个告别生命的神圣仪式，以人类最优雅的方式。虽然这景象是从1958年拍摄的《冰海沉船》中看来的，且永不磨灭，但我知道，那是完全的真实。

让爱情抵挡恐惧

船上的男人，不管是怎样有钱有地位的，不管他们曾经为人类创造了什么，他们都自觉地将生的希望让给了妇女和孩子，700多名获救的人中，大多是妇女和孩子，据说这是令英国人和美国人至今都感到骄傲的。

人类遇到的灾难太多了，空难、海难、火车出轨、地震、海啸，还有战争、瘟疫，所有这些都可以让人的生命在刹那中毁灭。我们对最近东南亚的这一场海啸还记忆犹新，数万人被夺走了生命，不知多少家庭从此破灭；不太久以前的那场"非典"，也让人们对生命有了具体而真切的感受——当生命被无奈剥夺时，最使人感动和最能证明生命价值的则是爱情。记得当时网上流传着"非典"病人的爱情日记，令无数读者唏嘘。

因而，在真实背景下虚构的爱情故事《泰坦尼克号》上映时，确实风靡了影迷。据说这部影片是世界上首部票房超过十亿美元的大片——在生与死的分界处，所有的观念性的东西都要让位给爱情，穷小子和富家女，在那个特殊的时候只是两个活生生的人，生命力旺盛的男人和女人，在生命行将结束的时候，爱情变得纯粹，这可以说就是人类的理想，让爱情就是爱情，用全部生命去实现的爱情，而不是什么阶级、阶层、贫富的等价交换。

看理想在银幕上实现，也是好的呀。

让爱情为生命作证，爱情可能就是人类抵挡恐惧的一个法宝。

蛇发女妖

在吉隆坡著名的双塔购物，一群人各有喜好，要大家排着队看同样的东西好像不太现实，导游小伙子挺机灵，他说，有了，看到了吗？那里有一个头像，过一会儿我们就在这头像下集合。他又说了集合的时间。我一看那头像，不就是范思哲（Versace）的标记嘛，这儿正好是范思哲的专卖店。头像很大，很传神，头发根根蛇行弯曲，充满着欲望和控制的缠绕和相搏，张扬而又妖媚，妖艳却不失雅致，美得热却极冷，诱惑却拒人千里，我知道那是魔女美杜莎，那个美艳得使人不得不看，却一看必变成石头的妖魔媚女。

范思哲的对面是欧米伽的专卖店，那里也有一个经典的标志，那标志的形状很像一个女人梳着上有优雅弧线，发端微微翘起的发式，这种发式是属于端庄而略俏皮的淑女的，我总是将这样发式下的脸想象成奥黛丽·赫本的，美丽，但绝不危险。两个互不相关的品牌在遥遥对峙，但它们的这种组合，却让我看到了女人的各种面孔，不得不惊叹：伟大的商业!

　　全世界趋同了,或者说这些品牌真的是世界品牌,不管在世界的哪个角落都有它们的影踪。大多数时候,不敢想象商业的奇迹。据说范思哲成功的因素是多样的,其中巧用模特儿是范思哲时装艺术的一种创造。在范思哲发达之前,世界时装业只是由时装公司临时雇佣一些模特儿参加表演,并没有靠时装业本身造就的超级模特儿。而范思哲把世界上那些个子最高、最漂亮的女模特儿都搜罗在他的帐下。比如他最欣赏的模特儿是凯特·莫斯。他认为她是真正"永恒的女性"。莫斯骨感,在T台上弱不禁风、令人爱怜。她的肤色永远苍白,眼神永远迷离,似乎每一根神经都充满渴望。她穿上衣服不是为了遮盖,而是表达。时装是一种表达,一种肢体对思想的表达。这是范思哲的发现。

　　纳奥米·坎贝尔也是范思哲扶植起来的明星。坎贝尔火辣辣的表演性格,充满活力的身材和在舞台上的快步扭动,都让范思哲找到了自己对于服装的注释。服装其实是有灵魂的,她就是每一个活生生的女人。其实,当范思哲发现了这一点,他就没有理由不成功了。那个小裁缝,终于成了服装设计大师。

　　戴安娜的高贵、端庄、娴雅,麦当娜的野性不羁,妮可·基德曼的跳脱都是范思哲创作的源泉,范思哲的作品穿在这些女人身上真的成了天衣。

美丽的女人可以是各样的，所有美丽的女人加起来，大概就是美杜莎？

但是，当1997年7月15日，两声枪响，让范思哲倒在他美国迈阿密的私宅门前后，关于女人的想象，那种天马行空般的想象就似乎陨落了。据说与乔治·阿玛尼、古奇和瓦伦蒂诺比肩的著名意大利时装品牌范思哲陷入财政危机，已经穷到没钱请模特儿的地步。那么，吉隆坡双塔里的那个美杜莎是不是会有点寂寞呢？我们只不过将她当作了一个集合的标记，我们没有变成石头人。

沧桑的情味

一棵树，一棵石榴树和一座桥——结合了不知有多少年。树根深深地扎在桥墩的缝隙里，紧紧地缠绕着桥体，树长得十分的硕壮，每年都开出红艳艳的花，结出饱满而健壮的果子。桥一直存在着，小镇上的人，几百年来就在那座桥上走着，在桥上走着的时候，看看河，看看石榴树开满的花，看石榴花在河里的美丽倒影，走着走着，一会儿就到了河对岸。走着，时间就老了，石桥老了，石榴树也老了，但桥是越老越有风骨，树越老越有风韵，时间越老越显出沧桑的情味。

小镇因为河、因为桥、因为树而有了久远的感觉，它让现代人有一种回归的欲望。

记得那是很多年前了，到小镇时也在那座桥上走过，当时有人告诉我关于石桥和石榴树的故事，我看石桥，看石榴树，看石榴树与石桥紧紧相依的样子，我想，这就是天长地久，你中有我，我中有你，你和我，分不清彼此，他们就像

沧桑的情味

天生就长在一起的，自己和自己还用得着海誓山盟吗？

短短的桥，几步就走完了，在河对岸看石榴树依偎着石桥，疏影婆娑，石榴花的红，映得桥和水一片石榴红，这时，时间没有沧桑，桥和水都那样年轻，石榴树羞红着脸，石桥羞红着脸，见证他们爱情的河水也高兴得似红了脸，红红火火的样子，生命力正旺着呢。走过石桥，挥一挥衣袖，不带走一片云彩，连梦也没有带走。

离开小镇，就不再想起这一对古老又年轻的恋人。后来我想，大概是他们太正常了，像所有的恋人一样卿卿我我，不弃不离，他们会如来时那样走去时的路，将永远与时间一起终老，让时间证明他们的情感。我们没有时间的耐力，我没想到我会看到他们分离。

但，事情的转折就这样来了。

突然看到那座桥坍塌的消息。一夜间，没有任何先兆的，在人们的熟睡中桥坍塌了。报上有断桥残破不堪的照片，我没看到那棵树。然而我想起了他们那种红红火火的样子。报上说那座桥已经有几百年了，言下之意它老了——然后又说要修复它——我在电视里又看到新修的桥，水泥糊满了它的全身，不再有当年的风姿——

说是修好后迎接黄金周的游人，桥很无奈似的，两头是原来的骨架，中间是新材料给它腰上打上的补丁，它可能还是认为自己不存在了,只不过送两段骨架给新的桥罢了,反正自己已经不存在了,还要那无用的骨架作啥?它不再呼吸,不再爱恋——这桥已非那桥,以前那座与石榴树在一起的桥确实已经死了。

后来我才知道,这座活了几百年的桥不是无缘无故坍塌的,据说,有好心人看石榴树那样紧紧地缠着桥,怕桥不堪重负,将石榴树移走了——然后,桥就塌了。

是一种同归于尽的决绝。用情如此,让人说什么好呢。

美女青菜美女萝卜

身为女人,好像非得是美女不可,不是有人说嘛,"女人长相难看是一种罪过",人家女人什么坏事也没干就罪过了?而说这话的男人从没想过身为男人长相难看是不是一种罪过。而现在女人连这样针锋相对地回敬一句的机会也没有,怕别人说你女权。女权过时了,而大概不够时尚是比长相难看更大的罪过。

前些天,我的单位组织学习,大家住到宾馆里关起来学。照例的,学完了,一起学习的人要合影,所谓"黄埔"几期。排队,人多,闹哄哄的,摄影的那个人较呆,他大叫"女的蹲下,男的站后面!"一大堆女人叽叽喳喳在还很热的秋阳下练蹲,人太多,队怎么也排不好,还有一位女士正怀孕,蹲,对她来说是艰难的,而且我认为一排蹲,一排站,还一起喊"茄子",太做作,比女人长相难看更罪过。其实,大家随意地站或蹲,男女错杂,高低参差,照出来的效果肯定比刻意的要好。我说,干吗非得女的蹲,男的站啊?没想到这话引来了批评,当然是善意的,他说,你这时候还女权?天,我一下子变得笨嘴拙舌,立即蹲了下去(此前一直站着)。我讲那句话的时候,千真万确没有想过男权还是女权问题。但他击中了我的要害,我不想落下个与男人较劲的犟女人形象,许多人会认为那形象不美。为此我放弃了要那张摄影作品美的努力。在他那句问话话音未落的时候就放弃了。简直是溃不成军。

为了美,有人肯付出更大的代价。正在被报纸爆炒的那个北京女孩,准备接受十几个手术来做人造美女,像韩国的金喜善。在电视里看到,手术当中的她痛得号啕大哭,可以说是惨不忍睹,那模样,根本无美可言。要知道,人都是血肉之躯,哪里忍受得了手术刀在身上横一刀竖一刀地雕琢,又不是木头或石头,爱怎么雕琢就怎么雕琢。痛,如此不间断的痛,而能忍受,需要怎样的信念和毅力啊。

结果如何?现在还不到最后分晓的时候。前些日子她在南京,据见过她的人说,南京街头天生就比她好看的女孩多得是,言下之意她没必要去吃这种苦头。也是的,她原先也没有丑到令人厌恶的地步,一个很正常的女孩嘛。而她想更美,或者她想成为明星,明星总是和美联系在一起的吧。

大家都认为明星很美,从来没想到明星也有不美的时候,一旦看到平常状态的她们就被吓坏了。

美女青菜美女萝卜

话说周迅MM（美眉缩写）拍戏时不小心把脚给扭伤了，不得已去医院看病。一直对周MM很崇拜的小护士终于见到了自己的偶像——这一看不打紧，小护士的心"咯噔"一下，没提防自己冲口喊了出来："我看到周迅了，她长得好丑！"正好被路过的记者录了下来，成了他们对付周MM的杀手锏。周MM好倒霉啊。

有人搞笑，说，在码字的圈子里，只要是个女的，就容易被冠上才女之名，因此大家对此荣誉称号麻木，为了让"才女"们高兴，男人就想方设法哄她们，这美女那美女，萝卜青菜，美女满天飞。

这倒也好，较为仁慈，省得横一刀竖一刀挨宰。反正左右都是个美女。

可不，本栏目是"美女同盟"哦！大家知道，这是荣誉称号。

巴黎情爱

音乐，异国情调的一支孤独的巴颂，忧郁而又悠扬地在寒冷的空气中滑翔。幽暗，仅有一些蜡烛光亮的酒吧，以及酒吧以外的街道，甚至公寓内，都没什么亮点，人的面目，男男女女，都很模糊，看了很久，认不出谁是谁，但知道了一些人名。一个长得不算难看，但也不帅的年轻男人，好像会写点诗的，是叙事的主角，他和周围的另外几个年轻男人，经常在酒吧交流，几乎每个人都有一堆女朋友——非普通朋友的那种女朋友——大概这就是巴黎人了，对于情事，稔熟透了。

那个写诗的年轻男人，将你带到许多地方，带你看他的艳遇，甚至于他的一个女学生，还未成年的，和这学生的母亲，一位很有风韵的少妇，都似乎和他有着某种暧昧，不过是感觉干净的那种暧昧，在情绪上倒是有些情色的，在那少妇来说。少妇的丈夫已离世，少妇拿出丈夫生前的西装和大衣给年轻男人穿，正合适，像度身定制的一样。少妇抚摩着

巴黎情爱

衣服,眼睛却像要洞穿人世,悠远又幽怨。在他来说,这一切倒好像也是一种风景,可以走进去又走出来的,他面无表情,无可无不可地穿梭于各种情境之中,只是一些场景、画面,一些生活的碎片、现象,在面前晃过来晃过去的,与他来说,所有的这些好像都是无关紧要的,他感觉是个透明的玻璃人,空心的木偶。

有一天,他遇到了一个人,在旁人看来也并没有什么特别,于他却好似很有触动,他约她出去度假,在郊区,在树林中有可爱的小木屋,她拒绝他,告诉他自己有男朋友,要去赴自己男友的约会,但这时却已是在去往小木屋的列车上,她靠在他的肩上与自己的男友通话,说自己会失约,要出去一次,不过很快会回来。美丽的小木屋内温暖如春,外面却是一片冰雪世界,这大概是一种暗喻吧,她的冰火不容的内心交战——情绪上却是非常愉快,她在雪地里追着他,笑得全无芥蒂,就像初生的婴儿享受着人生的第一缕阳光。

刚刚明亮一点的调子,随着镜头切回巴黎又暗了。一位年轻男人来找他,后来知道就是她的男友,他随她男友去看她,她安详地躺在那里,美丽异常,已是另一个世界的美丽。他和她的男友此时是同病相怜,相对无语凝噎。来无影去无踪地,不知道为什么她就去了另一个世界,但只有这个时候画面才如此华丽,让人看到那灿烂天光。灿烂过后是平淡,平淡到毫无兴致,他又如木偶一样活动在画面上。

在晨曦微露的湖边,一点点光亮,一点点树影……据说,这就是成熟,一个人的成长过程,因为爱,还因为死亡。爱很稀有,死亡也很稀有,或者爱很容易,死亡很艰难,或者死亡很容易,爱很艰难?

成熟就是一切都平淡了……包括巴黎的情事。

鸳梦重温

一篇文章说了这样一个故事：有一位女士的丈夫因事故而失却了记忆，变成一个空白的人，就如同刚刚降生的婴儿，什么也不懂什么也不会，于是妻子以自己对丈夫的爱承担起了教育丈夫重新为人的重担，正像一位母亲辛苦地培育孩子长大成人那样。若干年后，妻子的辛劳终于取得了收获，丈夫重又从妻子那里领取了走向社会的通行证。令文章作者大为感叹的是，新生的丈夫完全是按照妻子心中丈夫的模式塑造的，没有了过去所有的缺点，成为一个妻子真正理想的丈夫。由此，妻子甚至于有些感谢那场夺去丈夫记忆的事故。确实也是，除她而外，什么人会有这样的幸运可以自己塑造一个丈夫？这位妻子由丈夫的失却记忆而获得了通往幸福的途径。

这里，我们暂且不讨论没有缺点的人是不是真的存在，或者没有缺点的生活是不是真的幸福这样的问题，正如文章中所讲的那样，我们相信这位妻子获得了幸福，而这幸福的获得是借助了忘却。

而另一个与此截然相反的故事是《鸳梦重温》，这是好莱坞很著名的影片，想必许多人看过。前几天我又在电视里看了一遍，再次被这纯粹而明亮的爱情故事感动。故事的男主人公经历了两次遗忘，在第一次遗忘中他得到了爱情，而第二次遗忘却使他再也找不到爱情和幸福之门，虽然他的兜里一直揣着进入那门的钥匙。故事的重点放在后一次遗忘上，遗忘，和对于遗忘的斗争——试图记忆，因为在遗忘中男主人公觉得自己没有幸福感，工作还有地位财富以及一名天真女孩对他的感情，都不能唤起他的激情，他的日子就像行尸走肉。其实，此时他活着的全部目的就在于寻找自己的过去，那有着爱情和生命激情的那一页。

故事慢慢演来，女主人公——男主人公的妻子，以一切曾经的细节试图唤起丈夫的记忆，而丈夫的记忆之门却总是牢牢地关闭着，观众便与女主人公一同就在这一次次希望——失望的交替中，一次次加深着对于记忆的认同。记忆，对于人的幸福感的获得是如此的重要啊。

这两个故事都给人强烈的印象，而它们却对记忆和幸福进行了两种完全不同的诠释，让人莫衷一是。也可能幸福感和记忆是根本不相干的两件事，但幸福感与什么有关，人们又为什么要把它们扯到一起呢；或者人生如果没有了记忆，那么它或长或短或起或落对人又有什么意义呢,因为它已经没有了任何可资比较的基础。

有时想,当岁月走到尽头的老人,某日坐在冬日午后温暖而慵懒的阳光下,沿着时间的流程,趟过记忆之河时,应该是幸福的,不管这记忆是酸甜还是苦辣。

美人忧天

美人,不是指美丽的人,而是说美国人,美国人喜欢忧天,这是我最近发现的,他们具有很强的忧患意识,对于将来,似乎不怎么有信心。看了许多美国电影,比如《未来水世界》《12猴子军》《2012年》等,都将未来写成极其可怕的样子,在时间进程的某一天,我们这个世界变成了一片汪洋,没有一块陆地,一个破船就是诺亚方舟了,由于生活物资奇缺,人们开始互相残杀,于是人性便在美丑之间较量,人性会在这种较量之中升华吗,人们期待着……在20世纪90年代后期,人类又被一种由人类自己制造的细菌所杀灭,仅有不多的幸存者只能生活在不见天日的地底下,没有阳光,没有清新的空气,人类离灭绝只差一步之遥了……

还有很多电影都表现了同一的主题——恐惧,恐惧地球的毁灭,恐惧时间的丧失,时间和空间经常是错乱的,这种错乱加深了人们意识的混乱,增强了恐惧感。美国人为什么会如此忧患呢?可能他们日子过得太好了,怕失去,怕时间会改变所有的一切，剥夺他们已有的美好生活，更可能他们这种忧患正是人类本来应该有的与生俱来的本能。

而我们没有这种忧患意识，是因为我们还来不及想一想现实生存以外的事情。我们刚刚从贫穷中走来，贫穷会令人变得狭窄和猥琐，于是我们中的有些人认为人类的未来难道是需要想的吗？地球可以提供给人们无限的可能性，它的资源用之不尽取之不完，人们向高山要地，向大海要粮，而又向大片的农田要城市、要高楼，砍伐树木消灭绿色已经成了这片国土上的一些人疯狂趋之的潮流，满目清山是什么？是贫穷，而只有高楼林立才是现代化！于是，当我们郊游，再也看不到鲜花和绿草，更不见有蜿蜒的小河和在河面上嬉戏的鸭子，只见一栋栋别墅和别墅外面的围墙，围墙接着围墙，那一片广袤就生生地被围墙挡住了去路。

应该踏青的日子，我们却躲在小小一隅看电视，看没完没了无聊的秀，然而不看秀我们还能干什么？难道我们还敢走到路上去，在烟尘和汽油味中观赏绵延的别墅吗？除了别墅，在郊外已经没有什么可看的了。而别墅似乎在说，我们就是富有，我们就是人类生活的希望。

我们不会忧天的，古代那个杞人担心天会塌下来，被我们嘲笑了几千年，是啊，天塌下来有地撑着，要我们着什么急？可惜天真是会塌下来的，只是不是现在，在遥远的将来，在50亿年以后，太阳将不存在，而没有了太阳的时候，还会有人类吗？回答是人类将无法生存。也就是说，人类会在50亿年以后消亡。

美国人的忧患不是没有道理的，他们更担心的是人类自己把自己毁了，那时候太阳在地球上空空悬着，却照着白茫茫一片没有人迹的废墟。那一天的可能会到来难道不让人恐惧么？虽然看美国这一系列的影片令人很不舒服，然而，我却还是一部一部看下来了，因为想一想人类的未来，总比看无聊的秀来得有趣些。

时间尽头

当人们沉溺在当下的物质欲望里时，经常会为俗世的纠缠所烦恼，因为对于物质的向往是没有穷尽的，这真有点苦海无边的意思。为脱离苦海而求得心情的安宁，我们的古老文化在很早以前就创造了关于知足的人生哲学，要适时抽身而退，要抱残守缺，要返璞归真。这对于解脱形而下的生存困扰是很有帮助的，但这却不符合人类欲穷尽世界所有，比如知识、真理的本能。当然这是两个方面的问题，完全可以区分开来，也就是说，在个人物质生活方面应该知足而长乐，而人类对于知识却永远是不知足的。

对于人类生存的这个星系的认识从亚里士多德、托勒密的地心说到哥白尼、伽利略的日心说，整整花了两千年的时间，由此人们知道了世界一切都处于变化之中，而人的认识也是在不断变化的。这种变化无穷无尽，那么关于空间和时间呢，既然科学家可以观察到空间和时间的形态是不平坦的，而是处于一种泡沫状态，那么它们的长度如何，有穷尽吗？据说时间上溯到一百亿年或者二百亿年以前时，宇宙由一个极其紧密、极热的状态中大爆炸而产生，而又据说五十亿年以后地球将不再存在。如此，对于人类来说，时空是有边缘的？而生命不愿意预知毁灭，时间应该是无限制继续的。

人类已经意识到这个既有家园的狭窄和逼仄，以及它在变化中的危机。美国在那年11月6日向火星发射了一个探测器，这是准备于未来十年中向火星发射的十颗探测器中的一颗。人类是想在地球以外再寻找一个家园。阿姆斯特朗在几十年以前登上了月球，再过几十年人类也能够登上火星，这都源自于人们永不知足（当然也包括物质欲望）的本性啊。

知足和知不足，一字之别，差之千里呢。

膝下黄金

跪，本来是人体动作，赋予它屈辱卑下的含义也不知什么时候开始的，反正从认识这个字的时候起，我便知道它与卑下屈辱连在一起。当清朝封建社会发展到顶峰时，跪也发挥得淋漓尽致，奴才与主子说话非得跪着，那一声嘹亮的"喳"、那一套纯熟的甩袖下跪动作，几乎就代表了清王朝的全部辉煌。据考证，清朝时在皇帝主子面前称奴才还是一种享有与主子亲近的待遇，只有满人能为之，汉人在皇帝面前是不得称奴才的，只能称臣，虽则臣、仆的意思差不多，仆也就是奴才，但"臣"毕竟字面冠冕一些，显出一种客气，客气也就是疏远，而对于自己人的正颜厉色甚至于便是一种境界了。于是那时谁能在皇帝面前称得一声奴才，与皇帝套上这么一层近乎，那真是三生有幸了。如果说那时对于做奴才趋之若鹜，大概也是不为过的。

但要说所有中国人都向来奴性十足，却也十分偏颇，记得《水浒传》里石秀曾破口大骂梁中书为"你这与奴才作奴才的奴才",这一骂直骂出了一身的正气和傲骨,表明了石秀对于奴才的不屑与不齿。《红楼梦》里那些主子们说起下人来也是一口一声奴才的,想来也不会是对下人的恭维。既然奴才并不真是永远趾高气昂的,就不明白为什么有人还愿意为之。

其实想一想还是能想通的,那些自甘下于人者,往往是权势财物的追逐者,自下于人的目的乃是人下于己,所谓一人之下万人之上,或曰吃得苦中苦方为人上人。不是吗,当封建社会过去那么多年以后,当我们号称已进入了一个文明进步的社会,那种令人感到屈辱卑下的跪不是还盛行不止吗。大概这种奴才基因也是会代代复制的,很多时候,我们恍若回到过去,虽则皇帝没有了,但取而代之的权力中心(握有权力的人)周边就会围绕着诸多已做了奴才的和欲做奴才的,或者更多欲做奴才而不得的。虽然形式上这些人已经不跪了,但心里却早就跪下了,且一直就没有想站起来过。

想起来这么一个关于跪的问题,是因为最近听到一则传闻,某单位一位负着一份小小责任的干部与情人在办公室幽会,被同事撞见,不料他扑通一声就跪下,哀告同事不要将此事外扬,倒不是怕老婆知道了不依不饶,而是怕上司知道了影响以后的仕途。可能在他眼里,仕途也就是实利比尊严更有价值,利益使他忘却了敢作敢当的勇气,哪怕在情人面前丢尽了脸,哪怕把情人也一起出卖。

但我想,无论有多少跪的理由,这膝还是不能轻易地屈,不要说是现在,即使在过去,不也有膝下有黄金之说吗,那也是跪不得的意思。当然,可能在愿意跪的人来看,"膝下黄金"大概有另一种理解?

九月授衣

秋天就跟着一夜风雨而来了，一阵阵秋风将阳光变得可爱起来，阳光的香味又分明可辨了，秋天的感觉是这样熟悉而亲切的，它穿行于每一条街巷，清凉地扑向人们。年年是相似的秋天，可年年秋天人又何曾相似！就是秋天给人的赠予也越来越吝啬了，只是那气味那清凉依旧，而那色彩那声响到哪里去找呢？那树树秋声，那满目青黛一抹乱红早已消隐在喧嚣的市声和繁杂的颜色里了，所以，其实秋天已不再那样分明，不再那样侵入到我们的骨髓里面去，它在今天仅仅是提醒你加衣。

然而，秋天总还是最能令人发思古之幽情的，我想，那位古人大概就是站在一江秋水边，望着滚滚东去的流水发出那著名的喟叹的吧，逝者如斯夫！那一年的秋天以及以后几千年的秋天便如同这流水匆匆逝去，只留下了相似的一片阳光和一声叹息，于是在今天，我们由此而找到了古老秋天的感觉。枯藤老树昏鸦或者小桥流水人家，只有秋天给人这种萧瑟悲凉的氛围，那一个在天涯的断肠人在秋天越发悲慨。宋玉早就说了，悲哉秋之为气也！……远行有羁旅之愤，临川感流以叹逝兮，登山怀远而悼近。

这一个秋天又来临了，我们没有悲愁，因为我们见不到秋之萧瑟，眼前一片繁华；我们不在羁旅，况又无高可登临，我们唯有叹逝，叹秋景依然，而冬天就要到了，节气时序的变更也再一次令我们徒呼奈何！

奈何，奈何，在奈何中等待的是另一个秋天，以及以后的许多秋天，还有秋天的阳光，不是秋风秋雨愁煞人的悲愁。

长大后世界就没有花

"消失"了很久的女友突然出现了，她打来电话请我去玩，我说，你来玩吧，她说，不，你来。态度坚决。这女友我了解，没事，她不找我。平时有事找我，电话里能解决的，也绝不会用见面来解决，好像是个很节省时间的人。其实，她时间多得是，一不工作，二没孩子，但很忙的样子，比我们这种有工作有孩子的人还忙。每次问她忙什么，她说忙着呢，睡懒觉逛超市看电视，没空啊。

没空就好，说明充实、满足，也是大不易的。我知道她确实很满足，白天收拾家，看阿姨做饭，等老公回来。晚上老公回来了，陪老公喝酒吃饭说话看看电视，也就真是没什么时间的。你说她哪里有时间跑得开呢。她很自足，我们这些女友也就很少打扰她。

要去她家，才想起来她日本回来买了房子搬了家，那么多年我居然没去过她家，时间真快，那时买房子可是稀奇的事，是有钱人才买得起的，多年以后，世界已经改变了许

长大后世界就没有花

多，城市版图也不知扩展了多少，不知有多少人买房搬家，再买房再搬家，折腾了不知几遍，她却依然不变，懒懒的，仅在家附近有限的范围内走动，与朋友也只是偶尔在电话中联系。

她为什么一定要我去呢？发生了什么事？肯定是大事，我能想得出来对她来说是大事的也只有情感问题了，她这边没问题，她对老公的一心一意从她的生活方式上就可以看出，那么是她老公"出轨"？以前好像听她说过，老公挺关心公司里的一个外来妹，从工作到生活，无微不至，当她听说老公陪外来妹去租房时决定行动。据说后来外来妹离开了公司，她到底采取了什么行动我不知其详，反正是没事了（也可能本来无事，或者只是个苗头，被她掐死），因为她又"消失"了。会不会死灰复燃，烧成了熊熊大火，或者是一次新的燃烧，一次用她的力量已经无法扑灭的燃烧？闹到不可开交，是不是要离婚？

所有的猜测都有待证实，但我做好了当"情感顾问"的思想准备，我想，我会采用一切手段，举例，分析，推理，论证，判断，说理，总之，尽我所能让她想开点，有可能的话，让事情往好的方面发展。

到她家，看家里没人，已是意料之中，她有关于老公的事和我谈，当然不会找老公在家的时间，只是出于礼貌，我不想流露出已猜到了她要我去"玩"的真正用意，我随口问，"你老公呢？哪里去了？我来也不来招呼。"哪里想到，她一把抓住我的手哭了起来，"他没了"。什么意思？太突然了，一时无法明白这话的真正含义。她老公，怎么可能，很年轻啊。年轻到只可能发生情感问题的地步，这样年轻，怎么也不可能和死亡有什么联系。当我明白这是事实时，我不知该怎么面对她，准备好的话都派不上用处，陪她坐着，知道她有多痛。

然后，她的问题全部突显了出来。她说她不知道该怎么活下去，没有了老公她就没有一切，没有工作意味着没有生活来源，没有孩子，这个家现在就只有她一个人。白天和夜晚，永远是一个人，本来不用工作的轻松日子，现在成了独自面对自己的恐怖日子。她发现自己不会走路，以前出去都是和老公一起，往哪里走还用操心？跟着就是了，现在，她真的不知道上海有多大，除了家附近的几条街道，她几乎不知道东南西北。她也无法吃饭，因为一个罐头盖她都打不开。阿姨也辞掉了，一个人，有许多的怕……风吹动门窗发出响声怕，有人在楼道内走动怕……

她的世界坍塌了。而且一时很难建立新的世界。因为她一直是个孩子，从来就没有长大过，小时候是父母呵护，长大后是丈夫呵护，她的生活一路顺风，她什么也不用干，只要看看电视说说话就可以。现在她发现原来生活是可以、是会被剥夺的,在你完全没有准备的时候突然一击,没有人帮你招架,必须是自己忍受它的重击。

S.H.E怎么有先见之明,她们唱道:我不想、我不想、不想长大,长大后世界就没有花。而我的女友现在必须长大,虽然长大后世界真的没有花。

你是我的玫瑰你是我的鞋

闺蜜又打电话来了。

终于冲出来了，怎么外面的风光也不怎样啊？好男人都死到哪里去了？她在电话那头像天外来客一样大惊小怪。她说的冲出来是指离婚。她曾经说过，这辈子最大的事业是离婚，离婚是她最想做的事情，现在终于成功了。但胜利的喜悦一闪即逝，接下来是无穷无尽的空寂无聊还有她自己也不敢承认的，可能是后悔吧。

她其实还是希望有一个人可以陪伴她的。只是以前她自己没有意识到。"我肯定不要再结婚了，婚姻有什么好，还不就是找个人来伺候。"她好像已经忘记自己说过的话，现在要我帮她看看有什么合适的人。

前夫是她大学同学，他们两人的关系在她说来一直是前夫追着她，离婚时她也一直说"是我不要他了，我不要他了。不管他是身价多少的老板。"生怕别人不知道一样。但事实是离婚没几个月前夫就又结婚了,而且女的比前夫小将近二十岁。当她知道这些时,郁闷到发疯,原来自己拼命奋斗的"事业",就是为那"小妖精"扫清障碍啊,自己将自己当做障碍给扫了。后来她才一点一点知道,那"小妖精"早有预谋,她在这边大吵大闹要将老公赶出去时,那边不声不响,"小妖精"买了房子,准备让她前夫随时住过去。前夫想,这女孩多好,不贪图自己钱财,只在乎自己能否与她共处。对比老婆,整天吵着离婚,还要分钱分房,老婆找律师查他资产,封他账户,实在令人伤心。

老公问老婆,真的要离?老婆说真的要离。老公说你就不考虑孩子?老婆说我考虑过了,我们离婚,与孩子无关,不离婚,孩子平时不是照样见不到你。离婚了,孩子周末可以到你那里去。她一意孤行着。老公说你要后悔的,她从鼻子里哼一声,就你?老公说就遂了你的心愿吧。

那天,她与老公去领了离婚证,出来时一起吃的中饭。她向我描述那天的心情,有点喜悦又有点说不出的酸楚,与老公倒是客客气气,又像是多年的老朋友,既稔熟又有点界限的样子,她还想起,老公是她的初恋。这时她觉得老公倒是好相处的。她有点拿不准为什么不走到这步两个人就不能像现在一样客客气气心平气和地说话。但终于一切都结束了。

然后，不久，她就知道了老公身边的那个年轻女人。怒火万丈也好，暴跳如雷也好，她完全没有了方向。她打电话去质问老公，被年轻女人训了一通，说她骚扰他们，是的，老公现在是别人的老公，只是她的前夫，因此，哪怕明明是别人从她这里抢走了东西，她也无处申告，弄得不好倒要被别人告了。

落到这种地步，真的令人同情。但她认为老公是被她抄掉的，她扔出去的东西被别人那么快地拣了便宜她心有不甘而已，难道那是件不该扔的宝贝？有时她会怀疑。但是一切都已经晚了，翻过去了。

于是她又仔仔细细往前面翻去，一个一个细节回忆起来，呃，原来是早有先兆的。只是那时一直还是小女孩时的心态，唯我独尊，老公那边无论发出什么信息她一概以自己的方式接收，她觉得就是离婚可以让老公服帖认输，这是一场必须有输赢的战争，让老公知道她的厉害。在离婚过程中她一直非常亢奋，我有时觉得她就像拳击场上的选手，两眼血红，冲上去，击倒他！

没想到的是，胜利的一刻恰恰是惨重失败的一刻。不是输掉一个老公——说老实话，既然她那么坚持离婚，可能老公真的已经不适合她——而是输掉了作为女人的信心。当她面对一个空屋子不知道找谁去战斗时，她生出了满心的凄惶与凄凉。她想到了新的战斗方式，既然他结婚了，自己也可以结婚呀，那不就又打平手了？定下心来找人，却发现在别人眼里，自己只是个带着孩子的半老女人——没有人会再对她唱"你是我的玫瑰你是我的花"。

大家总是将女人形容成花，但不是所有女人都可被称为花的，像这位离婚了带着孩子的女人就不是花，哪怕她花的意识再强也不是花了。花是专门为那些年轻的女孩准备的称呼，一次性的，过期作废。不是花而有花的意识，这就是悲剧了。

还有一种说法，说婚姻是鞋子和脚的关系，鞋子合不合脚只有脚知道。倒也觉得这个比喻不错，没去考虑过谁是鞋子谁是脚，可能以为是互为鞋子和脚的。后来在哪里看到过说那角色是早就定好的，男人是脚，女人是鞋，因而就有了主次的关系，也就决定了作为鞋子的女人的命运。脚可以有各式各样的鞋子，而作为鞋子，被穿旧了就只有进垃圾箱的命。我的这位闺蜜显然没弄清这关系，前夫却心明眼亮，他知道他可以拥有更多款式新颖的漂亮鞋子，所以他对她说，你会后悔的，他说这话不是说她是双合适的鞋子，他只是想说，这鞋子他不穿了，还有什么价值呢？

对于男人来说他可以对女人唱你是我的玫瑰你是我的鞋，玫瑰的花期太短，男人的寿命很长，而那玫瑰花因为这个男人曾经将自己称作玫瑰花而一直以玫瑰花自居，最终男人对一朵败了的玫瑰花再也唱不出来，"残花败柳"却不自知，非要做出婀娜的姿态来。应该说从玫瑰过渡到合适的鞋也是有可能的，但这是个脱胎换骨的过程，像蛹变成蝴蝶。

闺蜜执意做一朵玫瑰花好像也没有错，她可以自我确认。她的错误在于希望另外一个人把她当做玫瑰花。

第4辑·与梦有关

飞鸟和游鱼

当我在张宗子的《开花般的瞻望》中读到关于"自由"的文字时,特别羡慕作者的奢侈。后来慢慢往下读,才知道了他的"自由"的由来。

我们先来认识一下张宗子的那只"走兔"。有意思的是那些形象,让人印象深刻。话说,秋天被收割过的庄稼地里,常常会跑出一只灰色或棕黄色的野兔,"闪电一样在逐渐变得光秃秃的田畴间划过",它貌不惊人,但有惊人的迅疾。然后是秋阳中刺猬和乌龟的匍匐和酣睡,这两只动物的出场当然是为了给野兔作参照。农人无从顾及野兔或者刺猬或者乌龟,但野兔不管,依然撒腿飞奔,发狂一样。

野兔为何狂奔?"恐惧是催生天才的伟大力量……在所有华丽的面具之后——创造奇迹的是同一张脸……"兔子恐惧,它甚至没有时间看看后面是谁在紧追不舍,它不敢回头,因为所有的哪怕是一分一秒的耽搁都有可能致命,因而它一路除了狂奔还是狂奔。

好了,读到这里,读者和作者的距离逐渐拉近,原来大家都是那头走兔——奔突、冲杀,以为自己在奋勇前进,而其实只是夺路逃命——呜呼哀哉亦喜哉——既然人同此命,还有什么好抱怨的。

只是在逃命以后,人和人就开始了不同。野兔终于跑累了,再怎么恐惧也已跑不动,它只得停下来歇口气,顺便回头一望,什么也没有——失望咬噬着它,也让它失去了奔跑的意义,因此它终于倒地而亡。而有人在停下来的一刻,突然如受天启:"生命不能永远是一个未定的结果,不管跑多么值得骄傲,其他可能,至少可以想一想、试一试,哪怕前功尽弃,哪怕冒断送一生的危险……"因而他想到了自由,他向文字传统中去寻求那种自由感,中国文字的传统中,有飞鸟所需要的无限高远的天空,也有游鱼所热爱的深邃而无边无际的宽阔的大海。据说,君子善假于物,而决不为物所物。这个时候,他们从走兔演化成自己精神的主人。他们优游于其中而不亦乐乎。这个时候,猫、甜点、香艳、夜读、时尚、梦魂、枸杞、德彪西……一应物件都可假借之,托物言志乎?或者,也不言志,只是家的感觉,归宿的感觉,"安详、亲切,如友情,亦如深厚的爱。"

读到此时,就觉有境界了。想起了被作者所救的那条小红帽子鱼——鱼不见了,怎么找都找不到,满屋子找,池子、杯子、盆子,连床底下都找了,依然不见踪影。但后来居然在晚饭时的玉米碎肉洋葱汤里发现了它,而奇怪的是它在热气腾腾的汤里游泳,难道它将那堆杂菜当作水草?热汤被它误解成温泉?总之匪夷所思。鱼从"温泉"回到自己的鱼缸之家,复如初。

写到这里我还是挂念那只已经死了的兔子——如果兔子是被关在笼子里的呢,或许不会这么快死,它在笼子里享受自己的精神,做自己精神的主人。只是非常不能确定的一点是,身体不自由,精神会自由吗?或者身体的不自由可以换来精神的自由?又或者只有身体的自由才会迎来精神的大自由?那只在田野上奔跑的兔子,至少有行动的自由,它可以奔跑,有无垠的田畴供它撒欢,正如飞鸟在天空和游鱼在海里一样。

做一只被关在笼子里的兔子好,还是做一只被恐惧逼迫得到处乱串的兔子好?裴多菲的诗被广为传诵,至少证明了一点,自由有时是必须要舍弃一点什么的,甚至生命。

和偷窥一起成长

先说一个故事。早几年，朋友在网上与一个德国人相恋，我不太能理解那种情形，问她，她说就是聊啊，英语就那时候练出来的，那时将自己本科和硕士时读的德国文学、哲学的储备都调动起了。聊文学和哲学可以聊得两情相悦，那种恋爱好像很古典，形式却是再现代不过了。后来德国人来这里见她，彼此都觉得没必要再浪费时间，没多久双双飞赴德国结婚过日子去了。

当读到《尘世的爱神》时，不知怎么就联想到了朋友的那位德国丈夫。那次他俩来我家，德国先生高高的身材红红的脸膛，还有害羞的样子，给我留下了很深的印象，知道他爱看书，我还送了他两本精装很漂亮的有关中国文化的书。

他们大约有两年的幸福时光。某一天，德国人外出旅行，在荷兰偶然遇见了自己少年时（大约18岁）的初恋情人，情人也已成家，但没想到已逝的情感却死灰复燃，而且轰轰烈烈。回家后德国人和朋友摊牌，欲与初恋情人再续前缘。最后自然是朋友与德国人离婚而告结束。我旁观了这段情感的发生发展和结尾，总觉得情节似曾相识，太像小说了。不知是这位德国人读了太多的小说而中毒，还是生活本来就是如此，小说只不过是照抄了生活而已。

而现在小说主人公阿尔伯特却正是少年情怀时，小说将揭示他精神成长的历史。

阿尔伯特学的是艺术，这有点让他觉得自己好像缺乏一点阳刚之气。其实他对自己一直不满意，身体和精神总是与自己作对，在他研究的那些画家的作品中，也总是让他看到性，那时他就会浑身痒痒，而且是无处抓挠的那种痒，骨头、肌肉、皮下的痒折磨着他，他感到无法逃遁。在回答教授的问题时，表现就很差，关于那些画家的许多书他都还没有看过，或者，看了也说不上来。他想，体育运动能帮助他，然而，在游泳馆他看到的尽是着惹火泳装的女孩，他躺在躺椅上，佯装看报纸，将报纸弄出个洞来看女孩子，或者看女孩子和其他男孩亲热，他研究了一个女孩好几天，当他终于鼓起勇气向那女孩打招呼时，女孩却瞪了他一眼。总之，他还是浑身痒痒，却不知道做什么好，甚至跑到一所奇奇怪怪的医院将自己倒吊起来。

电影《玛莲娜》的背景虽然和《尘世的爱神》完全不同，而少年成长时对异性的偷窥却是一样的。那是个战乱的

和偷窥一起成长

世界，而地中海的西西里岛却有着被战乱衬托的日常和世俗的宁静。西西里小镇上的多多不是坐在泳池边，而是爬出自家的窗口，提着一盏小马灯攀上枝头，透过窗帏窥探到玛莲娜抱着丈夫的照片在梦一样的音乐中独自起舞，身后的灯光从她大腿那儿透出灿烂的光芒，映照得她的身体像是透明的。玛莲娜一弯腰，背带滑落，丰满的胸部展现在窗外多多的眼前，多多眼睛直直的，气都透不出来，然后他看到玛莲娜用过剩的性感去交换当时非常短缺的活命的粮食，多多惊骇得从树上摔落下来。后来玛莲娜的命运一直就在少年的注目中展现，包括她的尊严在刺眼的阳光下被层层剥尽。玛莲娜的耻辱，对少年多多来说则可能是情色。玛莲娜给了多多无休无止的色情想象。

阿尔伯特与多多一样，终于也找到了属于自己的女孩。多多在电影结束时手挽一位与他一样稚气的少女走出镜头，阿尔伯特的女孩埃琳娜却比阿尔伯特成熟有主见，阿尔伯特被她引导着，以为自己找到了情感归宿，跟着埃琳娜去了她的家乡撒丁岛。然而撒丁岛不是阿尔伯特想象的那样有风情，他的浪漫生活也就是在埃琳娜开的美容院的内室通过虚掩的门偷窥来美容的女客褪胸毛腿毛，在埃琳娜给顾客褪毛的时候，阿尔伯特只能坐在床上，那个内室小到安不下一张可放打字机的桌子——他只能天天看埃琳娜给客人褪毛。从偷窥到饱胀，阿尔伯特大约是完成了成人仪式——他对埃琳娜说要回德国查资料，迫不及待地离开撒丁岛，他知道自己再也不会回来，只不过做成还要回来的样子，埃琳娜也知道他不会回来了，因此她没有依依惜别。

现在的成长就被描写成这样，肉体的痛苦推动精神的饥渴，身体的紧张让人很容易就跌入激情的汪洋，这种激情可以是阿尔伯特式的，可以是多多式的，也可以是《美国黑帮》中那些街头少年式的，或者更可能是《乳房与月亮》中的阿泰式的……躁动、懵懂、恋物、昏昏沉沉而又浑身是劲。

想起《少年维特的烦恼》，歌德早在那个时代就天才地写就了那本关于少年情感的小册子，他让那时代的每个年轻人都强烈感受到了自我，还有对于异性的爱恋，对于自然的崇拜，维特的精神和性格可能就是现在德语文学的渊源——爱以及激情，理想主义和精神反抗物质的勇气，道德上的真挚和智力上的独立性。

少年情怀总是春，一种成长，由身体到精神，再扩而大之到智力到人格，是必须经历许许多多故事的，大的情节可能并不复杂，但细节是那样的真实，那样地让人难以忘怀——旁观者的视线里有许多惊动，而对于那个故事中的人来说，点点滴滴在心头。

和偷窥一起成长

突然会意到,朋友的丈夫对于初恋情人的旧情萌动,是否意味着他在精神上欲复习少年往事,重涉那一条时间之河,重温少年情怀?朋友对我说,没想到德国人会这样浪漫,我对她说,虽然你读了那么多德国文学和哲学,你还是没有真正读懂,那不是你血液里的东西,而他们,会从新写一篇浪漫爱情故事。

小院和大画家

一直很喜欢李可染先生以牛为题材的画作，那些牛一般都闲适温顺，有田园牧歌的意思，令人怀想那样安静的岁月。

还分明记得看到那些画时的感觉，纷扰和焦躁突然就隐退了，如梦幻一般，眼前出现的是两头只露出脊背的水牛，头对着头，闲闲地似在呢喃细语，趴在牛背上的两个牧童则真的在说些什么，日头长长的，时间多得很呢，没有时间在后面追赶，一万年都可以这样过下去。另一幅画上，是两小儿在逗蟋蟀玩儿，神态专注，背后他们放牧的牛却东张西望着，可能白石老人也被小儿和牛所感染，在画的右上方题道："忽闻蟋蟀鸣容易秋风起可染弟作白石多事加墨"。观画，又看到了许多画外的东西，比如人情或者世态。

艺术大概就是这样，总能在不经意间拨动人的心弦。当我有机会在徐州参观李可染旧居时，那种被触动的感觉又喧然而至。

小院和大画家

李可染旧居不事宣扬，如果不是有朋友带着去，可能一时还找不到。在一个普通的由火柴盒般的公房组成的居民小区内，拐了几个弯后终于看到了一所小小的中式庭院——说庭院也可能有点夸张，那大约在早年只不过是一所普通民居，说不定普通到像现在外面的公房一样。当然，现在它是非同凡响了，与外面的那些房子形成鲜明的比照——灰色砖墙，三级石阶上是黑色大门，门楣上方有一个"福"字，周围镂空，令那"福"字分外显眼，我注意到，在"福"的再上面——屋顶的黑瓦以及黑瓦间生长的杂草，正在阳光下熠熠生辉，一种生气勃勃而又历经世事的样子，阳光也照在了大门内的圆门洞上，金色的门洞和侧面的灰墙营造出一种非现实的情境。

入院，有厅堂卧室等处，特意看了李可染少年时的卧室，与以前人们一般的大屋子相比，就小得多了，大约十平方米左右，如现在的孩童卧室，内设一床，两个矮矮的小柜子，临窗一个也是小小的书桌，别无他物。据说李可染住进这屋子时已十三岁，读四年级。李可染的父亲早年穷苦，逃荒乞讨到徐州，起初在河里摸鱼为生，后来在饭店学徒，然后自己找个角落卖包子，等有了一点积累，才与人合伙开了饭店"宴春园"，房子是开饭店有了些钱后盖的。在这所普通的住宅里，李可染生活了三十年，直到抗日战争爆发，才离开故里，参加爱国救亡活动。晚年的李可染经常回忆故乡的美食，彭城鱼丸、吊地瓜等，而这些美食也正是"宴春园"的特色菜肴。

在李可染旧居陈列着他每个阶段的画作，抗战题材的作品尤其引人注目，因为是平时不常看到的，《是谁毁坏了你快乐的家园》，那些流离失所、妻离子散的百姓有的愁容满面，有的愤怒呼号，这些画现在看来依然感人至深，可想而知在当时那种环境下，有着怎样振聋发聩的作用。

在旧居可能会发现一些成就大艺术家的秘密，劳其筋骨，苦其心志是其一，还有就是天分。李可染自己说过，因为他父母没有成套的教育子女的方法约束他，在童年便自由发展成为一个艺术的倾慕者和学习者，为了喜爱胡琴的曲调，他常尾随乞食的艺人大街小巷溜达整个晚上。一张好的画更会让他骇目惊心，如失魂魄。画画成了下意识的动作，吃饭时用筷子在桌上画，睡觉时用手指在席子上画……对于艺术的领悟力最终让他与艺术结成永世的同盟。那种领悟力可能是与生俱来的，李可染七岁入私塾时，主人客厅里挂的李兰的大幅中堂山水，让他感到了满室烟云，室内的空气似乎都为之改变。

艺术是不是天意的一个实现呢？

玩物而未丧志也

陈鹏举又画起画来了，这有点让人始料不及。但惊讶过后又觉得不是那么突兀了，以他一贯做派考量，于今的画起画来，也应该算是顺理成章的事。知道他喜欢写旧体诗，鱼鱼雁雁的，甚是滋润，有时水灵得与他的体量不太般配，而他的一句多情未必不丈夫也就将自己的水性进行了大丈夫的注释，又行云流水去了。稍后，对古玩钟情起来，又稍后，他玩起了书法，凡被他视作朋友的人都得到过他的墨宝，一会儿送你一幅，一会儿又送你一帧，真心诚意地让人欣赏他的得意之作。有时很恶作剧地想和他开玩笑：什么时候送我们一点秦砖汉瓦官窑古瓶什么的就好了。

于画，倒不像字那样见动静，只是在他的书法作品上看到他偶尔画的小东西，一条鱼，或者一株花，再或者一个人，至于鱼是什么鱼，花是什么花，人又为何人，都必须他来解释，哦，金鱼，哦，荷花或者牡丹，人嘛，更是符号了，爱是谁谁。却不曾想，要没动静是没动静，一有动静则大了去了，竟然在朵云轩开起画展来，他玩出了于无声处听惊雷。

终于有机会看到他画的光碟——注意，不是原作——将他的玩物经历前前后后想一想，倒也串得起来，是水到渠成的意思了。目前为止，他有点士大夫的感觉，吟诗作词，写字画画，玩玩古玩。士大夫的画一向以来被称作文人画，这一支中国画源远流长，与阎立本、吴道子、李公麟或者画院的真正的画家不同，文人画讲究的是"文"，追求的是神似而非形似，胜在情趣意韵。最早是王维将画与诗结合起来，所谓画中有诗，诗中有画，他似乎成了文人画的鼻祖，其实，王维只是有这方面的才华而已，他只是做，而没有理论的标榜，到了苏轼就大张旗鼓了，苏轼将正统的画家贬低下去，说什么"论画以形似，见于儿童邻"，看画家的画没意思，"看尺许便倦"，而自己的画则好得不得了，"予近日画寒林，已入神品。"由此，苏轼在将吴道子和王维作比较的时候，推崇了后者而贬抑前者，"吴生虽妙绝，犹以画工论。摩诘得之以象外，有如仙翮谢笼樊"。

苏轼真是个精彩的人，由他而带动了后世的文人画的大行其道，也不足为奇。到了明清，更是文人画家层出不穷，沈周、文徵明、唐寅，一个个响当当的名字，让中国画有了更广泛的表达。想来，到了陈鹏举这里，当他晓得有文人

玩物而未丧志也

画这一档子事的时候,他是多么欣喜若狂,他可以不必拘泥于事物的表象而尽可画出自己胸中丘壑,他又找到了一种新的表现自己的形式,真的是幸福到如做好梦了(见画展后记)。

因而,在短短的三两年时间里,他从一个从来没有学过画的人到开起画展,看似飞跃,其实,只是他寻找到了一个新的形式,只是将自己的东西再装进去而已,是心为物宰而不为物役,有了一种神似的气象。

有时,大家在办公室说笑,陈鹏举总是说他母亲对他说,人多的地方少去,听者都似乎有所触动,但终究没什么行动,而他自己却是真正的实行者,他走的这条道,现在也确实少有人走。再说,又有几人能如他那样有"古典情怀"?我对"古典情怀"打引号,是因为他的形式是古典的,而内里却现代。他是以隐士的形式而彰显,而入世的,所谓愈隐愈显是也。他在《对枰》中写道:"人生如棋局,留一破绽居然满盘俱活,可见不必悉数争取,舍得舍得,有舍方有得耳,可惜人间悟棋理者寥寥或曰行事按棋理者若晨星,由此方有人之高下可分,不然俱食五谷何由分耳。"你说,他的着眼点在舍还是在得?

这就是陈鹏举棋高一着的地方。当然也是得益于他浸淫其中的中国文化,中国文化的妙处在于,你要什么,就能找到什么。就像文人画，那么些笔触，又那么些留白，留白处是供想象的，它懂得利用人的想象，其实是读者帮作者完成了那幅画的。写到这里，自己好像也来事了，不是画家，居然在读画的时候也成了画家。其实没什么，正如你去一个景点旅游，导游小姐指着那些奇形怪状的石头说，这像猴子，那像乌龟，你连连点头，哦，像的，像的，你也是被利用了一点点想象而已。

　　陈鹏举会玩，只是不知道画以后他又玩什么，但甭管玩什么，他都志存高远。

无字处皆其意

因为齐铁偕的油画组画《东方之魅》，想起西方神话题材的作品。

西方绘画源自埃及、希腊以来的传统，虽然他们经常以神话作艺术作品题材，但他们关于神话的想象也是以人为蓝本的。说到这里，我想起了以前看到过的一则寓言。从前水里住着一只青蛙和一条鱼，一天，青蛙无意中跳出水面，看到了许多新鲜事物，比如人啊、车啊、鸟啊……返回水里后，它向鱼描述了自己的见闻，此时鱼的脑海里出现的人却是鱼的形状，穿衣戴帽，翅夹手杖，鞋子吊在尾鳍上；鸟则是腾空展鳍的鱼；车子是鱼的身体底下装着四只轮子。西方人正如鱼想象人一样想象神的，所以，他们的神也就如完美的人。比如，意大利巴洛克时期的贝尔尼尼有一个根据神话创作的雕塑《阿波罗和达芙妮》，表现太阳神阿波罗追求达芙妮，但达芙妮拒绝了他，并把自己变成了一棵月桂树。作品里的阿波罗年轻英俊，达芙妮则美丽无瑕，他们优雅如舞姿般旋动的体态中，让人感受到的是人类的爱情，虽然达芙妮的头发正在变成树叶，她的腿也正在被树皮所包裹。

《东方之魅》中有许多幅画是取材于中国神话的，还有一些虽不是神话，但也是中国传统文化中非常关键的部分，可以说已经接近神话了。既是油画，与西方绘画好像就关联起来了。但复杂处正在此。齐铁偕将西方的形式与中国的内容混在一起，乍一看，就是油画，很西方，光，色，构图均很科班，真的是受过训练的，但一旦读者想进入其中，却发现仅仅以读油画的思维去读，是会迷失的，就像一个外国人与中国人交往，如果他不是中国通，他将很难理解中国人，别看这个中国人穿西装，吃西餐，说英语，甚至将头发染成和他们一样的黄色或别的颜色，但一涉及精神层面就完全不同了。

中国人的画更接近文学。苏东坡有一段著名的诗（画）论，"味摩诘之诗，诗中有画，观摩诘之画，画中有诗。"苏东坡所说的这首王维的诗确实体味得出画意来，"荆溪白石出，天寒红叶稀"，色彩冷艳，意境清奇。虽则后两句"山路元无雨，空翠湿人衣"较难有直观的画面，但那正是这幅画的点睛之笔，是诗意所在。齐铁偕的《东方之魅》恰恰也用了诗配画，但他的诗更多的好像是一种注释，名曰"背景绝句"，是画的一种规定情境，比如"老子出关"：

无字处皆其意

"阴阳混沌无生有,天地玄黄一二三。自跨青牛出函谷,千秋万代何茫然。"将关于老子的故事作一简单交代。而画面是蓝色的混沌,在画面中心,有一点点光线,是混沌初开吗?画面上没有老子,老子骑着青牛出关去了。这是诗引导了读者的猜测。在这里诗画成为一个组合,互相诠释,互为演绎,它与王维的诗中有画,画中有诗的含义不尽相同。

其实,我更加愿意将诗画分开来读,当我读诗的时候,眼前完全没有画面,你看这一首《杨贵妃》:"功在君王罪在汝,红颜祸水古今通。马嵬坡上草半绿,似有芳魂云不公。"是对杨贵妃命运的同情,进而也可以理解为对古代妇女命运的同情,这是一种陈述,更是批判,作者由幕后走入前台,直接站出来发表看法。而同样名为"杨贵妃"的油画,是深蓝和浅蓝的色柱,呈45度角由右下角涌向画面中心,使画面在对角线处形成明暗的对比,再由黄色和紫色点染出一种情绪,可以说只是一种情绪,没有具象,更没有故事,与所谓的神话故事何止相差十万八千里。其他的画,如"有巢氏""精卫填海""得失刘邦"等莫不如此。当读油画"姜太公钓鱼石"时,更是冒出了王安石的"杨柳鸣蜩绿暗,荷花落日红酣。三十六陂春水,白头相见江南"的诗句,因为画面上真的就是两种情绪的对比,当你在兴奋欢悦之时,突然一句"白头相见",被时间猛击一下,落入灰黑之中。

也有相对具象一点的，如"五丈原""壶口大禹治水处""寒溪渡口"等，值得一提的是"紫柏山张良隐居所"，我以为这是这组作品中最接近于中国画的一幅作品，当然，只是接近，应该说此画中西结合得颇有意味。

我想说的是，齐铁偕油画中有一颗中国心。他其实做的是意到而不是笔到，而且，这个"意"并不像他在配画的诗里自己所规定的那样，是一个有规范内容的东西，他的画，可以脱离那些诗，自由驰骋，信马由缰。至少，在这一组诗画中，画所表达的东西更多。我想，齐铁偕只是在寻找一种表达的媒介，他想表达的是什么，可能自己也并不一定知道，但胸中丘壑却也因此在一个规定情境中展露出来。

阿巴斯说，一片叶子掉下来，落在了自己的影子上，像一个孤独的小孩突然开口说话一样。叶子总是掉落在自己的影子上的，因而每一个人总是在自己的经验范围里与自己对话，作为作品的提供者齐铁偕如此创作，而作为作品的受众，我们也按自己的意愿解读。虽然齐铁偕是意图挑战读者的知识系统的。

还是回到开首说过的鱼，这次说的是，如果鱼会思想的话，它最后才会想到水。

一种惊动

乍看齐铁偕的画,感觉沉着而镇静,又有文雅之气,是舒适安谧的。但真的以为那就是夏日午后池塘里那些沉睡的午荷,没有风吹,没有莲动,没有骤雨般的喧哗,好像也不对,总觉得在那静的后面,有一种动,不是平静的池塘中被人投入一颗石子而惊出涟漪的那种外力的搅动,而是在那莲荷下面似有暗流涌动,静静的,却心生波澜,让人不觉惊动于那种由静而生的动。

我不知道齐铁偕的画该归入哪一类,肯定不是中国画,却在很多时候让人联想起中国画,那意境,那神情,甚至于它的内核分明是中国的。它肯定也不是西画,不是油画不是水彩,不写实,却也不完全抽象,它几乎不能用以往我们对于画的知识来读解,当我试图分析它们的时候,有失语的无奈,就像我们不知道该说它们是静还是动。是静中之动,也可能是动中之静,像大山里疾风暴雨中的大寂静。但是我必须让我的思路清晰,虽然它们很难归类,但毕竟有迹可循。

黄宾虹曾说，画有三，绝似物象者，此欺世盗名之画，绝不似物象者，往往托名写意，亦欺世盗名之画，唯绝似又不绝似于物象者，此乃真画。尽管此话可能是黄宾虹在某一特定语境中说的，也不一定是绝对真理。但借以描述齐铁偕的画，似乎也适宜。齐铁偕的画是具象的，看得出有过严格的写实训练，有造型能力，这又是西画的功底，你知道他画的是什么，屋舍、荷塘、树林、街巷……但那些物象你要真的在现实中找是永远找不到的，它们只可能是在齐铁偕的画中，这是因为那些具象被抽象了，这又是绝不似了。在绝似与绝不似之间，齐铁偕拥有了一片太过广阔的表情达意的空间。

我想，读者大约是能看到、听到、闻到、触摸到、感受到江南的一个接近薄暮的黄昏，黑瓦白墙，暮云飞渡，有风，大多数蓝色的或浅蓝的，一些些灰色的风，风中有暮归者的脚步声，有晚炊的锅碗瓢勺声，有赞叹夕阳的叹息声。而夕阳不在天边，却在屋瓦上，在街巷间，在溪水里，那些小小的橘色、黄色的色块看似抽象，却具体地让人感受到了夕阳金色的抚慰。构图、设色、节奏均别出心裁，明明是一个江南的黄昏，却让人同时忆起了那个遥远的莫奈的《日出》，进而联想起《草地上的午餐》，那样一种生机勃勃。这是关于《暮昏》的"印象"。

一种惊动

《雾荷》很中国，几乎无色，淡雅到一丝丝不着烟火，一点点很淡很淡的藕荷色作底，而后深深浅浅的墨色绘出羞答答的荷影，朦胧间，你就要以为世界就是这样单纯到纯粹了，不要做什么出世之想，出世和入世，其实都是一样的清醇。然后，你知道，这仅仅是雾里看花水中望月，无色和五色一样斑斓或者斑驳。一种也很中国的思辨。

突然，你又被一片《白桦林》吸引，就像从中国来到俄罗斯，虽然还是有中国画的遗韵，但总的感觉已经完全不同，构图和用色绝不是传统中国画所为，如果不是用水墨，而是用油画颜料，这种非常近景，几乎有点像特写镜头一样的结构方式则完全是西画了。枝杆的细部被突出，挺拔而多姿，星星点点的绿，让白桦林透露出春天的讯息，一片欢天喜地。

还有《山村》《日影》，都有自己的风格，看似随意的落墨，却有太多背后的用心，就像《日影》中那些看似无序的蚱蜢船，其实是都在日影的序列里。它们不像有的画，总是似曾相识。就这点来说已是大不易。

传统和创新，一直是放在艺术家面前的一个问题，对于中国的艺术家来说，还有一个中国画画法和西洋画画法如何融合借鉴的问题。在齐铁偕的水墨画里，我看到了对于这些问题的思考和实践，它们有章法，有规范，有时几乎一丝不苟，对于传统的那些技法，在他的画里处处都有流露，但已不是原来的，有变化，有借鉴，而又有融合，有贯通，成为有自己精神的样式。

在传统和现代之间，在中国画和西画之间，在再现物象和表现自我之间，齐铁偕试图寻找一条只属于自己的路，并瞭望到那条路正通向远方。

显然，这时也有一种惊动。

永寿之藏

本来以为，印章只是文人雅玩，或者，至多是一种信物。它现在之所以还与人们有些关系，是因为它作为信物的实用功能依然留存着，小到个人，大到企事业单位或者政府部门都有个印章以证明信用，这种实用是不会让人过多留意的。但当我读到熊光楷先生的《藏书记事忆人》的印章专辑时，才发现印章所承载的远不止是实用或者雅玩这么简单，它给读者以冲击——这是政治的、文化的、历史的以及也是艺术的多重的丰富的感受。

想起前人对于收藏的一则说法，这是清王澍为周二学的《赏延素心录》作序时说的，他说"书画鉴藏，矜重自古……自兹以降，惟君相有雅好者，屈天下之物力，金题玉躞，照暎一世；寒门素士，能讲求雅玩者，盖难之矣。"这其实是讲到了收藏需要条件，有时，这种条件不仅仅是财力的。譬如熊光楷先生的收藏，如他自己所说，不是奇珍异宝、古董字画，而是签名书。古今中外的签名书都在我收藏之列。书并不需要多少钱,难的是签名,谁的签名,何时签的,背后的故事,以及所蕴含的意义。这当然需要有能与签名者沟通的条件,更需要的是有心、用心。当这些签名、印章和故事集中在一本书里的时候,形成了一种新的叙说。

1994年,熊光楷先生收到邓榕送的《邓小平文选(第三卷)》,上有邓小平同志的亲笔签名,那年正好是邓小平同志90寿辰,这本签名书有着特殊的意义,作者感受到亲笔签名所带来的震动,从而开始收藏签名书。"古人写信,见字如晤,古人掌军,见印如令",签名书和加盖印章的书就成了熊光楷先生颐养深情的雅藏。

《藏书记事忆人》印章专辑收录有盖有"毛泽东"印的《毛泽东选集》,1964年版的,现在能够看到这个版本的毛选本来就已很稀罕,上面还盖有著名篆刻家邓散木先生逝世前为毛泽东刻的印章,邓散木先生是1963年10月逝世的,印章则刻于1963年8月。据说毛泽东同志对此印十分钟爱,并将其加盖在他特别喜爱的书上。《藏书记事忆人》印章专辑述说了这本盖章书得来的故事……我们现在能够看到邓散木先生的"毛泽东"印和《毛泽东选集》的当年版本完美地合二为一,当可喟然而叹。逝者如斯,但留下的却是永恒。熊光楷先生还得到了《江泽民文选》一至三卷的签名题词书以及胡锦涛《在"三个代表"重要思想理论研讨会上的讲话》的

永寿之藏

签名本。

周恩来、刘少奇、王光美、朱德、陈云、陈毅、徐向前、叶剑英、粟裕、陈赓、罗瑞卿、宋任穷、廖承志、萧克、李克农、吕正操,他们的书和他们的名字,以及给他们治印者的名字,比如陈赓的印章系齐白石亲自篆刻,就已足以振聋发聩,加上作者娓娓道来的叙说,作者与他们或者他们的子女亲属的交往,让人从一个侧面读到中国一个时期的历史。

签名,当然是字如其人,如熊光楷先生看到邓小平的签名,联想到毛泽东对邓小平的评价"柔中有刚,绵里藏针",而印章小小的方寸之间,其实也体现了中国人的美学思想,它无疑是治印者性情意趣的展现,同时也表露了拥有和使用者的情致风骨。因而签名印章和书,从细微处见证了名人们的非凡之处。

《藏书记事忆人》印章专辑,不仅限于开国元勋,另外两部分,中国名人和外国名人也是非常璀璨耀目,对于一般读者了解名人很有补益。我还有意外的收获,我读到许嘉璐一章,熊光楷先生描述了作为语言研究大家的许嘉璐先生的几本书书名的多重含义,让我想起了二十多年前,在教室里听许嘉璐先生上课的情景,他讲"言必信,行必果",更讲"威武不屈,富贵不淫,贫贱不移"……虽然现在看来这是中国文化中非常"基础"的课，但现在又有多少人愿意去做并能够做到呢？熊光楷先生的这本书，让读者可以或多或少地找到个人的或集体的记忆，在这个意义上，抑或也可以说我们从中能够关照个人或者集体成长的历史。

收藏的境界

在收藏流行了很长时间以后，人们对收藏其实还是有很多不了解的。现在生活好了，人们手里有些余钱，又怕通货膨胀钞票贬值，很多人就转而从事收藏，指望着藏品保值增值，因而有关收藏的影视节目或者报纸刊物总是收视和销路很好，人们想借此而获得一双火眼金睛，寻找到真正的宝藏。这种时候，收藏更像是一种经济活动而不是文化活动。

当我看到熊光楷先生的《藏书记事忆人》书画专辑后，我对于收藏的意义有了新的认识，就像书中画家黄胄的夫人郑闻慧给作者的题词签名中所说的"您给人类精神财富增加了光彩……"这时的收藏，不仅仅是一种将有价值的东西珍藏起来的意思，还更多的有收藏者的创造和用心在里面，其因为有收藏者的劳动而形成了新的价值。我想这大概就是收藏的更高境界吧。

熊光楷先生在"书画专辑"的序中说："今天，当书画与收藏联系在一起的时候，人们第一反应往往就是书画真迹的收藏,然后就会想到市场价值几何。很少有人收藏书法绘画的作品集,专门收藏作者签名盖章的书法绘画作品集就更少了……我更乐于和这些艺术家通过交谈感悟艺术境界,更看重他们书画作品中的精神蕴藉,而不是经济价值。"当然,作者也谈到直接收藏书画要以雄厚的经济实力作后盾,收藏的数量会受到很大限制,而书画作品集的收藏相对来说价格低廉,却可以囊括艺术家各个时期的代表作,对于爱好者了解艺术家、欣赏作品应该有所裨益。

收藏对于收藏者的素养要求很高,而且除了收藏某一门类需要是这一门类的专家外,更必须是个有心人,留心周遭所有有关讯息,以求让自己的藏品(作品)具有更高的文化品位。比如今年刚出版的这册《藏书记事忆人》就是在季羡林先生还在健康工作的时候作者利用一次外事活动的机会请季羡林先生题写的书名。

本书充满了如此这般有趣的收藏故事。齐白石是中国国画的一位里程碑式的人物,一直居住在北京,但在北京却难以找到他的纪念馆或故居,作者饶有兴致地讲述他和夫人一起寻找齐白石纪念馆的经历,然后,引领读者走进齐白石国画艺术的大门,读者还看到白石老人的一些奇闻轶事,其中就有1940年齐白石为了反抗日寇和汉奸骚扰索画,贴在门前亲笔写的告白:"中外官长,要买白石之画者,用代表人可矣,不必亲驾到门。从来官不入民家,官入民家,主人不利。谨此告知,恕不接见。庚辰正月,八十老人白石拜白。"白石老人画外的这种无畏精神也对人们更深入地读懂他的艺术有所助益。2010年3月,作者得到了1952年5月荣宝斋木版水印版的《齐白石画集》。木版水印在2006年已经被列入第一批非物质遗产保护名录,因而这本1952年的画集尤显珍贵。

收藏故事是本书的线索,但更多是对于所收藏的画家书家的艺术的解说、解读和评论,有的还有与画家书家的交往,由人及画及书,只要涉及藏品,面面俱到,无一遗漏。因而,在本书中读者可以了解众多的艺术家,从生平、人品到作品,到后人或者同道的评价,加上有藏品(书画作者)主人的印章、题赠,本书很是好看。

说藏家对藏品有创造而增加了其价值是因为由于藏家的收集,使得原本分散的集中起来,使原来已经淹没的重新显现……《长征画集》作者的发现就是例子。1938年由肖华托人辗转带到上海的《长征画集》初版,编者署上了肖华的名字。1958年重印时找到肖华才知作者另有其人。但想不起是谁了。后来,李克农向黄镇提起此事,黄镇才回忆起这是他在极其艰苦的长征途中创作的。这也是保存至今的唯一一部长征途中的绘画作品,具有极高的艺术价值和收藏价值。

除上面提到的艺术家以外，本书还涉及徐悲鸿、李可染、傅抱石、李苦禅、关山月、赵望云、张仃、华君武、吴冠中以及林散之、启功等，更不容易的是，还有外国书画家的画集藏品，一书在手，犹如步入了中外艺术殿堂，琳琅满目。逍遥的艺术之旅，应该也可从这册书开始。

"云"下的珍藏

和朋友聊天,大家都对目前的股市无话可说。刚才还在网上看到新闻图片,沪上一女性投资者用左手比划着说,今年A股大跌,她已经损失了两套房子。谁没损失呢,只要入市,那是保准深陷其中的。因此朋友说,投资股市看来是不行了,他集邮倒是收益不错。他对我说,你看是否该转向了?

收藏作为一种投资行为当然也不错。但我想,对有些人来说,如果没有对自己所收集物品的热爱,怎么可能日复一日地将之收集起来呢?而既然热爱,对自己所收集的藏品倾注了感情,又怎么能够待价而沽拱手让人?虽然可以换来更多的钞票。当然,收藏品之所以珍贵就因为它有价值。就说集邮,对于集邮我完全门外,但据网上说,集邮的意义有八条之多,什么思想性、艺术性、知识性、史料性、趣味性、社会性、国际性、储财性等等,即使更简括一些也有四条之多——怡情、增知、交友、储财……就现在来说,这么些

"性"不通过集邮也是可以从别的途径得到的，而我以为它最不能被别的活动所替代的是它曾经承载的人类情感，它是人与人交流，国与国交往的最直接的物证，它甚至于可以是人类历史的重要证人（它本身也是人类历史的一部分）。

想起这么个话题是最近又看到了熊光楷先生的新书《藏书记事忆人》——签名封专辑，这已经是他《藏书记事忆人》系列的第三个专辑了，前两本分别是印章专辑和书画专辑。没想到熊光楷先生藏品如此之丰厚，收藏的兴趣如此之广泛，涉足领域跨度如此之大。有时颇费猜度，熊光楷先生"下一个专辑会是什么呢？"纪念封应该也是集邮的一个门类，因而想起了人类漫长的邮政通信历史，想起了我曾经读过的一些美丽的文字，它们就是书信——清许思湄的《秋水轩尺牍》是我手头的常备读本，它是超越某些大部经典高头讲章的，某些时候，对于只想体味一种寒门小户细民情感的人来说，一个"为人作嫁，仰人鼻息""内而顾家，外而应世""砚田所入，难补漏卮""一囊秋水，顾影生寒"的寒士的为人为文，也可作垂范，他的"守拙硁硁""不愿以铮铮者作绕指柔"的风骨，从他腹笥渊博辞采华茂的书信中展露无遗，即使是向沧州刺史周借米的借条也可写得理直气壮而文采飞扬，铿锵有声而韵味无穷。好在《秋水轩尺牍》留下来了，当许思湄为何许人也生平不详时，我们对于他的生

"云"下的珍藏

活状态、思想感情却可以非常熟悉。

熊光楷先生的签名封专辑，是做了一个将纪念封收集起来并赋予意义而使之能留存下来的创造性工作。在一个书信已经不是人们首选的交流工具的时代，信封慢慢开始失去它以往的功用，而成为一种仪式的载体。每当人们认为有重要的事情发生，他们就用纪念封的形式将其记录下来。熊光楷先生的这本专辑中就收藏了政界、军界、外交界、学术界、文化艺术界、科教卫生界等无数精美的签名封。签名的名人或政要都与纪念封有着种种"关系"，因而使得纪念封有了新的意义，更加值得留存和珍藏。与前两个专辑一样，这还是一本非常好看的"故事"书，书中所录，皆熊光楷先生与以上各界名人政要的交往故事，还有这些名人政要的不太为人们所熟知的侧面。如李岚清、李铁映、马凯、陈至立、桑国卫、何鲁丽、贾春旺；张万年、于永波、向守志、李来柱、杨斯得等；李肇星、赵启正、石广生、廖晓淇……还有魏茨泽克、普罗迪、普京、梅德韦杰夫、梅加瓦蒂、奥尔布赖特、赖斯、诗琳通、笹川阳平、斯卡拉皮诺、穆拉德等。这样的书一册在手，可以穿越各"界"，拜访你知晓的或不怎么知晓的人物，并了解或纪念曾经发生的重要事件。

世界太繁忙和太丰富多彩了，时间也稍纵即逝，如果能够在签名封上留存下来一些往事，一些各"界"的重要节点,也就实现了收藏的文化意义。

现在人们都在过着"云"上的日子——交流,一定是在"云"中的,音频、视频……哪怕再远,远隔重洋——可能我们什么也留不下,那些思绪或者情怀,也可能当一切成为过往,人们真的只能到"云"中去找寻往事了。

而熊光楷先生的《藏书记事忆人》——签名封专辑却是在"云"上的时代做着"云"下的珍藏,让人们再一次体验到了脚踏实地的安稳,那些藏品就是踏实的理由。

与梦有关

没想到，于建明原来是可以很时髦的。这不，他的新书名为《蓝梦》，与热映的好莱坞大片《盗梦空间》几乎同时上市。于建明显然喜欢与梦有关的话题。

《蓝梦》是随笔散文和报告文学以及文学评论的合集，是于建明这些年写作的一种呈现。这样的合集有一个好处就是阅读的不单调，一册在手，可以穿越于各种文体之间，但同时却是只要紧跟着作者的笔，就能够寻访他带你去的各个人物，种种故事。虽则人物、故事以及文体，包括写作时间的长度上都呈现出变化的多姿，但作者有时显现，有时隐身，或者你以为作者已经离线，事实上作者却始终操控着的以文字的形式所展示出来的景象，更像是一种梦境，而且指向与"多姿"形成对立的非常"单一"的心理意愿。

过去，现在，当然是描述的重点，但好像更像是将来，有时他写得很确实，比如哪年哪月，到哪里，做什么，以及他笔下人物的作为，却让人感觉似有若无的飘飘渺渺的，像一场梦。或者是梦中梦。后来想，有这种感觉可能与当下的喧嚣和人心不古有很大关系。因为他笔下的场景太纯净，太"乌托邦"了。

《无意塑造儿子》，是本书中占篇幅很小的为数不多的几篇写家庭孩子的文字中的一篇，但给人留下了很深的印象。因为这种"无意塑造"的想法几近于梦呓，而作者却是确确实实地实施的。儿子喜欢玩滑滑梯，滑滑梯前的小朋友很多，拥挤不堪，别人往儿子前面插，儿子就朝边上让，还不住地回头瞧他这个父亲。父亲"赞许"地冲儿子点头，儿子扭过头去偷偷笑。结果别的孩子一圈一圈玩过去，儿子难得滑上一次。

可能也有一些父母希望顺其自然地养育孩子，但在这样一个事事"竞争"的当下，谁敢真正这样"赞许"儿子的不"争"？孩子是自己生命的延续，孩子都可以自然不争，那作者自己的人生态度更可想而知了。

书里有很多这样的表述："只有牺牲自己，才能获得自己。""他实在不需要什么，也实在不想得到什么。他选择奉献。"

我想，这就是这本书与其他别的书很不同的地方。本书所体现的价值取向可以说很平实，也可以说很高尚，但在一个远远不够平实和高尚的时代，作者也知道这只能是一个梦。童年是一个梦，长大了就《梦醒》了，而作者对于自己坚信的一些价值的向往，也是美丽朦胧而又陌生的《蓝梦》一场。

对于梦，作者有着非常清醒的认知，在分析赵长天的小说《伽蓝梦》时，作者说，"……但这毕竟是一场白日梦。与现实世界相对照，这场梦固然显得荒诞可笑，但它作为一种客观存在，对凸显现实的真实世界起着强化作用。在荒诞的氛围中展示出现实生活的图像，在虚幻的梦中又显示出现实的真实可信。"因而，我们可以将作者的这种《蓝梦》看做是一种类似清醒梦境的梦境。清醒梦境状态下，人们可以控制自己的梦，按照自己的目标引导梦，而梦的结局可以迎合自己的需要。

而读者，是精于盗梦的人，我们现在已经窃取到了作者所梦。

微时代的微生活

《微生活》？季振邦的新书放在我的办公桌上。我习惯性地往右扭头，他不在那儿，他的办公桌更不在那儿。现在我办公桌的右边是落地窗，看过去对面是崭新的居民小区。有时感觉小区像大型积木。那么多年季振邦一直在我的隔壁，先是隔壁办公室，后来是隔壁办公桌。讲起隔壁人家，用学名称呼总觉得别扭，还是用叫惯的"诗人"吧。尽管在书里他很谦虚地说"倘若我是诗人"，用假设来说事。其实，诗人的称呼对于他来说是实至名归，相当贴切，这是另一个话题，此处不论。

诗人依旧如此时髦，在微时代就整出一本《微生活》，完全踩在时代的节拍上，一点也不荒腔走板。哪里像他自己在书里讲的老是会跑调。我发现他总是很谦虚。然而，过分谦虚是否有点自傲在里面？当然讲得正能量点，是自信。书如其人。翻阅《微生活》，突然他又回来了，就像他还坐在我隔壁，就像以前那么多年的办公室聊天，趣味盎然。

突然想起了前几天看到的一个微信段子，好像是说权重位高和土豪都不能真正令人羡慕，而对于一个人的最高褒奖应该是"有趣"两字，段子将"有趣"提得很高。我怀疑写段子的人是否拥有权钱，如果权钱在握还能推崇"有趣"，那真的是"有趣"了。反正转发甚众，其间心态亦可玩味。

说起这些，当然因诗人的有趣引起，诗人的有趣乃无意识，不自以为"有趣"的"有趣"，就像并不知道自己有多美的美女而天然去雕饰，不做作。他的幽默，就嵌在字里行间，看似像不在意地聊天，但你读着读着就笑了，就开心了。也不晓得为啥开心。有的幽默，比如相声、滑稽，是有章可寻的，你知道有逗哏有捧哏有包袱，知道啥时候出效果了，哎，准备好了，到那点上，真的好好笑哎。但读诗人的文章不知道啥时候会笑，经常是出其不意，突然，呵呵，哪儿和哪儿呀，都连起来了，还连得发噱。比如写办公室的咖啡机，千字多点的文字，却从办公室一台小小的咖啡机写到拔牙及不让拔牙，写到西班牙的斗牛，又写到办公室里劳作的如我们这些牛，再闲笔宕开，写人的情感，居然还可以从至高的情感那里一下子落到臭豆腐上，然后高蹈至"中学为体，西学为用"。还以为是"卒章显其志"，其实，其志并不在高蹈处，在哪里呢？读者君自己去看，这是诗人独有而我无法复述的机智，在出人意表处戛然而止。

有人说，读诗，是培养精神趣味的最好方式和有效途径。那么读诗人写的文章是否也有相近的效用？

《微生活》是诗人表达生活的微切口，微则微矣，但"微言大义"也是"微"的一种，这是诗人的"微"从传统中走来的标记，与现在的心灵鸡汤可作区分。虽然可能诗人无意于"大"，但读者依然能从其微中知著。丰富的人生在此展示，是接地气的细民人生：金鱼、袜子、生病的郁金香、脱排油烟机、上海人走路、出汗、堵车、胡子的功能、泡饭、女士与烟、买菜、爬楼梯……每一篇都可读，且都有笑点。当然，笑也有层次，诗人的文章让人笑过之后还有回味，甚至于还能借以悟到某些哲理。譬如，在"台历"中他写道"逝者如'撕'夫"，一字之神改，将台历将时间都描画出来了，此时你会会心一笑，且听他继续说"放弃有时便是获得"。

想起很多放弃的故事。那时，在文艺部工作，见大画家大作家的机会多的是，有人要送他画，他拒绝了，这事白纸黑字写在书中，我信。我也得到过他随手派发的画，那幅画正和我家人的生肖相符，我随口一说，他也就随手送我。如果说当年他拒绝收画时还没有市场经济，但送我画时则市场经济已如火如荼。还有一次，我在某地看到载有他大部头文章的书，很奇怪他对之弃若敝屣，但他说此文章已经完成使命了，留着无用。他是真正舍得的人。

他在书中说"同事知我，送了我一幅书法：偶有文章娱小我，独无兴趣见大人。关于'兴趣'的问题，有点酸味，且不说，'娱小我'倒是真的，很甜。"我记得那幅书法，当时我在场，我也认为这副对子是神来之笔，将诗人的洒脱不羁写了出来，而诗人在书中的再次记述，则又加入了通达圆融，真正的圆满了。

微信里说，每当人大笑时，人体会分泌能够令人心情振奋的内啡肽，帮助睡眠和修复细胞的人体生长激素含量也会随之提高。而且，哪怕是想笑而没有笑出声来，也能够抑制与情绪低落相关的皮质醇和肾上腺素的分泌。人在笑时会压抑许多不必要的压力，心脏病的发病率也因此降低。笑的好处如此之多，而诗人的书会让你笑口常开，还不赶紧去找来一读？况且，诗人的有趣及支撑他有趣的放松心态有其自身的价值取向作背书，我这篇小文无以揭示万一。还是回到他的书里，你看，这回，他要"与欧阳修对饮"了，他说自己放肆，我想称豪迈更合适点。诗人以为然否？

过芦苇的日子

王勉想成为一株芦苇。

不对,应该说他想过芦苇的日子。

也不对,他如果想成为芦苇,应该是一枝会思想的芦苇。

帕斯卡尔说人是会思想的芦苇,那么想成为芦苇的王勉应该是会思想的。

有点像绕口令,一不小心,不知是否会绕不出来。帕斯卡尔认为纵使芦苇非常脆弱,然而,只要芦苇拥有了思想,他就拥有了全部的尊严,不再是一株脆弱的植物。关于思想,这位对于近代初期的理论科学和实验科学两方面都作出了巨大贡献的法国17世纪最卓越的数学家、物理学家和哲学家滔滔宏论,"人显然是为了思想而生的"。

但是,我想王勉的想成为芦苇并不是为了践行帕斯卡尔的滔滔宏论。他天然地对芦苇有感觉,因为芦苇安静的特质。王勉说,"我是很迷恋芦苇的",有感觉至于"迷恋"

过芦苇的日子

的程度,也是可以拿出来说一说的了。是真的喜欢芦苇的静吗?"当你注视着整片整片的芦苇时,你会感到芦苇是那么严阵以待,犹如正安营扎寨的千军万马,你会感到一种沉默的力量,一种进攻前的安静。"这里,是不是隐约感受到了无声的杀伐?一股巨大的张力令人悚然。而后,"当你注视着一簇一簇的芦苇时,你看到的是常在想象中的那一片舞影。静止时,每一枝苇秆表现着优美的舞蹈造型,或亭亭玉立,或仙骨鹤立,或柔腰轻舒。"当你快速扫描这些词汇,你又会被阴柔妩媚的女性特质包围,然后他说静谧使他几疑芦苇深处隐藏着永恒的神秘。也可能是原始对他心灵的一种召唤。什么是原始呢?真的有点神秘的意思了。

对于和芦苇外表形象类似的麦子,王勉也比较钟情。"面对麦田,我看到一片绿色的梦。""面对麦田,我闻到了浓郁的清香。"现在疑似排比的用法比较少,如果不是非常想强调,作者是不会冒险用的。事实是,排比用在这里有了一种特别的意味。"那是一种穿透土地穿透岁月穿透骨肉而散发的自然香,是一种涌动激情涌动力量涌动希望的芳草香。"面对麦田,王勉觉得自己正逐渐弯成一棵麦子,在无垠的麦浪里不断饱满。

你看,王勉又想成为一棵麦子了。他还想成为什么?

此时,我想到了七十二变的孙悟空。吴承恩在编孙悟空能七十二变的桥段时，是否也有一种欲图抽离自己，想让自己驾临一切，让自己的精神化身各种异形，出离自己从而得以重返自己的希冀？我看王勉安分地坐在自己的办公室里，做着一个在办公室里的人应该做的事情。但我晓得他放那些化身胡天野地去了。比如，到《遥远的地方》，"遥远的那个地方是个令人神往的童话。"比如《远村》《远游》，越远越好，越远越有疏离感，越有审美的趣味。比如《寻找三叠泉》，然后《醉入香榧林》……银杏树、野菊花、窗外的梅花、槐树、雨中的桃花，时而古拙，时而灵动，时而香艳……

其实，诸种出离或者回归（有出离必定有回归，这是一张纸的两面），都描述着王勉的冲突。他在《曾经的苏州》中说，"苏州是真正属于文人的城市，温柔的水，盘踞的路，将快意恩仇的江湖和刀光剑影的官场阻隔其外。"这是中国文人的传统，达则兼济天下，穷则独善其身。或者达时常有归去之心，穷亦胸怀庙堂之志。作为对于一种固定身份的逃离，身上抓一把毫毛，吹一口气，让化身出来的那些精灵上天入地，想去哪去哪，岂不是美事一桩？那些变身去的地方多了，鼓浪屿，葛洲坝，鹳山，乌镇……乌篷船，老巷，秋日梧桐……还可食美食，羊肉烧酒，腌笃鲜，老泡饭……

过芦苇的日子

借毕加索,作者说到,"最讨厌一成不变……他选择立体主义的作品来与以往的创作彻底决裂。"决裂就是一种出离,变幻离奇和解构让人有一种逆向的快意。

还是回到有芦苇的地方。"我曾几回在梦中,与所有的芦苇同日同月同风同雨,自由自在平淡地过着无忧无虑的日子。"这是哪一个变身呢?或者就是王勉的真身?不管是否他的真身,其实我们都可以这样来解读他:小伙伴们,大家一起来愉快地玩耍吧。我们应该过和芦苇一样的日子。

——读《王勉散文精选》有感

你是自己的国王

去年四月初的那天清晨,徐振平像往常一样比预约的早一点到达接客人的那家宾馆。宾馆位于苏州河边上,因而虽然四月刚开始的那些天还是挺冷的,但早晨由河那里吹过来的微凉的风让人感觉舒服。徐振平习惯了这样的早晨,习惯了这样的等待,他心情愉快地打开后坐的门,替未到的客人整理着座位。

这时,似乎听到有人叫"救人啊,有人落水了",徐振平停下手中的工作赶过去看,真的见河面上有一个人在扑腾,离岸有些距离了。河岸边这时已聚起了一些人,但似乎大家都不知该怎么办才好。没有犹豫,可能就是一个下意识的念头,徐振平已经手脚麻利地脱去了外套,在人们还没有反应过来时跃入了冰凉刺骨的苏州河。被河水激灵了一下,他突然想起刚刚等待的客人大概来了吧,但顾不得了,他奋力朝落水的人那儿游去。

是个年轻女子,徐振平游到她身边时才发现。他抓住她了，但好像她并不想他救她，还在乱扑腾，他试着用一条胳膊夹住她，另一条胳膊与双脚配合踩水，慢慢向岸边靠拢，好累，平时看着就是这么一条窄窄的河，却怎么突然宽了许多，女人挣扎的力和他抓住她的力抵消了，他必须还要匀出力游泳，必须回到岸边。徐振平后来不能确切告诉我他到底游了多长时间，可能只是一会儿，但他说他觉得时间很长，包括好不容易到达岸边时才发现这是光秃而垂直的岸（没有坡度，抓不到任何东西），根本没有办法爬上去回到岸上时，对于时间的那种烦躁。他夹住她靠在岸边，等待着救援人员。这时他觉得冷，透彻骨髓一般的冷，手脚全部麻木了，而时间却仿佛停止了。其实大家可以想象的，岸上也没有停止过行动，有人打电话，有救援人员往这边赶过来，等到他感觉自己快不行了时，救援人员赶到，将他和她一起救了上来。

后来被救的女人怎么了？我问。

不知道，他说。

没有来谢过你吗？

没有。没有想过要她谢啊。

他告诉我快被冻僵的他上岸后在宾馆的员工澡堂洗了热水澡，然后躲在车里打开暖气躺着，直到自己觉得完全恢复过来。

他是个内向不善言辞的人,许多细节是在我的一再追问下才说的。比如,事后车队里给了他奖励,也有奖金,他将奖金退回去,车队一定要给,他收下后又捐给了慈善机构。我了解到他的经济也不是很宽裕,妻子下岗,一个孩子在上中学,全家只靠他一个人的收入。问他为什么不要奖金,他说那不是他的钱。

怎么不是你的钱呢?你几乎是冒着生命危险救人,拿一点奖金应该问心无愧,有什么不可以?有的人捡到钱包还给失主,还索要好处费呢,现在是个动不动就讲报酬的时代啊。

事后确实有点后怕,万一救援的人来得再晚一点,我不知道还能不能坚持。但救人和钱没有关系。他说。别人怎么要钱也和我没关系。

这大概就是他自己的"法律"了,凡不是自己的东西,不要。什么东西不是自己的呢?非自己劳动所得就不是自己的。

这给他带来许多麻烦,但他乐意。车上总有各种乘客掉下的东西,乘客拿了发票的好办,联系好了,给他们送去,但有的乘客没拿发票,到哪里去找那些乘客呢?他还是千方百计要找到他们。

没人要求他必须这样做。只是他觉得只有这样做才能让自己安心。

　　是的,你就是自己的国王,你可以要求自己做令自己安心的事情。也可能许多人都有如徐振平那样属于自己的"法律",并以此作为处世的底线。

水月镜花之妖娆

女人之艳，向来便有若桃花之比，如俏丽若三春之桃，清素若九秋之菊这类的句子一向见得很多，凡涉及女人的事难免便以"香艳""桃色"形状，女人显然与种种浓烈的色彩有着干系，于是女人天性中便被注入了一种对于丽色的癖好，一开始就进入婉约一路，柔情而缱绻，姣好而妩媚。

而到底是先有人们对于女人的描绘（对于女人的想象、希望），还是先有女人的柔美而提供了人们描摹的范本，现在已经没有必要去考究了，因为女人如今的形象不管是他人造就的还是自然生成的，或者两者互为因果衍化而来，都已是风格铸就，不容置疑。

于是，女人与生俱来地就有了对于美的洞察力，对于美的刻骨铭心以及处心积虑。现在由女人来经营文章，自然是辞采华茂花团锦簇，读者也在文章里处处惊艳，为这些字、词、篇章"晕浪"。我说的是李碧华的《绿腰》，在我读着她的这本随笔集时，关于女人的种种艳词丽句总

水月镜花之妖娆

是尾随而来。

但由于女人如水一般的温柔如阳光一般的明丽，也使人只记住了她们的表象，她们那种外貌的繁华，而遗忘了她们的内心，以为她们透明而单纯而虚幻。因为美和尖锐，和一针见血，和赤裸的事实是那样的水火不相容，美让人产生缥缈的飞翔感让人失去抵抗力，或者在某些唯美的人看来，美也可以是一切。

然而，在美丽的形式下面，有严肃的现实。

花儿是妖妍的，可她只是镜中的影像，月儿无比地柔美，但却是水中的倒影，感情是热烈而真挚的，然而向谁倾诉呢？或者，管它是谁呐，沸沸腾腾地诉说吧，等到情之消逝也就不要提起……

爱情、友情，有多少是美丽而浪漫的欺骗？那样一部《圣经》，充满了赞美和献身和爱，可最终还有犹大的出卖，彼得的逃避；绿腰，这唐代的舞蹈，有着如此漂亮的意象，却也是个美丽的误会，它是乐工"录要"和其本名《六么》的混合……一切一切，底牌是不能揭的，从豆酥糖看上去的堂皇到一碰便魂飞魄散；从泡沫红茶的故作高深到其制作过程的原来如此，桩桩件件、字字句句都在告诉你，美丽的辛苦、美丽的无奈、美丽的虚假、美丽的不可实现和不现实。

然而，如此多的不美丽或者不够美丽，却是在美丽的辞章后面隐遁着的，这种美与非美，又是这样强烈地形成了一种张力，一种新的美感。就像那"冷奴"，是日本人的豆腐，很有凄艳的感觉，但冰冷而不近人情，先被否定，而后出场的是豆腐脑，那样繁琐的缤纷，正是百姓的生涯，于是那种由于具有实在的意义而生发出的美感便彰明了。

《绿腰》正是女人，她被注入了女人全部的禀赋，她面若桃花，她既想衣裳又想容，她如真正的女人那样像飞蛾般追逐流光，追逐华丽和妖妍，她以自身的美使你目迷。而最终她告诉你，美是水月镜花的妖娆——是虚幻。

但虚幻之美何尝不是一种实在之美呢。

第 5 辑 · 乡关何处

乡关何处

　　台湾散文作家里,三毛大概是最为大陆读者熟悉的了,这倒并非仅仅是因为她在结束自己生命时所选择的那种令人震惊的自戕方式,而是在此之前她的散文已经风靡一时,赢得了无数大陆少男少女的心。在80年代中期,中国文联出版公司出版的六本一套的三毛散文集,其中包括她著名的《撒哈拉的故事》和《雨季不再来》,使大陆读者几乎是第一次明白了畅销书是怎么回事。甚至在更早些时候,大学校园里的广播台已经在不断地播放三毛的那首《橄榄树》。每天傍晚,当漫天的晚霞簇拥着那一轮夕阳轩昂地跌落在教学大楼的尖顶上,然后那歌曲便随着即将来临的霭霭暮色弥漫开来——不要问我从哪里来,我的故乡在远方……即使在今天,早已远离了那个时代的理想主义的昔日的大学生们,如果偶尔回想那些校园里的傍晚和关于流浪的歌,心中依然会再次涌动起充满惆怅的激情。

　　某种程度上,畅销便意味着一种流行,而流行许多时候又往往是昙花一现的另一种指称。所以从那以后三毛开始归于沉寂，或许在这种沉寂中她正积蓄再次爆发的能量。而这一次三毛将不再以她的散文而是以她的死与死亡的方式。对于三毛的死，人们给予了足够的热情，甚至超出了对于她的散文的关注，可能人们认为三毛的散文仅仅只是表达了一个关于流浪或者漂泊的主题，看多了反倒有点腻味，而她的死却如此与众不同，那种感觉就像第一次读她的散文一样新鲜。

然而事实上，尽管今天我们强调散文书写的自我个性和主体人格，但令人沮丧的另一种事实却是，在生命的过程中，人却是最没有资格谈论自由或者什么主体性的，因为我们根本就无法选择生与死。对我们而言，生是一种偶然，而死是一种必然，生命提供给我们的可资选择的最大的自由只是死的方式而已。所幸三毛并非是由特殊材料铸就的人物，不需要面临跪着生还是站着死的非此即彼的尴尬，所以三毛在经历了漂泊不定的心的游荡之后，将人生最大的篇幅让给了死亡，在漂泊和家园的抵牾关系中积聚自己最后的能量去膨胀着生命存在的意义。当三毛早年带着700元美金，跪别父母，开始她流浪中寻找家园的尝试时，就已经注定了她日后生命的结局，因为从根本上来说，我们无家可归。只有生命的终止，才有可能向我们提供可供我们精神生命居住的家园。然而对于我们这些活着的人来说,那却是一种无法经验的经验。

许多年以前,三毛来到我们这座城节,她在回答提问时曾说:"我没有漂泊,身体的流浪没关系,但是心不能漂泊。可能,人在上海,但是那颗心啊,不知要到哪颗梧桐树上坐着。"三毛的话有点禅机的味道,但它却表达了三毛天涯漂泊的真实含义:流浪不仅仅是一种身游,而更是心游。中国古代有所谓天、地、人"三元"的统一之说,好为"叁",叁便是参,如此就有"人与天地参",而这句话按延伸意义来理解,是不是也就有寻找家园的意思在里面了。换句话说,也就是个人在自然或者社会中怎样找到相融和心安的位置。从这样的角度看,三毛散文的主题源自于一种关于"回家"的心境。

回家的心境其实是我们感受外部世界之后所自然产生的一种心理感觉,它可能是恐惧,拒绝或者还有其他什么,虽然看上去现实生活中并没有令我们可以明确言指的恐惧和拒绝,但就在不知不觉的状态下我们有了想逃离并回家的心理变化。所以,关于回家的渴望或者说是故事差不多也就是一切文学作品最为常见并取之不尽的叙事母题。

但对台湾散文来说,"回家"的概念却又有着不同寻常的特殊意义。台湾由于骤然孤悬海外,岛上的人们断离了与母体文化相连的脐带,被地域的、历史的、文化的失落感折磨而对"回家"更有一种刺骨铭心的内心体验,这种背井离乡的心理和现实际遇无疑滋长了乡愁母题在台湾散文中的繁衍。台湾最早的及稍后一些的散文作家多为成名以后从大陆去台,或者是在大陆度过了青少年或童年时代,如台静农、梁实秋、琦君、张秀亚、余光中、王鼎钧等,乡愁对于他们来说是因为空间的阻隔和时间的脱节而在内心深处刻下的剪不断理还乱的绕指柔情,而当时的那一线阻隔的台湾海峡在他们眼里既是地理的却又更是意识形态的,几乎使他们断绝了所有关于重返故里的愿望。但对远离故乡的他们来说,原乡母土永远都是一个化解不开的情结。而乡情也永远是心中不倒的丰碑。所以,他们一往情深地以想象洗净记忆中的由于时空隔断而给他们带来的灾难性的人生遭际和备尝的孤独,以优美的情感仔细描述他们以往曾经有过的如同蒲公英般的岁月与今天的像铁轨一样悠长的记忆。因此,有理由认为,回忆正是他们通往故国家园的一种方式。

虽然乡愁让我们这些并无故土思念的人们领略到了乡情的淡淡忧愁和绵绵怅惘,但换一种角度看,乡愁也是背离故土的人们所共同拥有的一种普遍心态,而当所有的失落和疏离都建立在由"边缘"向"中心"眺望的事实上时,往往会导致某种狭隘情感的诞生,从而限制并萎缩了散文自我人格的新的建构。在我看来，太多的乡愁情感一定程度上已经窒息了台湾散文的发展与革新。更何况很久以前，一位伟大的诗人李白用短短的二十个字便写尽了乡愁，那几乎是一个令后人无法超越的关于游子思乡的经典情感规范。所以，如何从浅层而单纯的地域还乡迈向更深层同时也更复杂的精神还乡，即对于历史、文化和时代的一种认同是台湾散文文体和意义走向变革的起点。

在这里，我们理应提到余光中，余光中在台湾文学界属"学院派"人士，在诗、散文、翻译和评论方面都有很高的造诣，他既是台湾现代诗的杰出代表，同时又以诗入文，成为台湾力倡"散文革命"的里程碑式的人物，他对台湾当代散文变革的意义在于他对朱自清散文的批评和极具品格的散文实践上。台湾散文作为中国当代文学的一个分支，毫无疑问深受"五四"散文的影响，将抒情视作散文的首选特质，而早在40年代朱自清的散文便已深受文坛的赞誉，被推上了白话散文范本的宝座，日后又为海峡两岸所共同接受，而余光中对其散文"女性化意象""感伤情调"的批判，正表明了他对"五四"以降散文写作中所盛行的感伤滥情文风的拒绝。习惯上当人们划分文学形态时，总喜欢把散文归属为"抒情类"，而把小说归属为"叙事类"，因为在他们看来两者之间存有有无故事的界限。然而，依我来看，散文中的任何情感都已是一种被延置了的感情活动,当它们被文字描述出来以后便成为一种话语的讲述,讲述种种关于心理事件的发生或者变化,而事件难道不是构成故事的基本要素?读余光中的散文你找不到那种习以为常的疲软的情感呻吟。而只有诚如作者自己所言"疯狂的历史感"和"无药可医的时间乡愁"的绚丽到令人感到眩晕的冲击,而在这种眩晕的背后,我们却感觉到,散文文体变革的力量和由此而凸现的作者强烈的自我个性标识。

余光中的"散文革命"对于传统散文写作的颠覆在于他以小说意识流的方式来结构散文,这种方式可能是最适合于表现一个身处现代文明而又远离故土的现代人的自我情感迷失的最佳文本了。与此同时,余光中将小说中的叙述人称的变化引进了散文,你、我、他三种叙述角度的转换为散文拓展了更大的表达空间:你是"我"的对话者,有一种倾听的关系,而他则是"我"的客观认识对象,与"我"保持着某种距离。而这三者之间的距离某种程度上也就决定了读者的审美态度。他在《听听那冷雨》中写道:"饶你多少豪情侠气,怕经不起三番五次的风吹雨打。一打少年听雨,红烛昏沉。二打中年听雨,客舟中,江阔云低。三打白头听雨在僧庐下。这便是亡宋之痛,一颗敏感心灵的一生,楼上,江上,庙里,用冷冷的雨珠子串成。""整个中国整部中国的历史无非是一张黑白片子""当你不在中国,你便成为全部的中国,所有的国耻都贴在你的脸上。"(《地图》)在这里,地域的乡愁被提升为一种对于民族历史文化的深刻认同,不再像以往有那么多的汤汤水水的多余感伤,而那种狂轰滥炸般的语言节奏夹杂着多变的意象和绘画般的瞬间印象,无一不在急打重敲着读者的审美感觉。而在《伐桂的前夕》中余光中以第三人称间接内心独白描述了"他"所居住了十几年的老屋和屋前的桂树将被拆除和砍伐,而代之以钢铁与玻璃的公寓的现实情景,揭示了台湾从农业社会向工商社会转型时期的个人复杂而悠远的情感失落,从而又将他的笔触深入到了诠释现代城市人在历史与现实的撞击中所无法摆脱的精神乡愁的领域。

当时间进入20世纪80年代中后期,随着台湾社会、政治的剧烈变动与重新组合,其中尤以解严和报禁的开放引人瞩目,而以此带动的资讯媒体的具有爆炸性的膨胀以及价值体系的日益多元,无疑成为孕育台湾更年轻一代作家散文写作再次变革的催化剂。所谓更年轻的一代,是指在60年代左右出生,成长于台湾一跃而成"亚洲四小龙"之一的经济腾飞的社会语境里,成名以后又被称作"新生代"的那一茬人。

如果要列出名单的话,那将是一长串的名字,而我个人以为其中最为可注意的是林耀德。我之所以特别提到林耀德

乡关何处 / 朱蕊 散文集

是因为对于城市题材的把握一直都是文学的软弱之处，当一个相对落后的农业社会向工商社会过渡时期，相伴而来的城市化似乎确实是在催化着种种社会新的病例的诞生，而以人类精神关怀者自居的作家们往往不愿意正视文明进程中的这一必然程序，对城市采取了一种并非公正的拒绝态度，而将他们的目光投向了遥远的过去，在怀旧的情感中实施着他们的精神还乡。但林耀德却将他的眼光投向了城市，在与城市认同的同时进行着他的城市批判，把那种建筑在虚伪情感上的精神还乡还原为对人类真实生存境遇的真切关怀，使他的散文写作获得了一种现代精神意义和极为开放的视界。在这里，我不得不提到他的《边界旅店》，因为从这篇散文里我们能够读到林耀德对于人生过程的深刻感悟，边界象征着可能所有并无相关、甚至是对立的事物在某一瞬间发生多米诺骨牌式的位移，比如生和死、边缘和中心、大陆和孤岛以及其他一切所可能想到的界线，而人的生命其实也就是一个不断跨越边界的过程；旅店则意味着在边界的暂时居住，有一种漂泊不定的流浪感，当我们知道"家居"某种意义上也预示着一种文化规定时，永久居住权的丧失就成了一种文化意义上的失落，而边界的每一次跨越便意味着再次精神还乡的开始，依然是那种离不开渴望"回家"的感觉。

当我写到这里时，收到了也是台湾"新生代"诗人的杨平的来信，信中说台湾著名的年轻诗人林耀德已于当年1月8日猝逝，这让人感到惊愕，算起来他去年5月刚刚结婚，也算是新婚燕尔吧。杨平继续说，让我们好好地把握活着的每一分钟吧。这句话使我突然就感到了现代城市人的一种无法逃离的尴尬，一方面是一种须臾不能抛弃的当下关怀，而另一方面却又是念念不忘的一种对于终极关怀的关注，在这样一种令人狼狈的情境中，现代城市人永远都无法找到"回家"的途径，他们无家可归，除非死亡。是的，唯有死亡才具有一种决定性的支配权。

所以，关于回家的故事不说也罢！

寂寞高手

　　从宽泛的意义上讲，我们每个人都可能是潜在的诗人，因为感受世界是人类的天性，当我们被某种事物感动，由衷发出一声感叹时，我们离诗人的距离便不十分遥远了。然而，纵使一步之遥，也终成天堑，这种最广泛的对世界的感应，只有在转化为精巧的艺术形式以后，才能成为诗，而只有能够进行这种创造性转换的人才将成为严格意义上的诗人。而我们这些潜在的诗人便成了实际上的诗的阅读者，当然这话只有当我们自我感觉良好时才会说，事实上诗并非仅仅因了我们这些阅读者而存在，因为诗所表达的绝对是诗人个人内心体验世事物象的一种天马行空而独有的经验，我们将其称作为一种非公众的经验，它与我们日常生活中司空见惯的大众文化速食完全相悖。既然如此那么诗也必定曲高和寡，况且他人心灵的花园旁人怎能擅自进入。即使承蒙诗人之邀，一游那心灵的澄明之境，但如我们这些长期身处语言遮蔽之中的人怎能领悟在那诗的光明之境中，有着超越个体有限生命意义的无限风光呢？如此来看，诗人注定是寂寞的。那么，洛夫呢？

很长一段时间以来，喧嚣的市声全面消弭了诗的声音，人们忙于生存而疏于生活。另一方面，诗集却有增无减，不知什么时候起，诗竟成了人人欲为之人人能为之的东西，人们把自己写的分行的文字称作诗。有人真的在这上面发了横财，名利双收，从此成为少男少女崇拜的偶像。可诗在哪里呢？这种诗的缺席导致了我们对一种纯洁精神向往的疏离，而在精神沉沦的艰难时日里，原来只有诗才能烫平我们灵魂深处日渐增多的皱纹。

如今能读到一首真正的好诗，已成为人们不可轻易获得的福分。当我读到洛夫的《水祭》时，不禁被它意象的灵明与简洁所惊讶："挥菖蒲之碧剑／扬汨罗之浊浪／在泽畔／在石榴纷举怒拳的五月／我又见你从江心踏波而来／见一株白色水姜伸出温婉的手／牵你涉水而过／江水早已洗白了你一身傲骨／何不把青衫与发簪留给昨日的风雨／归来吧，楚国的诗魂"。令人惊奇的是洛夫的这些奇妙的审美意象从何而来？看来我们依然只能循着一条老路，到中国传统的"诗言志，诗缘情"中去寻找，"志"与"情"我想概括起来大约便是人生感、历史感和宇宙感了。所谓宇宙感在中国文化传统的语境中，指的是一种有限个体生命超越无限以及超越时空而与大自然大生命认

寂寞高手

同合而为一的企图，而屈原无疑称得上是我们民族精神的一种大生命。在《水祭》中我们所见到的正是诗人试图超越现实突破时空限制而与屈大夫实施一种精神认同的尝试，又有谁敢作如此超拔的想象而与两千年前的诗魂相会于汨罗江上呢？"三闾大夫／我把你荒凉的额角读成巍峨。"那么屈灵均的不朽诗魂便是洛夫心中的精神象征。

　　台湾出版的《中国当代十大诗人选集》曾对洛夫作如是评价："从明朗到艰涩，又从艰涩返回明朗，洛夫在自我否定与肯定的追求中，表现出惊人的韧性，他对语言的锤炼，意象的营造，以及从现实中发掘超现实的诗情，乃得以奠定其独特的风格，其世界之广阔，思想之深致，表现手法之繁复多变，可能无出其右者。"洛夫是寂寞的，洛夫早年的艰涩的《石室之死亡》获得盛名，一般情况下常人在盛名之下不会再次蜕化自己重新开始在诗的国度里进行新一轮长途艰难跋涉的，但洛夫却是一位独行者。我特别喜欢洛夫返回明朗后的诗："嚼五香蚕豆似的／嚼着绝句。绝句。绝句。／你激情的眼中／温有一壶新酿的花雕／自唐而宋而元而明而清／最后注入／我这小小的酒杯"（《与李贺共饮》）。除此之外，还有《李白传奇》《长恨歌》《车上读杜甫》等等。即使一首只有十一行的小诗如《鬼节三题·女鬼》："她／被一根绳子提升为／一篇极为哀丽的／聊斋。"我觉得洛夫的这一系列诗写得返璞归真，言简意赅。我之所以用这样看似"初级"的词语是因为我实在找不出更恰当的词语来形容，因为我认为任何繁复的言和修辞都无法接近一种几乎完全敞开着的诗的境界。《台湾十大诗人选集》对洛夫所评"明朗"一词依我的理解便是"简单"，如"吴三连文艺奖"对洛夫的评价便是"简洁"一样。在生活中我们时常会迷失于一种误区之中，以为越是复杂的东西才越具高品位，其实不然，真正的高品位却是如何以简单驾驭复杂，因为唯有语言的"简单"才最为接近沉默，大音希声，而沉默则意味着无数种重新言说的可能。

1990年，洛夫在南京，我无缘拜会他，而由长沙李元洛学兄介绍，蒙洛夫赠我一册他分类精选的诗集《诗魔之歌》。今年8月在庐山第六届华文文学国际研讨会上我终于有幸遇见洛夫。他温厚随和，一派长者风范，与他明朗的诗句相距甚近而与奇诡的诗句相去甚远。我想到了他的《石室之死亡》："火柴以爆燃之姿拥抱住整个世界／焚城之前，一个暴徒在欢呼中诞生／雪季已至，向日葵扭转脖子寻太阳的回声／我再度看到，长廊的阴暗从门缝闪进／去追杀那盆炉火。"激烈而奇突的意象，表现的正是诗人对现实世界几近愤世嫉俗的态度。可如今的洛夫自然已走过了那个时代，他的态度由激烈转为平和，20年前他就曾在《诗魔·自序》中写道：我却像一股奔驰的急湍，泻到平原而渐趋宁静……当他谈起重返大陆的感受时，就显得比较平静。他说他和大陆有着血亲、诗亲和文学亲，他作为诗人、《创世纪》诗刊的总编与大陆的老中青三代诗人都有交往，花城出版社出了他的诗集《诗魔之歌》、上海文艺出版社出了他的散文集《一朵午荷》。这都是诗的乡愁。而狭义的乡愁总也无法了却，那成了他的情结。洛夫说他有四个兄弟在大陆，仅他一人在台湾，当经过几十年的隔离重返故土后，自是只有物是人非的感觉，车站旁的那棵树在，车站上的字也在，而人却再也回不到那时，于是有了《再别衡阳车站》。

确实，在大陆最早见到的是洛夫的乡愁诗，《边界望乡》《剁指》《寄鞋》等均有口皆碑。后来才知道乡愁诗的出现是1980年以后的事，洛夫说："我羁泊海外已历三十余年，游子思乡，归心日切，尤以近年来两岸都在逐渐开放，不时从传播媒体中引发强烈的家园之思，因此乡愁几成为这段时期我诗作的主要内容。"而洛夫写诗却早自50年代初就已开始，在长达几十年的创作生涯中，他的诗观诗风一变再变不断修正，对于一位诗人而言，风格往往意味着一枚硬币的正反两面，是幸也是不幸，因为风格一旦形成即成壁垒，从此很有可能作茧自缚，要突破原有风格谈何容易，但洛夫始终在自我不断完善的过程中实施蜕变，可见他已将诗摆在了与生命同等重要的位置。从少年情怀总是诗的处女诗集《灵河》到超现实主义的《石室之死亡》,洛夫跨了一大级台阶。这一时期,他与痖弦、张默等一同创办《创世纪》诗刊,高擎超现实主义旗帜,并从理论上予以张扬。

洛夫以为"一般人对文学上的传统总含有几分情感作用,很少人具有一种批评的抉择力,而现代诗人之反传统实具有另一种积极的意义,即创造精神之建立,"他着重于创造两字,而现代诗人总是以其创作行为来表现他们自己的独具个性的观念以及自己的对世界的特殊感知,他们总是在其作品中设法提供一种新的观点、新的意义。正因为如此,一些有悖于常规的隐喻、象征等等便经常出现在现代主义诗人的诗作里,而正由于这种对于常规的背叛使许多人觉得它打乱了固有的阅读秩序而显得晦涩难解,但另一部分人则惊喜地发现在非常规中出现了新的意义组合,世界的本质在看似魔性的非常规中渐露端倪。人心从来就很大,也从来就不满足于对已知世界的占据,对于未知世界的探求是人们精神深处最为本质的动因,现代主义的创作为渴求探索的躁动不安的心灵提供了可能,于是它在一部分读者那里便得到了欢迎。

在洛夫诗作中被认为最难解的《石室之死亡》几十年来广受诗坛重视,评论不辍,可能便源于这种精神。但众多注家相加而成的总和却不像算术中 1+1=2 那样简单，对于一个诗的完整的意义世界我们永远也无法窥探到它的全貌。海德格尔曾言："诗人永远被逐出了日常生活之域，并以看起来无利害关系的游戏与日常的沉沦对抗着。"与诗人相反，不管我们自己相信与否，事实上我们每个人无时无刻不在认同着我们赖以生存的现实世界，哪怕我们对它时有牢骚，但这一切都基于这样一个事实之上，即我们希望现实会变得越来越美好越来越如愿，比如我们时常希望能加工资能住更宽敞的住房，或者哪怕我们的愿望更高尚一些，诸如希望社会变得更富于人情味一点，社会风气更良好一些等。但诗人却不同，诗并不向人们提供有关现实世界的消息，诗人关心的是消灭现实世界而重新创造出一个崭新的诗的世界，在这里诗人向我们提供的仅仅是使我们重新体验自己和现实世界的一种新的方式。我坚持相信，当诗人在向人们提供一些什么的同时他并非知道自己确实向人们提供了什么，因为这种提供完全可能是在一种无意识状况中完成的。洛夫曾想对《石室之死亡》作修改，但多次尝试终未如愿。或许这正说明了一点，当年洛夫创作它时的社会语境已不复存在，而当年洛夫由对于世界的瞬间高峰体验而来的顿悟也已缺失，而另一个问题是平和的洛夫又怎能修正激情万丈的洛夫？但这却恰恰证明了《石室之死亡》作为一种诗的存在而业已存在。

这次在庐山,洛夫经常受到大家的"围追堵截",在我与洛夫谈话的过程中,无数次地被人打断,直至最后洛夫被人半途"劫"走了。幸亏洛夫夫人陈琼芳女士帮我挽回了损失,这大概是我的独家采访了。洛夫夫人告诉我,洛夫本姓莫,湖南衡阳人,1928年生,淡江大学英文系毕业,1973年曾任教东吴大学外文系。他写诗、译诗、教诗、编诗历40年,著作甚丰,出版诗集《时间之伤》等十五种,散文集《一朵午荷》等三部,评论集《诗人之镜》等四部,译著《雨果传》等八部。洛夫与夫人结婚32年,一直愉快美满。关于这一点,凡这次开会的都有目共睹:洛夫与夫人形影不离,出太阳了,夫人帮洛夫打着伞;热了,夫人替洛夫扇着扇子;吃饭时夫人控制着洛夫的饮酒量。洛夫夫人告诉我,他们是在一处参观地认识的,当时她是教师而洛夫是翻译,从此他们俩一往情深。洛夫夫人对洛夫的评价是懂得感情,多情而不滥情,不追名逐利。她说洛夫有许多给她的诗,比如《你是我唯一的爱》《因为风的缘故》等。她对我说,他们有一儿一女,女儿莫非曾留学法国,儿子莫凡从事的是音乐工作。他们还有一条小狗叫莫达,洛夫十分喜爱,他还喜爱花草,更喜欢交朋友,他有一颗不泯的童心,以至香港诗人犁青的太太称他作"老顽童"。如今洛夫凡出门夫人一定陪着。人生的旅程洛夫有伴,现实中他很幸福。

寂寞高手

但洛夫依然有寂寞,他说诗离现实很远而离心灵很近。是的,诗是只有人类才能拥有的另一种创造世界和生命的方式,也是身体以外的、心灵的一种生存方式,而在某种程度上,心灵与其他任何东西相比则更具本质意味。洛夫对我说,文学的不景气是世界性的,从美国到欧洲到港台都如此,未来难有诗的高潮,诗将永远是小众的,《创世纪》诗刊只发行一千份。我想洛夫显然是这种小众中的小众。1964年洛夫在写《诗人之镜》时说,"今日台湾真正具有现代精神与技巧的诗人寥寥无几。中国现代诗的脉命在台湾,而台湾现代诗的前途则系于少数几位诗人,这种推论谅非武断。"虽说如今洛夫更虚怀若谷,而事实上他的诗确实使他成为诗中高手。而问题是往往高处不胜寒,高手由于高手的缺乏而失去了更多的对话者,诗人心灵震颤而发出的召唤在我们常人的耳里听来几近呓语,诗中高手注定无法被倾听。还是在《与李贺共饮》中我们能读到洛夫的这种寂寥:今晚的月,大概不会为我们/这千古一聚而亮了/我要趁黑为你写一首晦涩的诗/不懂就让他们去不懂/不懂/为何我们读后相视大笑。

初识高阳

最近几年，大陆读者对台港作家始终有着一种热情，三毛、金庸、琼瑶、古龙等等，高阳不像前述几位那样热得"压倒一切"，但他无疑也拥有众多读者——大陆出版的高阳的历史小说已不下几十种，印数都是几十万册，友谊出版公司出版的《乾隆韵事》，在1984年大陆畅销书排行榜上居首。于是，有关他的传说也像他的作品一样在读者中流传。如果有谁告诉你，高阳的写作习惯是一边打麻将一边写作，你大概也会信以为真的。当然，对于像高阳先生这样一位著作等身的作家来说。这本在情理之中。

这次参加第四届台港暨海外华文文学学术研讨会，有幸结识了高阳先生。其过程还稍微有点"曲折"。

那天开幕，我因故到得晚了些，错过了介绍与会者的一幕。名单上虽有高阳先生，但我不知其人在何处，经人指点，我认出了他。看样子，他似乎挺认真地听着开幕贺词，好不容易待到会议告一段落大家出去照相时，我从会议室的

初识高阳

一头直奔另一头高阳先生坐的地方,欲与之攀谈,不料被人占先,只得悻悻地候在一边。直到会议又开始时我才找到机会向高阳先生递过去一张名片,这举动显然不大知趣,他和我打了个招呼,便正好名正言顺地脱身:"我开会去了。"我紧追不舍:"那会完了我们再聊——"他人已走得老远。

午饭,大家随随便便地吃,主人并没有备酒。却见高阳先生坐在我隔壁那一桌自斟独饮,旁若无人,直喝得面不改色。再看,他手边是一瓶外国酒,看不清牌子,那红色的饮酒器皿,想来是他为自己专备的。这位酒中仙喝得津津有味,旁人均已啧啧称奇。出于职业的敏感,我更是对他兴趣大增。

隔一天,休会时在走廊里遇见高阳先生,他认出了我,我对他说想写个专访,他矜持地点头。我们在休息室的沙发上坐定,他则摆出一本正经接受采访的模样,我问一句,他才答一句,绝不多说一句话,惜言如金的样子。想想也是,高阳先生从1964年写历史小说开始,至今已写了70余本、3000万字,该说的想必早已被他写完,还有什么话可说呢?我打量他,他长得清癯,穿着深棕色皮夹克,黑色西裤,咖啡色软底皮鞋,戴一副秀郎架眼镜,是一种有身份的"洋派",但一举一动却给人儒雅的感觉。我面对的是一位性格狂傲不羁、才情满怀的作家,抑或是深爱传统的儒者?也许兼而有之。

谈话慢慢地进行，高阳先生首先否定了他能一边打麻将一边写小说的传说，他认为写历史小说是严肃的事，他不能这么随便地对待它，《慈禧全传》（六部）、《曹雪芹系列》（七部）等，都是化了心血认认真真写出来的。他在写历史小说以前，写过几部现代题材的小说，一个偶然的机会使他与历史小说结缘：台湾《联合新闻报》的编辑要求高阳先生为他们写些历史方面的可供连载的小说（当时他参加新闻界服务不久，在《中华日报》任主笔，总主笔），于是便写了《李娃》，从此一发不可收，欲罢不能了。其实，高阳先生选择历史小说的样式并不能完全归之于偶然，否则他怎会在写了《李娃》之后便扔掉现代题材小说而专治历史小说？高阳先生无疑喜欢历史。高阳先生以为，对历史必须有一种温情（值得玩味的是，高阳先生在此用"温"来限定一个"情"字），如果没有这种温情的话，民族的感情定将是淡薄的，由此便会缺乏向心之力。抗战前及抗战期间，高阳先生在上海读大学，读的是文科，而中国传统的文史不分，为高阳先生的"历史温情主义"找到了极妙的缘由。我揣测正是这种"温情"，这种以文学的形式来让更多的人了解我们民族创造的艰难和民族的历史，从而激发起民族自尊的愿望，才是高阳先生涉足历史小说领域的真正契机之一。在

初识高阳

漫长的中国历史长河里，高阳先生似乎对明清两代特别感兴趣，因之他的一系列历史小说也特别偏重这一时期，他计划之中的封笔之作便是从明嘉靖写到清道光直至鸦片战争，由此而将整个中国历史贯穿起来。如此我便再次证实了高阳先生的历史温情的现实意义，明清两代是中国封建社会发展到登峰造极的时期，同时也是中国长达几千年的封建社会开始走向没落、瓦解的时期。这段历史离现代并不十分久远，因此高阳先生对此了解比较深刻，读者也容易接受。如他的《慈禧全传》和写袁世凯称帝的《金色昙花》等，无疑能给当代人一种警策。

如果我们承认一切历史都是当代史这一命题能够成立的话，那么这时高阳先生的历史小说便成了当代的一面镜子。因为一切历史都是由人撰写的，无可避免地带有明显的撰写者的印记，而高阳先生的历史小说又是对带有个人印记的历史的文学再创造，如此其中便有了对于历史的双重理解。我以为，高阳先生的历史小说更多的是贯注了一个现代中国人、一个离开大陆40年的现代台湾人对中国历史的一种观照。几十年一以贯之地对历史的喜爱，使得如今高阳先生在历史题材的创作显得游刃有余，信手拈来一个历史片断，皆成文章，显示了高阳先生深厚的历史功底和文学功底，毫无疑问，这种深厚的功底得益于高阳先生对中国文化全神贯注的温情。但与此同时这是否会减弱高阳先生对作为一种异质文化的西方文化的观照呢？如果这假设存在的话，那么高阳先生便多少失去了在两种文化的比照之中所可能获得的超越——凌驾于国界、民族、政体之上，以一种世界性的眼光，充满温情地关注着人类的历史与现实。我不知这样评判是否近乎苛刻。

或许正基于此，当我们的话题转入高阳先生别后40年第一次重返大陆的观感时，高阳先生显然未能完全超越由于历史原因而造成的海峡两岸的种种现实差异，他显得有点激烈，少了一点宽容，而宽容却正是理解的化境。我总觉得，对这段"历史"我们也应当持一种"温情"。当然，我能清晰地感到在高阳先生的"激烈"之中，蕴含着他对民族的一片拳拳之心。高阳先生1922年生于浙江杭州，他家在杭州是个大族，他好几次与我谈及此，使我感到他有一种"贵族意识"（以后又有了充分的证明），他对上海、对大陆原本十分的了解。他说："这几天，我去南京路一走，发思古之幽情……南京路白天外观上还看不出什么来，晚上却有万种凄凉……我想在'培罗门'（上海最负盛名的西服店）做套西服，他们对我说周期要三四个月，叫我怎么等得及；我到和平饭店（上海最有名气的大宾馆之一）餐厅吃饭，服务员连杯冰水也不给，这饭店服务还比不上台湾的街边小餐馆。这

初识高阳

里的供应制度（我想他大概是指经济体制）如果不改革，就很难改变眼下的状况，离改善人民生活还远得很……大陆希望开放，但步伐太快了，对投机倒把问题，应该狠抓，怎么能人人都来坑害国家……"我问他对于这些他无法理解的事情是否能提些具体意见，他只说了句："我的意见和这几天在北京开两会的代表们是一样的。"对于观感，他说得多且"激烈"，而对于他自己，说得很少。当我问及他母亲时，高阳先生面无表情，轻轻说："母亲去世时我在台湾。"我想这是人生的一大悲痛，他却如此不着痕迹。接着他又补充说，过几天打算去杭州，为父母迁葬。也许是出于新闻工作者和作家的职业习惯，高阳先生对住处房间内没有电视，没有报纸，感到十分不便。他抱怨地说："闭塞得要命，就像囚禁，我一定要换个地方。"以至于有一天上午他未通知任何人便跑到上海著名的文化街福州路逛书店去了，捧回来一大捆书，说："这里书太便宜了，不买真可惜。"是啊，不买是可惜。但高阳先生，您仅仅是因为"便宜"不买"可惜"而买？真是这样，我反倒觉得有点"可惜"了。旁人对他说，整个上午寻他不见，他却一个劲说要换个地方。后来，他果真搬走了。

高阳先生是一位极有才情的作家，也极勤奋。除了15岁的女儿而外，写作便是他生命中最崇高的事情了，当然还有酒。高阳先生每天一早起来写作,哪怕是度假期,在日本、在香港,他也从不辍笔,走到哪里写到哪里。"每天最好的时间贡献给写作,"他不敢想象没有写作的生活,那将是毫无意义的。高阳先生是一位偏爱传统文化的作家,这使他与酒结下了不解之缘。高阳先生确是酒徒无疑。中国文化传统中文人历来与酒密不可分,而往往当文学和酒联系在一起时,便显得如此意味深长。但更意味深长的是,高阳先生喝的是"洋酒",他每天喝一瓶威士忌酒。谈起酒,也和谈起历史一样能使高阳先生打开话匣子:"我年轻时常醉,现在已经不醉了。"我想,酒也许能使高阳先生兴奋,想象陡增,"思风发于胸臆,言泉流于唇齿。"高阳先生有一位在师大教书的朋友也好酒,他的学生经常陪其饮酒而得益匪浅,朋友的满肚子学问都在酒后传给了学生。高阳先生也想收一名徒弟,他说他有了自己最满意的小说《风尘三侠》《荆轲》《少年游》,却没有可以承其衣钵的弟子,那弟子该是精通历史而富于想象的,但至今未物色到,常引为憾事。如今高阳先生已六十有七,常作封笔之想。他告诉我,他喜欢考据,并在小说中用了很多自己考据的成果,比如对《红楼梦》的考据,对乾隆身世的考证就用在了小说《曹雪芹别传》《乾隆韵事》中。他打算封笔后专治考据。

结束采访时,看着坐在我对面的高阳先生,我突然觉得

初识高阳

对他有了一种了解，或许这种了解完全有可能是主观的——与其说高阳先生写历史小说是对历史的温情所致，还不如说是出于对中国已逝的历史和现存历史状态的一种深层困惑而使他走上了这样一条道路。因为高阳先生生活在当代而酷爱历史，而他酷爱历史或许正是他企盼了解当代，或者说是阐释当代的佐证。我十分想把这一想法告诉高阳先生，犹豫再三，终于没说。

第二天，又碰见高阳先生，他问我专访明天是否见报？我作肯定回答后，他把我带至饭店门口，上面高贴一张"启事"，遍告合影的及写新闻的诸位把照片、报道等寄到指定地点。专访见报后，顺路我给他送去两份并请教一个问题，他不在，我便请服务台转交报纸。后我又打电话给他，向他请教他的笔名为什么叫"高阳"？他原名许晏骈。他说，"高阳就是高阳许，和清河崔一样"。原来，"高阳"是"地望"，以前皇帝把"高阳"地方封给许姓，或者许姓是"高阳"地方的大族，于是"高阳"便可替代许姓。于是，我知道许姓是大族，且是贵族，高阳先生血管里流的是正统的"蓝色"的血。

万里送行舟

接到《台港文学选刊》杨际岚先生挂来的长途，告诉我高阳先生逝世的消息，我当时感觉有些突然。1989年我采访高阳先生时他还很健康的样子，我一时无法将他同想象中的冰凉世界联系起来，况且也不知道高阳先生是缘何而过世的，因为这一消息尚未经传媒证实，但猜测中我直觉高阳先生的过世与酒有着直接关系。挂断电话后，我强烈地感觉到这个信息带给我的冲击，我甚至有点不敢相信我记忆中的这位矜持而儒雅的长者竟会如此不辞而西行。隔一天，我便在报上看到了高阳先生谢世的确凿消息，果然不出我的猜测，不禁叹息有加。叹息之余却又有一种深深的惋惜，难道高阳先生如此才情之人，竟不知酒是一把双刃刀，悦人却也伤人？只是天意无情。或许我们每一个人都有特别适应自己的生存方式，而高阳先生的生存方式无疑便是历史小说与酒。就某种意义而言，当高阳先生选择了它们的同时它们也选定了高阳先生。在这个世界上，又有什么物体能逃离被选择的命运呢？唯有天与地是阔大宽邈的，无懈可击方能永寿。

高阳先生的好酒我有幸目睹，他每天要喝一瓶威士忌，一日不饮，或有神形不复相亲之感。我也曾与之谈过酒，毫无疑问，酒在中国历史上有着一种深长的意味，特别是当酒与文学联结在一起时，所谓文人与酒与药种种。以常心而论，酒至微醺处确能使人陶然。有诗为证：何以解忧，唯有杜康。但酒的功能也并非仅局囿于此，而常常更显示出一种机智。魏晋之时，有"竹林七贤"，集竹林之下肆意酣畅，其中阮步兵者竟烂醉数月，坚辞司马氏欲与结儿女亲家之意，以酩酊醉态作为自己对于任何事物不加评判的推托，在那个极其恐怖的年代里，得以终其天年。酒在这里竟成为一种自我防卫手段，真可谓深得酒中三昧。当然，常人难争此等境界，仅以酒浇胸中块垒而已。那么，高阳先生的块垒又是什么呢？作为作家——现实的天生批判者无疑便是由于现实生活中种种高贵品质的短缺以及污泥浊水的横流而产生不满，而这种不满又并不仅仅是因为前者的丧失和后者的嚣张，那种被历代文化人视作为人至高境界的"先天下之忧而忧，后天下之乐而乐"之类，从来就只是一种可望不可即的海市蜃楼，当人们刻意追求它们而不达时，历史便为我们提供了太多的伪君子，因为这种境界仅仅只是一种人生乌托邦，唯有现实才是真实的。但问题在于当我们越来越多地撕去现实温情脉脉的面纱而裸露出其庐山真面目时，我们却真切感受到了在理想的层面上我们似乎正在失去一些真实的东西，如此，我们悲哀它的失去并企盼它的重新到来。在这个意义上，高阳先生无疑是一位热情而真诚的理想主义者。

而这种理想正是高阳先生的历史小说。或许是由于高阳先生出身于浙江大族的原因（他原名许晏骈），高阳先生有着强烈的贵族意识，用郡望高阳为笔名便是表征。贵族的高阳先生认同着历史上的贵族，并以他们连缀成一幅恢宏的历史画卷。可能因为我阅读有限，但在我曾看过的高阳先生的历史小说中尚未见到诸如农民起义之类的，更多的是太平盛世的圣君明主（《乾隆韵事》），廉洁奉公的官吏（《清官册》），名垂史册的文学大师（《曹雪芹别传》），长袖善舞的巨贾（《胡雪岩》）等等。当然高阳先生在赞颂的同时也有锋芒毕露的批判，比如他写民国初年北洋军阀竞选总统而贿赂议员的荒唐闹剧（《八大胡同》），写袁世凯称帝的（《金色昙花》）等，但在这里严厉的批判与热情的理想并不抵牾，因为理想本源于现实。由此，从高阳先生所选择的创作母题中，我们并不难窥见高阳先生理想主义所蕴含的价值判断和道德取向。确实，在中国漫长的历史上值得珍惜把玩的好时光并不长久，历史留给后人的也永远只是更多的昏君庸主以及贪官污吏，正因为如此，太平盛世、浩然正气才格外令人驻足留恋。高阳先生所着力刻画的这些优秀历史人物，无疑称得上芸芸众生中的凤毛麟角，无一不在各自的领域中为历史树立了高山仰止的楷模。但问题在于，英才辈出的时代，也许正是其民众远未成熟的反证；理想主义滋生的温床或许也正是一个人欲横流的现实社会。但也正因为如此，理想主义便成为一种批判的武器。心生而言立，高阳先生在写作时却严格遵循了我国传统史学"不虚美、不隐恶"的标准，广征史料，取精用宏，在尊重历史的前提下，不为所羁，实施他才情充溢的想象，几乎已到了随心所欲地驾驭历史的境地。他的历史小说写得大开大合，大俗大雅，俨然宗师风范。写商界（《红顶商人》《灯火楼台》《萧瑟洋场》）却上达宫廷，下至平民，卷舒风云之色，疑有运筹帷幄、决胜千里之外的金戈铁马之意，读来令人荡气回肠。

正当高阳先生写历史小说几近极致时，高阳先生却作封笔之想，而准备专门从事考据。当然高阳先生的考据是做得极为出色的，如他对《红楼梦》的考据，严谨而周密，颇具说服力，绝不亚于学者的水准。但我以为，考据相对创作而言总是较缺乏生命力度的。而且我也无法理解高阳先生为何在历史小说创作得心应手之际改换门庭转向学究生涯，看来这一问题永远不能得到准确解答了。高阳先生曾对我说过，年轻时他经常醉酒，而年纪大了以后便不醉了。这句话说得意味深长，我想这是否可作为我们理解高阳先生转向的思路呢？当喝酒的初始意义，即解忧愤世的意义丧失之后，高阳先生心中便明镜高悬。如果说这昭示着他对于世事的洞察已有了一种穿透力的话，终于明了了现实的无可改变，那么高阳先生的"弃文从学"也就意味着他开始与现实有了某种程度的认同或者妥协。因为我始终认为，高阳先生试图借历史小说在当代复活由于历史的销蚀而几近匿迹的种种高贵品质的愿望，实际上正向人们展示了他对于一种美好价值观念追求的拳拳之心，这也可视为高阳先生人生的意义支点和价值标尺。而如今这一切却随着高阳先生的价值置换而消亡，那么，高阳先生也就走到他人生旅途的尽头了。无论生与死，于他而言都已无足轻重。正基于此，高阳先生才会在酒丧失了初始的意义而只会伤身的情况下，依旧对酒弃之不舍，竟终殁于酒。但"十年亦死，百年亦死"，更何况"生则尧舜，死则腐骨"，生命原本是一种过程，并无长短优劣之分，纵使明知不可为，但只缘人生苦短，更应在这短促的生命过程中尽情享受感性生活，活得大红大紫，大起大落，才不枉人生此行。这样酒便终于与历史小说共同构成了高阳先生完整的生命过程。

高阳先生的辞世方式，似乎是注定的。我不能想象高阳先生会有多么大的痛苦，我只能以为高阳先生是安然面对他的人生最后一刻的,如归家般坦然。然而我们活着的人却免不了为他的谢世而感到哀伤,这消息对于读者来说总是沉痛的。1989年我采访高阳先生,写了题为《初识高阳》的文章,并向高阳先生约稿,但高阳先生却以向我约稿而推辞了。记得当时他特意叮嘱给他去信时不要用单位的信封,或许高阳先生对"解放"有着某种忌讳,而我却因为手头没有别的信封便就偷懒再没与他联系,现在我已不能告诉高阳先生我为什么没有给他去信了。可能当时写那篇文章时在我潜意识里是要"再识高阳"的,然而我怎么也没想到,只是短短的三年时间,我便写《惜别高阳》了。三年时光,与人生长途相比,实在短而又短,然而却就是这短短的岁月,让人立于阴阳两界而终不得再晤。虽然生死是自然之事,亦可视生死为同状,"方生方死""方死方生",但是这种对于生死的观念性语词,并不能代替人们经验中的感情。生命,不管你如何看待,毕竟是最可宝贵的,尤其如高阳先生这样著作等身的作家。算来高阳先生今年正好70岁,正是"七十而传"的年纪,想起他说过的要找一个懂得历史又有想象力的弟子承其衣钵而一直未竟便有些伤感。高阳先生是一位真正的文人,他寄托自己的生命于创作。他曾说过,除了女儿之外,写作便是他生命中最崇高的事情,每天最好的时间贡献给写作,不敢想象没有写作的生活。如今,他完成了写作便也耗尽了生命，其实高阳先生终究与他的理想同生死。

  高阳先生的故乡是在山秀水美的浙江，1989年他时隔40年后第一次重返大陆，便是为父母迁葬。高阳先生深爱自己的故乡，那一口乡音依旧未改，故乡无时不在高阳先生醒时梦中。这次高阳先生应故乡族人的推举，撰写故乡"钱塘许积厚轩旧址纪念碑"碑文，如行云流水，礼颂许氏先辈的功业，可见高阳先生对于许姓的骄傲和对故乡的挚爱。叶落总要归根，不知高阳先生何时启程，万里行舟归故乡。是为文，以送高阳先生。

边走边唱

认识杨平已经有两年多了,当时一位朋友把他介绍给我。他先我一天认识杨平,但他们已经侃了一晚上"大山",非常熟了,朋友对我说杨平很有意思。这时杨平正与大陆一位著名诗人讨论诗,很认真很严肃的样子,他无暇顾及其他,我正有时间打量他:夹克衫、牛仔裤、旅游鞋,最流行的牛角眼镜,看不出有什么有悖于常人的地方,只是那身"包装"分明与他专注的神情有着一种明显的游离,但他一送走那位诗人,屋内的气氛立即活跃起来,他换了人似的,抖落先前的一身拘束,我一下子还不能适应这种变化,他便开起了玩笑。那种陌生人之间的尴尬顷刻便烟消云散。他告诉我他当过杂志的编采,对采访最熟悉不过。于是,不用提问,他一个人就滔滔不绝讲起来。那是一次非常愉快的谈话,话题无所不至,他甚至说起了小时候调皮捣蛋的故事,怎样在"心情不好、天气太好,老师语言无味"时逃课,怎样独来独往……他喜欢自由自在的生活,爱旅游,从淡江大学中文系毕业后摆过地摊，当过摄影师开过摄影展，做过杂耍等，目前还是自由职业者，这几年一直住在山明水秀的地方。杨平用这种口若悬河的方式，把一堆杂乱无章的东西塞进我的脑子。其实，我是来不及在这么短的时间里了解一个人的，所以即使我们像真正的朋友那样谈完话，即使我们分手时已经没有拘谨和客气，但当我在读他赠我的诗集《空山灵雨》时，对他还是不甚了了。

毫无疑问，《空山灵雨》是有着缥缈清远意境的诗，脱尽尘俗，没有人间烟火。岚烟、红门、空山、幽谷、残叶、孤灯等等纷呈重叠的意象作为种种呈现或再现而不断重复，使杨平的诗具有某种象征的意味，且表现得自然明净。这与现实生活中的杨平似乎有着某种错位。但写这种诗的人应该怎样？是物外高隐、坐语道德、畅怀舒啸的大雅，还是别的什么？正感困惑之际杨平来信说《空山灵雨》大陆版已由人民文学出版社出版，并告诉我，他在继获台湾"优秀诗人奖"之后，又荣获台湾文坛四大奖之一的由台湾文艺协会颁发的文艺奖章。他还特意补充说当年余光中也曾得此奖。这给了我某种理解杨平的契机。我不知他为何要提及余光中，是因为余光中在台湾诗坛的地位还是余光中的诗由现代回归传统，而杨平的诗则极有古典的神韵，令人联想起"雨中山果落，灯下草虫鸣"之类，很富于空灵、纷迷的感觉。两个同样注重传统的诗人先后得了同一个大奖,究竟是巧合还是历史的一种默契?不过,台湾由于历史原因,岛上诗人被历史的、文化的失落感折磨而投向欧美文化却是很自然的。当他们在对这种异质文化的寻找中很快形成他们的判断力之后,却感受到一种更为深刻的文化孤独与困惑,因为这与他们血管里流淌着的集体无意识的遗传不尽吻合,屈原、陶潜、李白、杜甫的诗魂仍在,于是早在五十年代开始钟鼎文、郑愁予、周梦蝶及余光中等就努力寻求以现代精神对传统意韵进行改造和更新,将其作为对那种与母体文化剪不断理还乱的情感补偿的尝试。与他们相比,杨平是后来者,当五十年代回归传统的思潮滥觞之际,他才来到人世,以至他诗的观念和实践都较为明朗,他喜欢余光中的《莲的联想》、周梦蝶的禅趣诗等,但认为必须有自己的面目。可能前一代诗人历经坎坷后表现的逃逸及回归自然的漂泊使他们具有寻找历史归属的动机,而杨平生长于台湾工商业开始发达的时代,他需要逃逸的是现代工业社会的纷扰和嘈杂,他需要用想象、用诗来建构起一座精神的家园。然而他又生长在20世纪都市的灿烂灯火中,都市文明——摩天大楼、霓虹灯、立交桥、平治车等等,不能说不对杨平具有很大的吸引力,他不可能也没必要"一箪食、一瓢饮""饭疏食饮水,曲肱而枕之"那样地回归自然,于是他一面住在设备齐全的都市寓所里，吃着方便的美味，穿着漂亮的现代时装，在家打打电话，出门以车代步，游玩时还背着相机——享受着现代都市文明的同时一面从心底里厌弃都市文明，赞叹田园乡村的自然风光，沉浸于禅的境界中，在空蒙中恬淡，在超然中脱俗。在通向传统诗歌的途径中，杨平找到了自己生命的某一点，于是，杨平的诗真的有了"自己的面目"——一种涤净尘嚣的澄净。

然而，杨平真的能脱俗吗？诚如前所述，杨平因不堪忍受现代而回归传统，追求自然，只是，追求自然本身是否有点不自然？追求本身就是一种紧张，紧张于自己是否能进入那个境界，紧张于自己是否能写出属于那个境界的好诗，紧张于自己的诗写出来后能否出版，紧张于能否得到读者的认同……紧张、紧张，还是都市人生活的节奏，杨平他将永远走不出他所厌倦的这个都市，到头来依旧是个彻头彻尾的都市人。但正是在这个意义上或许杨平可能并不关心自己是否真能走出这座都市，对他而言走出都市并不是目的，而在于"走"本身这个过程，杨平需要的是在精神上实施对于都市的出走，而这种出走便意味着对于城市的某种反叛性。

杨平是被作为诗人介绍给我的，而前不久他却给我寄来了他的第一本散文集《疯狂浪漫》，"叛逆小子""野人族""邂逅"等一篇篇读来，更证实了我的那些感觉，杨平是一个从包装直到灵魂都被现代城市文明熏染透了的都市人这一点已不用怀疑。只是我想这本从装帧到内容都努力标榜自我的散文集与那些空灵如青烟一缕的诗又有着何种内在联系？在《疯狂浪漫》中杨平充当了一个对城市日常秩序充满反叛精神同时又在城市所能提供的一切享受下纵情欢娱的双重角色。我想，这或许正是真正理解杨平的关键所在——对于城市外在于人的监控的精神拒绝与对于自然的迷恋，其实质都植根于对于城市的须臾不可分离。这样杨平便显示出了某种矛盾性（而矛盾性则示意着冲突或者对话），这种矛盾性表现在杨平身上，并不让我感到新奇，反倒有似曾相识之感。中国传统文人的人生哲学常常表现为入世和出世、进取和退隐这样一些两项对立，而这种对立并不意味着绝对排斥，更多的则表现为一种对话，当他们金榜题名、位居庙堂时，或许心中会吟哦"永忆江湖归白发，欲回天地入扁舟"，而当他们山居草庐，篝灯木榻，啸风吟月，迷醉于大自然中时，却又时常会按捺不住心头对于尘世间种种荣华富贵的企望。杨平无法跳出先辈们的窠臼，哪怕他与他的散文集包装得更为现代。对杨平而言，这场城市与自然间诱惑反诱惑的旷日持久的对话，永远也不会有胜负的结局。说到底杨平关心的还是自我在这个匿迹其中的城市中所据的某个位置，杨平无法身心达到《空山灵雨》的那种禅的境界。禅关注的是如何指导人们直指本心而解脱一切外在羁绊，"不生憎爱，亦无取舍"的禅的境界理应涤净尘垢，犹如虚空的本心所支撑。而杨平的本心却被缘起于尘世间的太多的"紧张"所包裹，何禅之有？作为都市文化结构中人，我想，杨平没必要也没可能成为禅境中人。对于杨平，禅是作为有别于城市生活的另一种安静恬适的生活方式而被向往，并被视作抵御城市嘈杂、以求自己的生活状态能获得某种程度的精神松弛与平衡的工具。仅此而已。

　　杨平知道自己终将走不出这座城市，况且身在其中其乐无穷。他行走于这座城市之中，却吟唱着关于自然的歌，这歌来自于城市。

那年秋天

在写这篇文章之前，我已经读过为数不少的陶然的散文和小说以及有关这些作品的评论，我得到的印象是陶然的创作实践明显地带有风格意义上的特征，通过某些加以选择的术语的表达我们似乎便能概括出这种特征，而这种概括在当我们试图读解一位作家时是如此至关重要，只有这样我们才能找到一个接近并理解他的途径。比如，我们几乎可以肯定陶然喜欢写情，喜欢沉醉在自我内心深处的对于生活周边一事一物的感悟而来的情感抒发和体味，人们时常以为陶然散文格局不大而却又不乏深意的看法往往便落在这一点上，然而对于陶然来说，后者显然比前者来得更为重要，因为在这种体味中陶然时常显示出了他对于情感的一种控制的能力，虽然陶然写作的关注点几乎一直放在情感之上，但却并不让人觉得有什么滥情的嫌疑，其中的原委很大程度上便决定于陶然的这种控制，而事实上陶然的这种努力也总为他带来了藏掖于字里行间的某种智慧，如果换一种眼光来看的话，那便是有点不以物喜，不以己悲的意思在里面了，而这又可不可以视作为一种关于人生的态度呢？所以，我觉得只有这种智慧才是真正决定陶然其文格局不大而又不乏深意的原因之所在。

先来看陶然的散文，我觉得陶然十分擅于写散文，散文在很大程度上属于一种很个人化的艺术，有点自言自语的意思在里面，它关心的是如何仔细地倾听自己的内心，然后将这种倾听的结果以一种文字的形式娓娓诉来。在这样一个过程中，作者所亲验的关于人生和生活的哪怕仅仅是点滴有意义或者是有意味的东西，如果作者能够有足够的文字能力把它真切地描述出来，那么无论如何都会有一种沉甸甸的分量。所以从某种角度来看，决定散文好坏的基本因素并非在于其他什么而在于作者是否有一份敏感的人生感悟力和深厚的文字功底，而这两者相加所产生的合力便能很容易地将散文带入到一个很高的人生境界里去。正是在这个意义上，我以为陶然散文的境界要高于他的小说，原因即在于弥漫于陶然散文中的那种人生感悟的氛围要超出他在小说中所做出的努力。虽然陶然自己曾说小说是他的主攻方向，但如果真是这样的话，那么倒也算是印证了一句老话，叫做无心插柳柳成荫。

陶然几乎所有的散文都潜伏着一种充满温情的感伤情

绪,在他的散文集《侧影》《月圆今宵》《回音壁》等里我们便能读到陶然发自内心深处的那种似乎无处不在而绵绵无尽的怅惘,虽然最早我们一时无法断定陶然的这种情感缘何而发,仅仅是因为现代都市现实生活中的情感难觅还是其他什么,但我们却已经将陶然归类于情感型作家了。在这些散文里,陶然除了细腻地描述自身的对于外界的情感体验以及由此而来的某种带有太多的人生历练之后的却道天凉好个秋式的感悟之外,他似乎甚至是根本就不愿把其他什么纳入他的写作视界之内,我的意思是陶然在许多时候总是更愿意把他的散文固定在一种个人的情感经验的范围中,比如他的《沉默是金》,写游圆明园的经过,一般来说,面对历史遗迹,人们往往会很容易抚今追昔,试图从中写出一点什么历史文化的底蕴来。然而陶然却依然故我,坚持感觉着那一份属于自己的情感,面对以往残存的历史和今天无言的石头:

碑石沉默却顽强屹立,风风雨雨,日日夜夜,岁岁年年。假如它可以开口,又会给我们述说什么样的故事?可是,它却只是永不说话的石头而已,千秋功罪任人评说,它从来也不表示态度。

难道果真沉默是金?

……

我们低头不语,时光悄然滑走有如风无形地在树上掠过。这一刻,果然沉默是金。

原本似乎完全可以言明的如今却已变得有如羚羊挂角,那一份失落的情感难道真的就在风中停留在某一片树上惊鸿一瞥而后稍纵即逝?或者是仅仅因为黄昏夕照里的瞬间眩晕令陶然一时无法捕捉到那情感的栖息之处还是因为别的什么。然而也正因为陶然的这种沉默反倒使他几近到了一种不落言筌的境地,我想其间大概便也有点所谓知者不言的意思了,而事实上,一切尽在不言之中大概也就使得无数种重新言说成为一种可能,而更为重要的是在这种重新言说的过程中人们可以体悟到种种的人生况味而回味无穷。陶然在他的散文里几乎每次都想要告诉我们一些什么了,但又似乎最后什么也没说,总留下些许九曲回廊般怅惘的意犹未尽,有一种可能那就是陶然自己也并非十分明白那是一种何等模样的感情,虽然在许多场合下,人们可以把它笼统地称之为"人情",但尽管如此我们却依旧无法寻找到这种情感意义的具体指代。因为在阅读陶然的过程中,我经常会有这样的想法,如果说陶然执拗于把自己完全限制在个人情感意义体验之中的写作态度,很大程度上可能并非出于一种自觉,而更

那年秋天

可能为自己内心深处的某种情结所致而处于一种非自觉的状态中，那么陶然选择这样写而不是那样写就不仅仅是源于一种写作策略上的考虑，也就是说，他的写作态度实质是为他的人生经验或者态度所决定的，这样我们便已经开始逐渐接近陶然的情感意义世界了。

在陶然的情感意义世界里有着太多的回忆。陶然的散文集《此情可待》，我猜测是取自李义山的"此情可待成追忆，只是当时已惘然"的诗句，那么陶然的这种"断章取义"是否也正从一个侧面向我们表示了他的一种人生态度或者说是心理情境？而对于散文写作来说，人生态度实在是一个很重要的因素，因此我便无法忽视在这里被陶然所丢弃的部分了。"追忆"和"惘然"都表明了一种为我们所不知晓的某种情感的早已不复存在，在时间的维度上它们处于一种过去状态之中，而过去在今天写来就必须剥离那岁月的层层封裹，于是伤感和惋惜的情感意味便在所难免了。在阅读过程中，我发现陶然在他最为情真意切的散文里往往都要说出他写作此文的情感来源，而这种情感却又是被一种过去的某个时间所规定的，这就再次证明了陶然情感意义世界里的那种回忆性——陶然常常这样告诉我们——"记得那一年秋天，我就要离开长居的地方，迁至他方。"（《对话》），"那年，我们都只有十六岁"（《人生何处不相逢》),"当然,那是十二年前的往事了。"(《你能告际我吗?》),"那个盛夏早已化入历史,成为翻了过去的一页。"(《对饮》)——这些句式看上去十分普通,然而却又很有意味,当人们沿着时间之流开始回溯它的源头时,事实上几乎总是这么说或者这么写的。

  再说陶然的小说,对于他的小说已有不少文章论及,大都认为陶然的小说模糊了散文与小说两者之间的界限,或者是着力于人物心理刻画等等,从一般的角度而言,它们说得都很有道理。然而问题是,当我们试图追问陶然为什么这样写而不那样写的时候,它们便多少显得有点一般而无法切中作为个别例证的陶然内心深处对于小说的一种真实的理想,或者说是小说该表达什么和怎样表达的一种态度。按以往通常的理解小说必须具有情节,情节这一术语往往意味着戏剧性冲突甚至是人物性格发展的历史,正如福斯特在《小说面面观》中所定义的那样,"国王死了,不久王后也因伤心而死",在这里情节代表着因果关系,而情节的功能显然便是以因果之链而把我们原本生动多变的日常现实生活纳入到一种逻辑关系之中,从而企图赋予生生不息的生活之流以一种具有前因后果的秩序感。但因果真的拥有如此巨大的力量而能将生活中所有变动不居的现象置于"因为所以"的物理时间中吗?比如,是"先有鸡"还是"先有蛋"的这样一个因果关系的问题我们便无法用因果把它完全说清楚,依此来看,情节或许并非是小说得以存在的唯一必要条件。因此,小说"散文化"作为对于情节的一种反动,其意义便在于作家已不在意于营造一个客观时间意义上的一环紧扣一环并足以自律的外部世界,而开始更乐意以一种比较零碎的情节片段来支撑出一个极为松散的故事框架,以此呈示作者本人或是人物内心的心理现实,在这里,心理现实是通过人物的心理时间而得以呈现的。所以,这类小说往往并不重视如何表述秩序井然的外部世界,而重视于表现一种更为内在的心理秩序——将物理时间打乱之后并把它们纳入到心理时间的轨道之中,通过着力描述人物内心深处纷繁曲折、幽暗深邃的心理变换曲线而折射出同样是处于不断变化之中的现实世界。由于这类小说从一开始就注重于心理现实的呈现,也便似乎更多地带有一点主观性,而在某种程度上,主观性是否也可以认为意味着主体意识的注入——在陶然这里,它表现为以一种内在的超越姿态接近着人生的某种境界。

正是在这个意义上,我以为陶然的小说与其说是一种小说的散文化,还不如说是他散文的一种放大。关于这一点,我们马上就能从陶然最重要的两部长篇小说《与你同行》和《一样的天空》中找到所需要的证据,从主题学的角度来看,我们几乎能够断定它们是脱胎于陶然的散文,即使退一步说，它们也无疑和陶然的散文源自于一个同样的母题——关于回忆。《与你同行》显然具有某种"意识流"小说的意味，它叙述了一位华侨子弟范烟乔在由香港赴北京参加母校校庆的七天时间里的心理感受，而故地重游显然成为了范烟乔记忆复苏的催化剂或者更应当说是一个契机，无论是秋凉时分古松下的绿色长椅、周末晚会上的广东音乐、一次记错地点的令人心跳的约会还是候车室里的相对无言唯有泪满襟的生别死离，无一不向我们和盘托出了范烟乔内心最深暗处剪不断理还乱的绵绵情思——对于学生时代的恋人章倩柳的无以释怀的深情回忆。在这里，我们明显地感到了一个十分技术性的问题——次序——也就是一种心理时间上的序列——在这部小说里它表现为一种闪回或闪前，正如范烟乔在小说里的不断回忆时所做的那样——事实上，当我们开始进入一个人的记忆时，次序的安排可能就变得复杂起来，因为对某一时期的回忆可能会引发对更早阶段的回忆，或者在小说中出于某种需要作者不得不在回忆时提前讲述后来发生的事。因此，如何巧妙地掩饰时间的不断间断便成为一种重要的技巧，陶然在此采用了时常变换叙述人称的方法，以第一人称内心独白、第三人称内心独白以及无所不知的描写使得回忆更具有某种现实意义上的真实，同时我们也因此得以通过交错的时序而深入到范烟乔内心深处，从而体验到这

那年秋天

桩有情人未成眷属的事实给他带来的心理打击和至今无法忘却的种种心理意绪。有意思的是，在范烟乔的回忆中我们得知他的爱情挫折发生在"文革"这一时代背景里，而那个时代在今天看来无疑属于乱世，一般以为乱世爱情才最为激动人心，如果把它写成情节小说的话，可能更能表现出一种情感上的大喜大悲和大起大落。然而陶然却将这样的情节因素处理为一种情绪化的形式。同样如《一样的天空》这部描述从内地去香港的"新移民"的个人奋斗史的小说，陶然也将原本完全可能存在的情节冲突推至后景，更注重于人物内心心理的描摹，而这种描摹在许多场合却是通过众多人物之间互为交错的回忆而得以实现的。有理由认为，对于陶然来说，或许小说呈现一种思绪和氛围以及感悟比其他什么来得更为重要，虽然可能这种看法的形成是由于陶然的个人经验所致，但尽管如此在陶然这两部小说里，我还是觉得陶然显示出了一种平和而自在的心理境界，正如我之前所述的关于控制的能力一样——在这里它表现为对于"情感"的某种距离，回首往事时我们往往都会持有这样一种态度，所谓曾经沧海而今又还会要求什么呢，大概也只能以一种达观的态度来重新理解以往生活中所曾发生过的一切，这种人生态度便似乎多少透出些许超出三山外，不在此环中的意境，而这种意境所传达的难道不也就是一种关于人生的智慧和感悟吗？

但如果我们仅仅停留在以上的分析，我们还只能得到一种至多算是比较确定的印象——陶然似乎无法抚平往事在他心理上所留下的深深的印痕，从而迫使他不得不时常以回忆这盏微弱的烛光温暖并闪亮着隐藏在自己内心深处的时间隧道。从某种意义上说，记忆与遗忘是人的一种生存本能，因为我们只有不断地遗忘才使得回忆成为一种可能，才能不断地更新我们每一个作为个体存在的人的生存状态。当回忆与人的存在有了某种关联之后，它也就有了一种与之相关的情感形式，回忆常是以遗忘这种否定形式出现而获得再生并在心理屏幕上变得更为深刻的，往往只要有一个哪怕是极为偶然的契机的触发，瞬间里回忆便会从遗忘的重重包裹中突围而出迎面扑来。

那么，又是什么使得陶然如此不能释怀而陷入往事的深潭之中呢？让我们再回到前面看一看我们所提到过的那些句式，其中最具有象征意味的无疑首推那句"那一年秋天"，对于时间的准确记忆和因"秋天"而传达出来的那种感伤与落寞的氛围是不是已经暗示了陶然对发生在那年秋天的某一往事时至今日的无法忘怀和在心理上留下的难以平复的感受。虽然我们不知道那到底是怎样一件事件，但如前所述，"秋天"这一意象所特有的文化意蕴却说明了那肯定是令人伤心的往事，我只能猜测这种伤心是源于陶然的"迁至他方"和陶然自己对它的无

那年秋天

能为力。因为,迁居寓意了陶然原本可能存在的"家"的一种现实失落,在这里,家意味着居住,而某种程度上,居住也就预示了人的一种规定性,比如文化便是一种规定。一个不容忽视的问题是,当这种规定性发生迁移时,毫无疑问它将改变人未来的生存状态,对陶然来说大抵也是如此。因此,当我们今天看到陶然仍然以他那支细腻的笔在寻找着回"家"之路时,我们便能想象他那年秋天失落的一定是他的精神家园,虽然,我们一时尚不能给陶然的这一精神家园找出准确而具体的对应,但陶然为我们所提供的关于人情、友情、亲情等情感的发自内心的描述,却已为我们的猜想同样提供了一种依据——这就是陶然当年失落的家园可能与某种情感有着割舍不断的血缘关系。所以,我一直以为,如果仅仅把陶然散文以及小说里的对于情感的关注视作为由于现世生活中情感的匮乏,或者是因为以往某种情感的丧失而在今天的写作过程中实施一种代偿都是一种误解。因为,回忆从根本的意义上来说,是我们每个人对被遮蔽的生命力与激情的一种沉醉体验和美妙召唤,即回归到我们本身,而不断地寻找回"家"之路,也正是重建精神家园的一种努力,据说它原本有过,只是后来被人们遗忘了。如果这一切都可能存在的话,那么陶然的关于个人的回忆便突破了他个人经验的局限而变成了一种集体的话语,与此同时,陶然的写作也就成为他自身的一种生存方式和智慧。

红花独行侠

偷儿大盗红花独行侠者，三毛也。何来此说？三毛曾在《江洋大盗》中这般称呼自己，我发现这一自称用得再贴切不过，于是便拿来作题目。

可不，白纸黑字写得分明：三毛14岁便开始在家中作案，父母兄弟姐妹胡乱偷一气，偷父母的为人方正本分、偷姐姐的温柔敦厚、偷弟弟的虎胆……直偷得"昏天黑地。"19岁，三毛拿着父亲给的700元美金，一张5元的汇票和5元现钱，跪别父母，再别兄弟姐妹，漂洋过海，且行且"偷"，"向这花花世界、万丈红尘里舍命奔去。"于是，三毛遂成红花独行侠。

也许，按星相学说，三毛命宫当属"人马"，前缘注定四海为家，流浪终生。或并非如此，而仅仅是因为三毛深知人生苦短，若想在这短暂人生中寻求真实的生存，唯有如此才能拓展个体生命的区域。多几种人生体认，便是比常人多活了几回。常言道：行万里路，读万卷书。而三毛只读一本书：生命之书。于是，她便一路"偷"来，从不怕消化不良，以至得了胃病，常以药物维持。

想起来，大陆的人们知晓海峡彼岸有如此风流人物，还是十年前了。其时，三毛曾令多少女学生们"走火入魔"，人人都梦寐以求如三毛般潇洒一番人生。到撒哈拉去。更见趣味的是，女孩子心中的白马王子还没个影儿，就想着何时能有个"大胡子荷西"时刻在"大沙漠"里相亲相爱着。那一阵，三毛真够浪漫的，她长发及腰，随风飘飘洒洒，背着吉他、抱着画夹走天下。那50多个国家！即喜欢拾破烂儿的、把钱藏在枕头里的、在沙漠请人"吃雨"的，神秘、遥远的仿佛不属于我们这个此岸世界的三毛。

当我们这茬人已渐将三毛淡忘，她却翩然归来。1989年3月，三毛回到她那40年来想得不敢想的大陆的家——这家里有她的"父亲"张乐平先生。于是，张乐平先生家的门，被记者敲得终日"咚咚"作响，以至于三毛不得不告饶："我累坏了，我们就谈十分钟，谈快些，好么？"

回了家的三毛，当即穿上张乐平先生送她的蓝涤卡中山装，在腰际扎上一根皮带，下配牛仔裙、平底鞋，背上个牛仔包，倒也别致，确实令人刮目相看，三毛毕竟好本事。待到她说出话来，却是更见功夫："我对于我自己的心，不能说它不是菩提树，也不是明镜台，我没那么高的，我心还是一面镜子，有空了去擦它。写作这条路很寂寞，不可能一群人吃吃东西就写出好作品来。我们以为我们的爱情是对一个男人、一个女人、一个家庭，不，不是的，如果我们这支笔杆不放下来的话，那么我们这一生是嫁给了一盏灯。"三毛伸出细细长长但经过了沙漠风沙已不细腻的手指，夹着上海产的"丽都"牌香烟。那个遥远、神秘、不可知晓的三毛现在居然活生生地在面前说着、笑着，人们还发现她烟和打火机从不离手。三毛一到上海就抽上海烟，且发现"丽都"牌烟最好抽。而当时在座的评论家李子云女士则抽着绿壳的"摩尔"。这很有趣。

三毛侃侃而谈，声音纤软柔润，倒不像经过了风沙雨雪的苦熬。这正如她的作品，清纯、朴实、自然、亲切。她的作品写的大都是美好的事物、人物，很潇洒的异国情调。不知道三毛生活经历的人，会以为三毛的生活就是那么浪漫传奇，在三毛眼里，人间万事万物都美不胜收。其实不然，三毛经历的人生，也同样少不了痛苦和磨难。这次来，她说起过这样一桩事：三毛21岁那年，牙齿发炎，烂到骨头，可她身上只有10元美金，刚好够拔牙。而医生却告诉她不包括麻醉，三毛便请医生将她绑起来。医生问：我为什么要绑你？三毛不回答，其实医生已明白，医生说：你会痛昏过去的，这样吧，我送你一针麻醉剂。三毛后来说："那是我最快乐的痛苦。"人们还得知，三毛逃过难，好好的一个家庭毁于战火，荷西又失业，弄得三毛身无分文……而三毛认为这只是物质上的苦，即使是这种"苦"，人们在她书上读不到，因为在她笔下，苦难已变作一种幽默，甚至是一种快乐。这大概便是三毛的魅力之所在了。三毛觉得，世界上讨厌的可恶的可怕的可憎的人多得是呢，人间已经够痛苦，全世界受苦受难的人太多了，生活已经太艰难，人们身边到处都是罪恶，为什么还要写出来，让这些丑恶的事情来令读者不愉快呢？她要让她的作品给人们带来一点欢欣。我想，三毛无疑是怀有广泛的爱心和同情心的，以这样一种态度从事写作，自然便是把苦难轻描淡写，而让美好永存。就这一意义而言，三毛的作品，如同梦一般，是无意识愿望得以满足的一种代偿，更是一种善意的欺骗，但这种"欺骗"是否会在迎合青少年读者所普遍拥有的向往美好事物的心理的同时使之失去对生活应有的一种健全的估价；或者如果三毛在她的作品中带有更多的批判性，那她又是否会将日益失去她原本众多的青少年崇拜者呢？我们不得而知。因为三毛就是三毛。

所以，三毛是这样的，她一到上海就去看菜场，逛商店，从人们买什么、吃什么中了解他们大概生活得怎么样，她跟她们聊天，他们一开口她就知道他们快乐不快乐。这次来，三毛知道了咖啡是一块五角一杯，一件线编衣是39块钱。三毛说"衣服太贵",她自己喜欢在大减价时去买衣服,而对上海人缩食置衣的时装病十分宽容,"这就是上海人嘛"。她说她最喜欢的是人,她看到形形色色的人,有了形形色色的一种感觉。虽说短短几天,交谈不是太多,但她一直在用眼睛作摄像机。"这是多么好玩啊,十一亿人不会是一样的。这次回到大陆来,本来我客气,说要去住宾馆,后来一想还是住在张乐平先生的家里。张家这家人跟我的爸爸妈妈他们的做人待物很相近。对于大陆的第一个印象很重要。我觉得奇怪,分别40年了,两家一个姓陈一个姓张,为什么会这么接近?在张家我受到的是一种自然的接待,就是自己小孩回来的感觉。我开心,我觉得我这人是永远不对任何情况失望的。张家这样嘛,那张家隔壁再隔壁也是这样啰,十一亿人里边,总有两亿人是你喜欢的啰……"有如此的演绎推理法,可见三毛乐观得可爱,文如其人,如此也就不难想见三毛文章的可爱了。

而三毛脸上明明白白的风霜以及她的言谈举止告诉你,岁月和经验令三毛成熟:实在而率真。她说"我只想拥有钞票,它使我自由"。不知三毛此处所讲"自由"是哲学意义上的还是我们通常所理解的"随心所欲",但我理解为两者兼而有之。确实,如果没有钱,三毛如何进行她的漂泊生涯呢?三毛曾在别人对她的漂泊表示不理解时这样回答:"我没有漂泊。身体的流浪没关系，但是心不能漂泊。可能，人在上海，但是那颗心啊，不知要到哪棵梧桐树上坐着。"三毛此话似乎透有一点"玩"禅机的味道，但我却以为，它极为严肃地表述了三毛周游世界的真正含义：漂泊不仅仅是身游，而更是神游——其中既有自我价值的体认，也有对人类历史的一种无以言传的感悟。中国古代有所谓天、地、人"三元"的统一之说，即为"叁"，叁便是参，如此便有"人与天地参"。流连于个人击节惊叹不已的大自然之间，置身于回荡着人类历史足音的庙宇神殿之中，心神无以自禁。在此瞬间，个体微不足道的小我似乎即刻遁迹无形，随之而来的却是生命的凸现，因为个体已交融于整个人类生生不息的生命历史长河之中，与天地同悠悠。如果说，几年前我对三毛感兴趣是源于她那一手漂亮、放达的文章的话，那么如今我更赞赏的却是三毛的这种"游"——一种真正的"逍遥游"。

在世界各地走遍后，三毛终于踏上故园的土地。三毛并不是第一个回大陆的台湾人。照理，她应该跑得最快的。但三毛说"我忍吧，我忍到不能再忍的时候再来吧，我怕，我怕得很厉害。对于这块土地，是一个生命的感情，也不是我一个人的，我完全是在靠着意志力来撑着精神。"对于这次回家，三毛像个初恋的女孩子，连箱子都不会理了，不知该穿红衣服还是白衣服。将近一个月的时间里，吃不好，睡不好。到香港也没睡过。乘上飞机就一直跟旁边张乐平先生的孩子说话、打岔，在飞机上看到上海的灯火的时候，她话也说不出来，她说这是"近乡情更怯"。当她走下舷梯，就一步一步地踩，这是故乡的土地，这是故乡的土地。那感觉实实在在，又迷迷糊糊。她想起一次在台湾的演讲，有人问，三毛，你一生走过几个国家？她说55个。他问，哪一个国家你最不熟悉？她站在台上静默，过一会儿，她觉得还是要诚实，就说"是中国啊"。台下全都流泪了。在张乐平先生的家里，夜深人静时，三毛总东摸摸西摸摸，疑是梦中，又怕是梦中。她说："我以为我曾经深深地爱过一个优美的国家西班牙，现在作了比较后，我发觉，血浓于水。"这种根的感觉与生俱来，哪怕浪迹天涯如三毛般的"旅人"，哪怕她四海为家。家和根毕竟不同。此次来，她要做两件事：看望张乐平先生，她三岁读了《三毛流浪记》，才对书一发而不可收，才有了现在这个"三毛"；回定海老家，找曾祖父的老房子，去祠堂看看，告诉祖宗，流落在海外的子孙回来了，还想看一看四百年的家谱，把居住在海外的族人用白话续写进家谱。三毛这次带了两个瓶子，在祖父的坟上，她装一瓶土，再到舟山海边灌一瓶水，带给她的父亲，让他欢喜得流下眼泪。

红花独行侠

面对的这个三毛，经历了极不平常的人生，而她依然是个彻彻底底的女人。她爱美，画了眼圈涂了唇膏；她对人心体察入微，她永远不会失去敏感和机智。她给我们带来了礼物，上面刻有"三毛敬赠"四个金字的圆珠笔，还是那种女性的周到："男孩拿黑色的，女孩拿红色的。"当三毛下了轿车被一大群少男少女崇拜者围住要求签名时，她微笑着，一个不漏，也不管还有人等着她"座谈"之类。

对于三毛，人们想要了解的事情太多了，一个接一个的问题，使三毛应接不暇。然而，三毛，荷西呢？或者，你心里的荷西？望着她手上那枚看似平常却又超越生死的戒指，人们都想问而终于没有问的，是这一句。这个问号一直留了下来。

最近，我在《台港文学选刊》上看到三毛的另一篇小说《星石》。三毛重返西班牙，遇见一位希腊人亚兰，令她想起"荷西"。但最终三毛说："不听了，我要跑了，不要上来追我，我跟你说，我要跑了，一讲再见就跑了，现在我就要讲了，我讲，亚兰——再——见——"

就这样，三毛的故事至今如此。记得她曾经说过：一个人，生是孤单，死也是孤单。一辈子跟定你一个人的就是自己，再没有别人。没有父母，没有丈夫，更没有儿女。命中注定三毛将继续独行。

后 记

对"散文集"作另类的理解,就是将散在各处的文章集合在一起,让它们有一个共同的归处,有一个家,在这个家里,它们各有其室,也各个独立,各自成为它们自己。或许,这颇为有趣。

本书分为五辑,每一辑里的文章有某些相关性,也只能是大致上的。有的关于人物、电影;有的是路途上的感受思考;有的是杂感、随笔;还有的是对于友人的阅读……其实,需要作说明的是第五辑。

第五辑的文章写作和发表的年代离现在有些距离了,大致是20世纪80年代末和90年代初,那时大陆刚刚开始开放,对于外面的世界充满好奇。作为那个时代的年轻人,我也对对岸和海外的华文文学发生兴趣,在《台港文学选刊》上写专栏"浦江探骊",或也在别的刊物发一些有关文字,因而有了第五辑中的篇章。而每次编集子,总因这些文章的难以归类而放弃。但事实上,我对这部分文字还是有些不忍割爱

后记

的，现在重读，依然能回想起当时的情景，也依然能感受到这些作家文字的魅力。高阳、三毛都离开很多年了，但他们文字的生命力始终旺盛。最近微信上流传三毛的录音，让我又一次回想起采访三毛的场景，我也有她的录音，可惜多次搬家，不知那盘录音带去了哪儿。

现在终于有机会让这部分文字集结在一起，在多年以后，它们团圆了，也算有了圆满的结局。此次能成书要感谢柳萌先生和于润琦先生，是他们的努力，使这一切美好成为现实。

谢谢！

朱蕊
2014年岁末

郑重声明

高等教育出版社依法对本书享有专有出版权。任何未经许可的复制、销售行为均违反《中华人民共和国著作权法》，其行为人将承担相应的民事责任和行政责任；构成犯罪的，将被依法追究刑事责任。为了维护市场秩序，保护读者的合法权益，避免读者误用盗版书造成不良后果，我社将配合行政执法部门和司法机关对违法犯罪的单位和个人进行严厉打击。社会各界人士如发现上述侵权行为，希望及时举报，本社将奖励举报有功人员。

反盗版举报电话　（010）58581999　58582371　58582488

反盗版举报传真　（010）82086060

反盗版举报邮箱　dd@hep.com.cn

通信地址　北京市西城区德外大街4号
　　　　　　高等教育出版社法律事务与版权管理部

邮政编码　100120

图书在版编目（CIP）数据

朱蕊散文集：蛇发女妖 / 朱蕊著. -- 北京：高等教育出版社，2016.10
ISBN 978-7-04-045903-6

Ⅰ.①朱… Ⅱ.①朱… Ⅲ.①散文集－中国－当代 Ⅳ.①I267

中国版本图书馆 CIP 数据核字（2016）第 156220 号

Zhu Rui Sanwen Ji：Shefa Nüyao

策划编辑	游　滨	责任编辑	王馨毓	项目统筹	王冰怿　于　嘉
版式设计	张　珺	封面设计	宋双成	责任印制	赵义民

出版发行	高等教育出版社	咨询电话	400-810-0598
社　　址	北京市西城区德外大街4号	网　　址	http://www.hep.edu.cn
邮政编码	100120		http://www.hep.com.cn
印　　刷	大厂回族自治县正兴印务有限公司	网上订购	http://www.hepmall.com
开　　本	787mm×960mm　1/16		http://www.hepmall.com.cn
印　　张	24	版　　次	2016年10月第1版
字　　数	290千字	印　　次	2016年10月第1次印刷
购书热线	010-58581118	定　　价	29.80元

本书如有缺页、倒页、脱页等质量问题，请到所购图书销售部门联系调换
版权所有　侵权必究
物　料　号　45903-00